Les bijoux du crime

Du même auteur
aux Éditions J'ai lu

Les illusionnistes, *J'ai lu* 3608
Un secret trop précieux, *J'ai lu* 3932
Ennemies, *J'ai lu* 4080
Les trois sœurs :
1 - Maggie la rebelle, *J'ai lu* 4102
2 - Douce Brianna, *J'ai lu* 4147
3 - Shannon apprivoisée, *J'ai lu* 4371
L'impossible mensonge, *J'ai lu* 4275
Meurtres au Montana, *J'ai lu* 4374
Lieutenant Eve Dallas :
1 - Lieutenant Eve Dallas, *J'ai lu* 4428
2 - Crimes pour l'exemple, *J'ai lu* 4454
3 - Au bénéfice du crime, *J'ai lu* 4481
4 - Crimes en cascade, *J'ai lu* 4711
5 - Cérémonie du crime, *J'ai lu* 4756
6 - Au cœur du crime, *J'ai lu* 4918
Trois rêves :
1 - Orgueilleuse Margo, *J'ai lu* 4560
2 - Kate l'indomptable, *J'ai lu* 4584
3 - La blessure de Laura, *J'ai lu* 4585
Question de choix, *J'ai lu* 5053
Dans l'océan de tes yeux, *J'ai lu* 5106
Sables mouvants, *J'ai lu* 5215
À l'abri des tempêtes, *J'ai lu* 5306
La rivale, *J'ai lu* 5438
Ce soir et à jamais, *J'ai lu* 5532

Nora Roberts

Lieutenant Eve Dallas

Les bijoux du crime

Traduit de l'américain
par Nicole Hibert

Titre original :

HOLIDAY IN DEATH
Berkley Books, published by The Berkley Publishing Group,
a member of Penguin Putnam Inc., N.Y.

Copyright © 1998 by Nora Roberts. All rights reserved
Except from *Conspiracy in Death* by J.D. Robb
copyright © 1998 by Nora Roberts

Pour la traduction française :
© Éditions J'ai lu, 2001

Et quelle est la bête infâme, dont l'heure a enfin sonné,
Qui se traîne vers Bethleem pour y naître ?

YEATS

Défense de tirer sur le Père Noël.

Alfred Emmanuel SMITH

1

Elle rêvait de mort.

La lumière rouge de l'enseigne au néon palpitait contre les vitres crasseuses tel un cœur furieux. Les flaques de sang qui luisaient sur le sol passaient tour à tour du noir au vermillon. Noir, vermillon. Ombre, lumière.

Elle était recroquevillée dans un coin de la sordide petite pièce. Une gamine maigre, aux cheveux bruns emmêlés, aux yeux mordorés, de la couleur du whisky que l'homme buvait quand il avait de l'argent pour s'en payer. La souffrance et l'horreur avaient éteint ces yeux immenses, répandu sur le visage le blanc cireux de l'agonie. Elle fixait, hypnotisée, la lumière rouge qui ricochait sur les murs, sur le sol. Sur lui.

Lui qui, étendu par terre, baignait dans son sang.

Un grondement sourd roulait dans la gorge de la fille.

Et dans sa main, le poignard était rouge de sang.

Il était mort. Elle le savait. Elle sentait l'odeur cuivrée de la mort qui empuantissait l'atmosphère. Elle n'était qu'une enfant, mais l'animal en elle reconnaissait cette odeur, la craignait et s'en repaissait.

Son bras l'élançait. Il le lui avait cassé. Le feu lui mordait le ventre. Il l'avait violée. Son propre sang et celui de l'homme se mêlaient sur son corps.

Mais il était mort. C'était fini. Elle ne risquait plus rien.

C'est alors qu'il tourna la tête, lentement, telle une marionnette dont on tire les ficelles. La terreur la suffoqua.

Gémissant, elle se rencogna dans l'angle où elle s'était traînée pour lui échapper. Il la regardait. Sa bouche morte s'étira dans un affreux rictus.

Tu ne te délivreras jamais de moi, ma petite. Je suis une part de toi. Pour toujours. Je suis en toi. Pour toujours. Et maintenant, papa va encore devoir te punir.

Il se hissa sur ses genoux. Le sang tombait en grosses gouttes de son visage, de son dos, dégoulinait des plaies qu'il avait aux bras. Quand il fut debout et s'approcha en titubant, elle hurla.

Ce hurlement la réveilla.

Eve enfouit sa figure dans ses mains pour étouffer les cris hystériques qui lui cisaillaient la gorge, pareils à des éclats de verre. Son cœur cognait si fort dans sa poitrine que c'en était douloureux.

La peur l'étreignait, courait en frissons glacés le long de sa colonne vertébrale. Elle se raidit, tenta de se ressaisir. Elle n'était plus une enfant désemparée. Elle avait grandi, elle était désormais une femme adulte, un policier capable de protéger les autres... et elle-même.

Elle ne se trouvait plus seule dans une sinistre chambre d'hôtel. Elle habitait la demeure de Connors. Connors...

Penser à lui, répéter son nom la calmèrent.

Elle s'était installée dans le fauteuil du bureau, comme toujours lorsqu'il partait en voyage intergalactique. Quand il la laissait seule, elle ne pouvait pas dormir dans leur lit. S'il n'était pas auprès d'elle, les mauvais rêves hantaient ses nuits.

Elle détestait cette faiblesse, cette dépendance, autant qu'elle aimait Connors.

Pour se réconforter, elle prit dans ses bras le gros chat gris pelotonné à son côté. Galahad, s'il était habitué à ses cauchemars, n'appréciait guère d'être réveillé à 4 heures du matin.

— Pardon, marmotta-t-elle en frottant sa joue contre la fourrure soyeuse du matou. Je suis idiote. Il est mort, il ne reviendra pas. Les morts ne reviennent pas. Je suis pourtant bien placée pour le savoir.

Elle vivait avec la violence, jour après jour. En cette fin de l'année 2058, les armes étaient bannies, et les progrès de la médecine avaient permis de prolonger l'existence bien au-delà du siècle.

Mais les hommes continuaient à s'entre-tuer.

Eve défendait les victimes ; les morts, c'était son métier.

De crainte de se rendormir, elle s'extirpa du fauteuil. Elle ne tremblait plus, son pouls avait retrouvé un rythme presque normal. Restait l'atroce migraine qui succédait toujours aux cauchemars. « Ça va passer », se dit-elle.

Galahad la suivit et, quand elle pénétra dans la cuisine, s'enroula autour de ses jambes. La perspective d'un petit déjeuner nocturne l'enchantait.

— Moi d'abord, mon vieux.

Elle programma du café sur l'auto-chef, puis posa un bol de croquettes sur le sol. Le chat s'y attaqua comme s'il redoutait que ce ne fût son dernier repas.

Eve se campa devant la fenêtre, contemplant l'immense pelouse, le ciel vide. Elle aurait pu se croire seule au cœur de la ville. La quiétude, l'intimité étaient des privilèges que les individus aussi riches que Connors avaient les moyens de s'offrir. Mais au-delà de ce somptueux domaine, au-delà de ses hauts murs de pierre, la vie se déchaînait. Et la mort frappait.

L'univers d'Eve était celui de la rue. Le crime, les trafics en tout genre, le désespoir – elle connaissait cela infiniment mieux que le monde raffiné de l'argent et du pouvoir où évoluait son mari.

Dans des moments comme celui-ci, lorsqu'elle était esseulée et déprimée, elle se demandait comment ils avaient pu se rencontrer – elle, le policier inflexible qui ne croyait qu'à la loi, lui, le ténébreux Irlandais qui s'était si souvent joué de la loi.

C'était la mort qui, contre toute logique, les avait rapprochés et unis – eux qui avaient, pour survivre, suivi des routes radicalement opposées.

— Seigneur, ce qu'il me manque ! C'est ridicule.

Agacée, elle se détourna de la fenêtre avec l'intention d'aller se doucher et s'habiller. Soudain, le voyant lumineux de son vidéocom clignota, lui signalant un appel.

Sur l'écran apparut le visage de Connors. Un visage admirablement sculpté, encadré de longs cheveux noirs et éclairé par des yeux d'un bleu inouï.

Après presque une année de vie commune, la simple vue de sa bouche si généreuse et sensuelle éveillait en elle des sensations voluptueuses.

— Eve chérie, dit-il de sa voix douce, pourquoi ne dors-tu pas ?

— Parce que je suis réveillée.

Il ne serait pas dupe. Elle ne pouvait pas lui cacher grand-chose, il remarquerait sa pâleur, ses cernes. Mal à l'aise, elle passa une main nerveuse dans ses cheveux courts, tout ébouriffés.

— J'ai de la paperasse en retard qui m'attend au bureau, ajouta-t-elle.

Pour Connors, elle était encore plus transparente qu'elle ne l'imaginait. Quand il la regardait, il voyait le courage, la force, et une beauté dont elle n'avait même pas conscience. En cet instant, néanmoins, il lisait aussi dans ses prunelles couleur d'ambre, sur ses traits finement ciselés, une lassitude qui l'incita à modifier ses projets.

— Je serai à la maison ce soir.

— Tu ne comptais pas rester là-bas quelques jours ?

— Je serai à la maison ce soir, répéta-t-il en souriant. Tu me manques, lieutenant.

Une joie, qu'elle jugea absurde, lui gonfla le cœur.

— Ah oui ? Alors, il faudra que je te console.

— Tu as intérêt.

— C'est pour cela que tu m'as appelée, pour m'annoncer que tu serais de retour plus tôt que prévu ?

En réalité, il voulait la prévenir qu'il ne rentrerait pas avant quarante-huit heures – et la convaincre de passer le week-end avec lui sur Olympe.

— Je tenais à ce que ma femme soit informée de mon emploi du temps. Retourne te coucher, Eve.

— D'accord, mentit-elle. Rendez-vous ce soir. Je... Connors ?
— Oui ?

Elle prit une inspiration ; ce genre d'aveu lui coûtait encore un effort.

— Tu me manques aussi, dit-elle très vite, avant d'interrompre la communication.

D'une main plus ferme, elle saisit sa tasse de café et alla se préparer.

Elle sortit de la demeure à pas de loup, presque comme une voleuse. Il était à peine 5 heures du matin, cependant, elle ne doutait pas que Summerset fût déjà à l'affût quelque part. Chaque fois que c'était possible, elle préférait éviter le majordome de Connors – son âme damnée, son ombre, l'homme qui savait tout et avait, selon Eve, une fâcheuse tendance à fourrer son grand nez dans ce qui ne le regardait pas.

La dernière affaire qu'elle avait eue à résoudre les avait rapprochés bien plus qu'ils ne le souhaitaient l'un et l'autre. Depuis, elle avait l'impression que Summerset s'arrangeait pour ne pas se trouver sur son chemin.

Machinalement, elle tâta sa cicatrice juste sous l'épaule. Sa blessure, récoltée lors de sa dernière enquête, la tourmentait encore, surtout le matin ou après une longue journée de travail. Recevoir dans le corps une balle tirée avec sa propre arme n'était pas une expérience qu'elle souhaitait réitérer. Et pour couronner le tout, Summerset l'avait ensuite forcée à ingurgiter des tonnes de médicaments, profitant du fait qu'elle était trop faible pour lui botter le derrière.

Elle referma la porte derrière elle, respira l'air glacé du mois de décembre, et lâcha un juron.

La veille, elle avait laissé son véhicule au bas des marches, simplement parce que cela mettait Summerset hors de lui. Le traître l'avait déplacé pour se venger. Furibonde, elle contourna la demeure au pas de course. L'herbe gelée crissait sous les semelles de ses bottes, le froid lui picotait les oreilles et lui faisait couler le nez.

Les doigts gourds, elle composa le code, et pénétra avec soulagement dans le garage immaculé où régnait une chaleur bienfaisante.

Les voitures, motos, aéroscooters s'alignaient sur deux niveaux. Il y avait même un petit hélicoptère. Parmi ces superbes engins, le véhicule d'Eve, vert pomme, ressemblait à un malheureux bâtard perdu au milieu d'une bande d'élégants lévriers. N'empêche qu'il était flambant neuf, songea-t-elle en se glissant au volant. Et il fonctionnait à merveille.

De fait, le moteur démarra au quart de tour, dans un ronronnement feutré. Elle n'eut qu'à demander pour que le chauffage se mette en route. Des dizaines de voyants s'allumèrent, puis une voix électronique lui déclara que tout était en ordre.

C'était fantastique. Pourtant, Eve regrettait les caprices et le délabrement de son ancienne voiture de service – bien entendu, il aurait fallu la hacher menu pour qu'elle l'avoue.

Elle sortit du garage et suivit à faible allure l'allée sinueuse menant aux grilles du domaine qui s'ouvrirent sans bruit.

Les rues de ce quartier ultra-chic étaient tranquilles et bien entretenues. Des cristaux de givre, pareils à des éclats de diamants, s'accrochaient aux branches des arbres qui bordaient l'immense jardin public. Dans les profondeurs du parc, dealers et assassins étaient sans doute encore au travail, mais ici, le long de ces avenues flanquées d'immeubles en pierre dont les occupants dormaient en paix, rien ne troublait le silence.

Elle parcourut plusieurs blocs avant d'apercevoir le premier panneau publicitaire, qui barbouillait la nuit de ses couleurs criardes. Un Père Noël rubicond et joufflu, au sourire de maniaque, traversait le ciel dans son traîneau tiré par des rennes, qu'il encourageait par des ho, ho, ho! virulents, tout en indiquant à la populace qu'il lui restait tant de jours avant Noël pour dévaliser les magasins.

— Oui, oui, je t'ai entendu, espèce de gros plein de soupe ! maugréa Eve.

Jusqu'à présent, elle avait toujours réussi à échapper à la corvée des achats de Noël. Il lui suffisait de dénicher quelque absurde gadget pour Mavis, des friandises pour Feeney, et elle était débarrassée.

Elle n'avait personne d'autre à gâter.

Mais maintenant, elle avait Connors. Et que diable pouvait-on offrir à un homme qui avait déjà tout et possédait même la plupart des entreprises et des usines où l'on fabriquait d'éventuels cadeaux ? Pour une femme qui avait une sainte horreur du shopping, le problème était de taille.

Noël était une calamité, pensa-t-elle sombrement.

Son moral remonta d'un cran, lorsqu'elle atteignit Broadway. Vingt-quatre heures par jour, sept jours sur sept, on y faisait la fête. Les passants se bousculaient sur les trottoirs. Les vendeurs ambulants frissonnaient dans le froid, nimbés par la fumée et la vapeur qui s'élevaient de leurs stands.

Eve baissa sa vitre pour humer l'odeur des marrons grillés, des hot-dogs au soja. Quelqu'un braillait d'une voix stridente et monocorde une chanson où il était question de la fin du monde. Un taxi klaxonnait, enfreignant sans vergogne la loi antibruit, les premiers aérobus du matin pétaradaient allégrement.

Deux filles se battaient. « Des prostituées », se dit Eve. Comme les marchands de nourriture et de boissons, elles devaient défendre leur bout de trottoir avec acharnement. Elle faillit descendre de voiture pour les séparer, mais la petite blonde réussit à sonner la grande rousse, avant de détaler et de se perdre dans la foule.

« Chapeau », la complimenta Eve en silence, observant la rousse qui se redressait et vociférait des insanités on ne peut plus pittoresques.

Eve esquissa un sourire. C'était là le New York qu'elle aimait.

Ce fut avec une pointe de regret qu'elle quitta le tohu-bohu de Broadway pour gagner le centre. Elle avait besoin d'action. Ces semaines de convalescence lui avaient mis les nerfs en pelote. Elle se sentait inutile, faible. Du coup, elle avait renoncé à sa dernière semaine de congé, et insisté pour passer les tests de capacité physique.

Elle les avait réussis, de justesse. Restait maintenant à convaincre le commandant qu'elle était en pleine forme et ne méritait pas de rester enfermée dans un bureau à remplir de la paperasse.

Quand sa radio grésilla, elle n'écouta que d'une oreille. Elle ne prendrait son service que dans trois heures.

— À toutes les unités du secteur. On signale un 1222 au 6843 de la 7e Avenue, appartement 18 B. Aucune confirmation pour l'instant. S'adresser à l'occupant de l'appartement 2 A. À toutes les unités...

Eve se connecta.

— Ici, le lieutenant Dallas. Je suis à deux minutes de la 7e. Je me rends sur les lieux.

— Bien reçu, lieutenant Dallas. Informez-nous de la situation à votre arrivée sur les lieux.

— Affirmatif.

Le code 1222 signifiait que la police avait reçu un appel anonyme signalant une dispute conjugale. Eve se rangea devant l'immeuble indiqué et examina d'un coup d'œil la façade grise. Quelques lumières étaient allumées çà et là, cependant, aucune fenêtre du dix-huitième étage n'était éclairée.

Elle sortit de sa voiture et, machinalement, posa la main sur son arme glissée dans sa ceinture. Par principe, tout flic digne de ce nom se méfiait des querelles conjugales, car c'était une règle: sitôt qu'un pauvre bougre de policier voulait les empêcher de s'étriper, les conjoints passaient leur rage sur lui.

Le fait qu'Eve se soit portée volontaire pour ce type d'intervention en disait long sur sa frustration.

Elle monta quatre à quatre les marches menant à l'entrée et chercha l'appartement 2 A. Un homme aux petits yeux de fouine entrebâilla la porte. Elle lui fourra son insigne sous le nez.

— Il y a un problème dans l'immeuble ?
— Je ne sais pas. La police m'a appelé. Je suis le gardien, je ne suis au courant de rien.

Il sentait le rance et, bizarrement, le fromage.

— Vous pouvez m'ouvrir le 18 B ?
— Vous avez un passe, non ?

Elle le détailla d'un coup d'œil : il était petit, chétif, et visiblement effrayé.

— Vous pouvez peut-être me renseigner sur les personnes qui habitent cet appartement ?
— Il n'y en a qu'une. Une femme. Divorcée, ou quelque chose comme ça. Elle n'est pas très liante.
— Vous connaissez son nom ?
— Marianna Hawley. Une trentaine d'années. Agréable à regarder. Elle habite ici depuis à peu près six ans. Jamais d'ennuis. Moi, je n'ai rien entendu, rien vu. Il est cinq heures et demie du matin. Si les locaux sont détériorés à cause d'elle, il faut me le dire. Sinon, ça ne me concerne pas.

Sur quoi, il referma sa porte.

— C'est ça, marmonna Eve, dépêche-toi de rentrer dans ton trou.

Haussant les épaules, elle se dirigea vers l'ascenseur, de l'autre côté du hall. Elle pénétra dans la cabine et extirpa son communicateur de sa poche.

— Lieutenant Dallas. Je suis sur les lieux. Le gardien de l'immeuble est une lavette. Je vous recontacterai quand j'aurai interrogé Marianna Hawley qui occupe l'appartement 18 B.
— Il vous faut des renforts ?
— Pas pour l'instant.

L'ascenseur la déposa au dix-huitième étage. Levant les yeux, elle constata que les caméras de surveillance fonctionnaient. Tout était silencieux. À en juger par son emplacement et son architecture, ce bâtiment devait abriter des employés qui se levaient vers 7 heures du matin, avalaient leur café et couraient prendre l'aérobus ou le métro.

Des gens ordinaires, qui menaient une vie ordinaire.

Elle se demanda si, par hasard, cet immeuble n'appartiendrait pas à Connors. Chassant cette pensée incongrue, elle s'approcha de la porte du 18 B.

Le voyant lumineux était vert, le système de sécurité désactivé. Par réflexe, elle se plaqua contre le mur et appuya sur la sonnette.

Pas le moindre écho. Le logement était insonorisé, impossible d'entendre ce qui se passait à l'intérieur.

Elle utilisa son passe et, avant d'entrer, lança :

— Madame Hawley ? Police. On nous a signalé un incident chez vous. Lumière, ordonna-t-elle.

Le salon s'éclaira. Le décor était simple et charmant. Des couleurs douces, des lignes pures. Sur l'écran mural, une vieille vidéo montrant deux superbes créatures qui s'ébattaient sur un lit jonché de pétales de rose en poussant des gémissements théâtraux.

Devant le canapé vert amande, sur une table basse, des bougies rouge et argent, à moitié consumées, étaient artistiquement groupées près d'une corbeille pleine de friandises.

La pièce embaumait l'airelle et le sapin.

Eve tourna la tête vers le petit arbre de Noël installé près de la fenêtre ; on l'avait renversé, les angelots et les guirlandes lumineuses qui l'ornaient étaient en miettes. Les paquets enrubannés disposés sur le sol avaient été piétinés.

Eve dégaina son arme et fit le tour du salon.

Il n'y avait pas d'autre signe de violence. Elle tendit l'oreille, perçut une musiquette entraînante. Un chant de Noël.

Tous les sens en éveil, elle passa dans un petit couloir. Il y avait deux portes entrebâillées. La première était celle de la salle de bains. Le dos collé au mur, Eve s'approcha de la seconde. La musique venait de là.

Et dans l'air flottait l'odeur douceâtre de la mort. D'un coup de pied, elle poussa la porte. Elle pénétra dans la chambre, l'arme au poing. Une précaution inutile, elle savait déjà qu'elle était seule dans l'appartement avec la défunte Marianna Hawley.

Elle s'avança vers le lit.

Le gardien avait raison. Cette femme était agréable à regarder. Elle ne possédait pas cette beauté éclatante qui fait saliver les hommes, mais elle était jolie, avec ses cheveux châtains soyeux, ses yeux d'un vert profond. La mort ne l'avait pas dépouillée de son charme. Pas encore.

On avait soigneusement maquillé son visage blême, appliqué du mascara noir sur ses cils et du rouge sur ses lèvres. Dans sa chevelure, juste au-dessus de l'oreille droite, était piqué un petit sapin scintillant orné d'un oiseau doré.

Une guirlande argentée était enroulée autour de son corps nu. Eve se pencha pour examiner les meurtrissures violacées que la victime avait au cou. Peut-être s'était-on servi de la guirlande pour l'étrangler.

Elle avait aussi des hématomes aux poignets et aux chevilles. On l'avait ligotée.

Près du lit, la chaîne égrenait la petite musique entraînante. Joyeux Noël !

Eve soupira et saisit son communicateur.

— Lieutenant Dallas. Nous avons un homicide sur les bras.

— Quelle détestable façon de commencer la journée ! déclara Peabody en étouffant un bâillement.

Même à cette heure indue, elle arborait un uniforme sans le moindre faux pli et une coiffure impeccable. Seule une marque rouge sur sa joue, laissée par son oreiller, indiquait qu'elle avait été tirée de son lit.

— C'est surtout cette pauvre femme qui a mal fini la sienne, marmonna Eve. Selon moi, la mort remonte à minuit, à quelques minutes près. Strangulation. Elle était ligotée et il ne semble pas qu'elle se soit débattue. Elle a été violée de toutes les façons possibles avant d'être tuée. Elle aurait pu hurler à s'en faire claquer les cordes vocales, personne ne l'aurait entendue. L'appartement est insonorisé.

— Je n'ai pas remarqué de signes de lutte dans l'entrée ou le salon. À part le sapin de Noël, bien sûr. Mais je dirais qu'on l'a renversé et piétiné exprès. C'est une mise en scène.

— Excellente déduction, approuva Eve. Prévenez le type du 2 A et récupérez les disquettes de surveillance de cet étage. On verra qui lui a rendu visite.

— Tout de suite.

— Qu'on interroge les voisins, ajouta Eve, et que quelqu'un arrête cette fichue musique !

Peabody éteignit la chaîne d'un doigt ganté.

— Vous ne paraissez pas apprécier les chants de Noël, lieutenant.

— Tout ce qui concerne Noël me fatigue. Vous avez terminé ? demanda Eve à l'équipe du labo. Retournez-la sur le ventre avant de l'emporter.

Eve se pencha pour étudier le tatouage de couleur vive que la morte avait sur l'omoplate droite.

— Peabody, filmez-moi ça.

Peabody s'exécuta ; les lèvres plissées en une moue songeuse, elle déchiffra l'inscription, dont les lettres tarabiscotées, d'un rouge cru, tranchaient sur la peau blanche.

— « Mon seul amour », lut-elle à voix haute.

— Un tatouage effaçable, à mon avis. Appliqué tout récemment. Il faudra vérifier quel institut de beauté elle fréquentait.

— La perdrix sur le poirier.

Eve se redressa et regarda son assistante avec perplexité.

— Pardon ?

— Dans ses cheveux, l'espèce de broche.

Comme Eve écarquillait les yeux, ahurie, Peabody expliqua :

— C'est un vieux chant de Noël, lieutenant. Chaque jour, pendant les douze jours qui précèdent Noël, le garçon offre un cadeau à son amoureuse. Et il commence par une perdrix sur un poirier.

— Quel cadeau grotesque ! Qu'est-ce qu'on peut faire d'un oiseau sur un arbre ?

Eve s'interrompit, en proie à un mauvais pressentiment.

— Espérons qu'elle était vraiment le « seul amour » de ce salaud. Vous pouvez l'emmener, ordonna-t-elle à l'équipe du labo.

Tandis qu'ils s'affairaient, elle visionna les communications de la victime durant les dernières vingt-quatre heures. À 18 heures, elle avait discuté un moment avec sa mère. Celle-ci riait aux éclats, et Eve songea avec un pincement au cœur qu'il allait falloir lui annoncer que sa fille venait d'être assassinée.

La victime avait ensuite appelé un dénommé Jerry, un homme d'une trentaine d'années au sourire agréable, aux yeux bruns très expressifs. La conversation était tendre, badine, tissée de sous-entendus érotiques. Ils étaient certainement amants. Peut-être était-ce lui le « seul amour » de Marianna Hawley.

Eve retira la disquette du lecteur et la fourra dans son sac. Puis elle fouilla le bureau sous la fenêtre, y trouva l'agenda électronique de Marianna, son portable et son répertoire. Les coordonnées du fameux Jerry – alias Jeremy Vandoren – y étaient notées.

Eve s'approcha à nouveau du lit. Les draps tachés de sang gisaient sur le sol, de même que les vêtements de la victime.

Elle l'avait fait entrer, songea-t-elle. Elle lui avait ouvert la porte. L'avait-elle suivi dans cette pièce de son plein gré, ou l'avait-il forcée ? Était-elle droguée ? L'examen toxicologique révélerait si elle avait absorbé des substances illégales.

Une fois dans la chambre, il lui avait ligoté les poignets et les chevilles, et avait attaché les liens aux montants du lit. Puis il avait découpé ses vêtements. Avec soin, sans hâte. Il n'avait pas agi sous l'emprise de la rage ou d'une pulsion incontrôlable. Tout était calculé, programmé. Après, il l'avait violée parce qu'il était libre de le faire. Il avait le pouvoir.

Elle avait dû hurler, supplier. Il s'était délecté de ses cris, de ses prières. « Les violeurs adorent ça », songea Eve qui se raidit pour repousser le souvenir de son père.

Son forfait accompli, il l'avait étranglée. Là aussi, en prenant tout son temps. Ensuite, il l'avait coiffée, maquillée et parée d'une guirlande de Noël argentée. La broche qu'il lui avait piquée dans les cheveux était-elle à lui ou à Marianna ? Était-ce lui qui avait appliqué le tatouage sur son omoplate ?

Eve passa dans la salle de bains voisine. Le carrelage blanc étincelait, une légère odeur de désinfectant flottait dans l'air. Il s'était lavé et avait tout nettoyé pour effacer d'éventuels indices.

Elle ordonnerait quand même qu'on examine cette pièce à la loupe. Un seul petit poil pubien suffirait à faire condamner l'assassin.

Marianna avait une mère qui l'aimait, pensa Eve. Une mère qui riait avec elle, lui parlait de tout et de rien.

— Lieutenant ?

Eve se retourna. Peabody était immobile dans le couloir.

— Oui ?

— J'ai les disquettes de surveillance. On interroge les voisins.

— Très bien, rétorqua Eve en se passant la main sur le visage. On pose les scellés et on emporte les pièces à conviction. Il faut que je prévienne les proches.

Elle jeta son sac sur son épaule, empoigna son kit de terrain.

— Vous aviez raison, Peabody. C'est une détestable façon de commencer la journée.

2

— Vous avez le dossier du petit ami ?
— Oui, lieutenant. Jeremy Vandoren, domicilié à New York, 2e Avenue, employé comme expert-comptable par la firme Foster, Bride & Rumsey de Wall Street. Trente-six ans, divorcé, vit seul. Un beau spécimen de la gent masculine.
— Hmm, fit Eve en glissant la disquette de surveillance dans le lecteur de son ordinateur. Voyons si ce beau gosse n'aurait pas rendu visite à sa copine hier soir.
— Voulez-vous du café, lieutenant ?
— Hmm ?
— Vous voulez du café ?
— Si vous en avez envie, ne tournez pas autour du pot : allez vous en chercher.

Peabody leva les yeux au ciel.

— Oui, lieutenant.
— Par la même occasion, prenez-en une tasse pour moi. La victime est rentrée chez elle à 16 h 45. Pause, ordonna Eve à l'ordinateur.

Elle étudia attentivement l'image de Marianna Hawley sur l'écran. Jeune, svelte et ravissante avec son béret rouge vif assorti à son long manteau et à ses bottes.

— Elle avait fait du shopping, commenta Peabody en posant une tasse de café devant Eve.
— Oui, chez Bloomingdale. Lecture, commanda-t-elle.

Marianna, gênée par ses paquets, extirpait péniblement sa clé électronique de sa poche. Ses lèvres remuaient. Elle parlait toute seule. Non, elle chantonnait. Puis, bataillant encore avec ses paquets, elle pénétrait dans l'appartement, refermait la porte et la verrouillait.

Le film de vidéo surveillance continuait à se dérouler, montrant d'autres occupants de l'immeuble. Des personnes seules, des couples. Des gens ordinaires.

— Elle a dîné chez elle, dit Eve. D'après son autochef, elle a mangé une soupe vers 19 heures.

Elle imaginait, derrière la porte close de l'appartement, Marianna qui passait d'une pièce à l'autre, vêtue du pantalon bleu marine et du sweat blanc que, plus tard, son assassin lui arracherait. Elle allumait l'écran mural, suspendait le manteau rouge dans la penderie, posait le béret sur l'étagère, les bottes au fond du placard, rangeait ses emplettes. C'était une femme soigneuse qui aimait les jolies choses et se préparait à passer une soirée tranquille dans son nid douillet.

— Elle a bavardé avec sa mère, puis elle a appelé son petit ami.

Eve tressaillit. Sur l'écran, les portes de l'ascenseur s'ouvraient.

— Qu'est-ce que c'est que ça?

— Le Père Noël, répondit Peabody avec un sourire. Il apporte des cadeaux.

L'homme, affublé d'une houppelande rouge et d'une barbe neigeuse, tenait en effet une grande boîte enveloppée de papier d'argent et ornée d'un nœud vert et or.

— Pause! ordonna Eve d'un ton brusque. Gros plan sur la boîte.

Au centre du nœud brillait un oiseau doré perché sur un petit arbre argenté.

— Le salaud! C'est lui.

— Mais... c'est le Père Noël.

— S'il vous plaît, Peabody, ressaisissez-vous. Lecture.

L'homme s'avançait vers la porte de Marianna, levait une main gantée pour appuyer sur la sonnette.

La tête rejetée en arrière, il riait. Puis la porte s'ouvrait. Radieuse, Marianna invitait son visiteur à entrer.

Avant de disparaître, il se tournait vers la caméra de surveillance pour lui adresser un clin d'œil.

— Stop! Le salaud, l'ordure! Impression de l'image, commanda Eve à l'ordinateur, tout en étudiant la figure de l'assassin, ses joues rondes et rubicondes, ses yeux bleus pétillant d'ironie. Il savait qu'on visionnerait ces disquettes. Et ça l'amuse.

— Il est habillé en Père Noël, vous vous rendez compte? Je trouve ça révoltant. Ce n'est... pas bien.

— Pourquoi? S'il était déguisé en Satan, ce serait plus convenable?

— Euh... non, bredouilla Peabody. Mais je... enfin, c'est abominable.

— Et très habile. Qui fermerait sa porte au nez du Père Noël? Lecture.

Sur l'écran, on ne voyait plus que le couloir désert. Les minutes s'égrenaient. 21 h 33.

Il avait effectivement pris tout son temps, pensa Eve. Deux heures et trente minutes s'étaient déjà écoulées depuis qu'il avait pénétré dans l'appartement. La corde dont il s'était servi pour ligoter Marianna devait être dans la grande boîte enveloppée de papier d'argent.

À 23 heures, un couple émergeait de l'ascenseur. Bras dessus bras dessous, hilares et visiblement un peu éméchés, l'homme et la femme passaient devant la porte de Marianna, sans se douter de la tragédie qui se jouait à quelques mètres d'eux.

La peur, la souffrance.

La mort.

À minuit et demi, la porte de Marianna se rouvrait, livrant passage à l'assassin en houppelande rouge. Il portait toujours la boîte argentée, un sourire réjoui éclairait sa figure. À nouveau, il regardait la caméra de surveillance. Une lueur sauvage flambait dans ses yeux.

Puis, d'un pas dansant, il rejoignait l'ascenseur.

— Copie de la disquette pour le dossier Hawley – numéro 25176-H. Peabody, dans ce chant de Noël... Il est question de combien de jours?

— Douze, lieutenant, répondit Peabody d'une voix sourde. Douze jours.

— Nous avons intérêt à découvrir si Marianna Hawley était vraiment son «seul amour», ou s'il en a onze autres en réserve, rétorqua Eve en se levant. Allons voir le petit ami.

Jeremy Vandoren travaillait dans un box minuscule, environné de boxes identiques qui évoquaient les alvéoles d'une ruche en pleine effervescence. Sur les parois transparentes de son réduit – juste assez grand pour abriter un ordinateur et un fauteuil pivotant – étaient punaisés des listings de cotations boursières, un programme de théâtre, une carte de Noël représentant une pulpeuse créature uniquement vêtue de flocons de neige placés aux endroits stratégiques, ainsi qu'une photo de Marianna Hawley.

Lorsque Eve pénétra dans le box, il lui jeta à peine un regard et continua à taper sur le clavier de son ordinateur, tout en parlant dans le micro fixé à ses écouteurs:

— Comstat à 5,8. Kenmart en baisse de trois points. Non, pour Connors Industries, nous avons une hausse de six points. Nos analystes prévoient que, d'ici à la fin de la journée, les actions auront encore augmenté de deux points.

Eve haussa les sourcils. Elle était là à cause d'un meurtre et, pendant ce temps, Connors gagnait des millions.

L'ironie du sort...

— C'est fait, dit Vandoren en appuyant sur une touche, les yeux rivés sur les chiffres et les symboles cabalistiques qui s'affichaient sur son écran. Oui, absolument. Merci.

Impatiente, Eve sortit son insigne et le lui montra. Il battit des paupières, écarta son micro.

— Que puis-je pour vous, lieutenant... Dallas?
— Vous êtes bien Jeremy Vandoren?
— Oui.

Ses yeux d'un brun profond se posèrent brièvement sur Peabody.

— Est-ce que j'aurais des problèmes avec la police ?

— Avez-vous quoi que ce soit à vous reprocher, monsieur Vandoren ?

— Pas que je sache, répondit-il avec un sourire qui creusa une petite fossette au coin de sa bouche. À moins que vous ne veniez m'arrêter pour cette barre de chocolat que j'ai volée quand j'avais huit ans.

— Connaissez-vous Marianna Hawley ?

— Bien sûr. Ne me dites pas que Marianna a elle aussi chipé du chocolat.

Soudain, comme une lumière qui s'éteint, son sourire s'évanouit.

— Qu'y a-t-il ? Il lui est arrivé quelque chose ?

Il se leva d'un bond, regarda par-dessus les cloisons du box.

— Où est-elle ?

— Monsieur Vandoren, je suis navrée, Marianna Hawley est morte.

— Non... ce n'est pas possible, balbutia-t-il. Non... je lui ai parlé hier soir. Nous devons dîner ensemble. Elle va bien. Vous avez dû faire une erreur.

— Il n'y a pas d'erreur. Je suis navrée, répéta Eve. Marianna Hawley a été assassinée cette nuit, à son domicile.

— Assassinée ?

Il secouait la tête, incrédule.

— Vous vous trompez, marmonna-t-il en pivotant pour chercher son vidéocom. Elle est à son travail, je vais l'appeler tout de suite.

Eve lui posa la main sur l'épaule, l'obligea à s'asseoir.

— Elle a été identifiée grâce à ses empreintes digitales et son ADN. Si vous en avez la force, j'aimerais que vous veniez avec moi reconnaître le corps.

— Reconnaître le...

Il se releva d'un mouvement si brusque qu'il heurta l'épaule blessée d'Eve, qui réprima une grimace.

— Oui, je viens avec vous. Parce que ce n'est pas elle, j'en suis certain. Ce n'est pas Marianna.

La morgue n'a jamais été un lieu très plaisant, mais en cette période de fête, quelqu'un avait eu la malencontreuse idée de suspendre au plafond du hall des ballons rouges et verts, et d'accrocher autour des portes des guirlandes dorées dépenaillées. Le décor n'en paraissait que plus macabre.

Eve, campée près de Jeremy Vandoren, le sentit se raidir en apercevant le cadavre étendu sur une table d'autopsie, de l'autre côté de la vitre.

Seule la tête était visible. On avait recouvert la victime d'un drap pour cacher à ceux qui l'aimaient le torse incisé en Y, l'étiquette attachée à l'un des pieds sur laquelle étaient inscrits un nom et un numéro.

— Oh non! gémit Vandoren, pressant ses paumes contre la vitre. Non, ce n'est pas possible.

Eve lui prit doucement le bras. Il tremblait comme une feuille.

— Si vous reconnaissez Marianna Hawley, hochez la tête.

Il opina, puis éclata en sanglots.

— Peabody, trouvez-nous un bureau libre. Et un verre d'eau.

Vandoren s'appuyait sur elle de tout son poids, le visage inondé de larmes.

— Venez, Jerry, murmura-t-elle.

Elle lui passa le bras autour de la taille pour l'aider à marcher. Jamais, songea-t-elle, elle ne s'habituerait au chagrin, à la douleur de ceux à qui la mort arrachait un être cher. Il n'existait pour eux aucun remède susceptible d'alléger leur souffrance.

— Nous pouvons nous s'installer ici, annonça Peabody en lui désignant une porte. Je vais chercher de l'eau.

— Asseyez-vous, Jerry.

Eve lui avança un fauteuil, lui tendit un mouchoir.

— Croyez bien que je suis profondément désolée.

Des mots dérisoires, qu'elle prononçait toujours pourtant, parce qu'elle ne trouvait rien de mieux à dire.

— Marianna... Qui aurait pu lui vouloir du mal? Qui?

— Je le découvrirai, je vous le promets.

Il leva vers elle des yeux rougis, emplis d'un indicible désespoir. Ravalant un sanglot, il extirpa de sa poche un petit écrin recouvert de velours.

— Je... je comptais le lui donner ce soir. J'aurais dû attendre la veille de Noël, parce que... Marianna adorait Noël, mais j'étais impatient...

De ses doigts tremblants, il ouvrit l'écrin où scintillait une bague de fiançailles.

— Je voulais la demander en mariage. Elle aurait dit oui. Nous nous aimions. Est-ce que...

Il referma l'écrin, le remit dans sa poche.

— Elle... elle a été tuée par un cambrioleur ?

— Nous ne le pensons pas. Depuis combien de temps la connaissiez-vous ?

— Six mois, presque sept. La période la plus heureuse de mon existence, ajouta-t-il en saisissant le verre d'eau que Peabody, qui les avait rejoints, lui tendait.

— Comment vous êtes-vous rencontrés ?

— Par l'intermédiaire d'Amoureusement Vôtre. Une agence de rendez-vous.

— Vous vous étiez inscrit dans une agence ? s'étonna Peabody.

— Sur un coup de tête, soupira-t-il. Mon travail m'accaparait, je ne sortais pas beaucoup. J'étais divorcé depuis deux ans, je suppose que je ne me sentais pas très à l'aise avec les femmes. Ça ne marchait jamais. Un jour, je suis tombé sur une publicité pour l'agence et je me suis dit : Pourquoi pas ? Je peux toujours essayer.

Il but une gorgée d'eau, déglutit avec peine.

— L'agence m'a proposé cinq rendez-vous. Les deux premiers n'ont rien donné. Ensuite j'ai rencontré Marianna. Et là... le coup de foudre.

Il ferma les yeux.

— Elle est si... merveilleuse, si enthousiaste, si dynamique. Elle aimait son travail, le théâtre. Elle fait partie d'une troupe d'amateurs.

Eve nota qu'il employait tour à tour le présent et le passé ; son cerveau ne parvenait pas à assimiler la terrible réalité.

— Vous avez donc commencé à vous fréquenter ?
— Oui. Le premier soir, nous avions décidé de prendre juste un verre ensemble. Pour faire connaissance. Mais, finalement, nous avons passé des heures à bavarder. Nous étions déjà amoureux.
— Elle éprouvait les mêmes sentiments que vous ?
— Oh oui !... Nous avons pris le temps de construire une vraie relation. On dînait au restaurant, on allait au théâtre. Le samedi après-midi, on visitait une exposition ou on partait en balade. Elle m'a emmené dans sa ville natale, pour me présenter à sa famille. Le 4 juillet, je lui ai présenté la mienne.
— Durant toute cette période, elle n'est pas sortie avec un autre homme ?
— Nous étions fidèles.
— Savez-vous si quelqu'un l'importunait – un ancien amant ? Son ex-mari ?
— Non, elle m'en aurait parlé. On se disait tout.
Le regard de Vandoren se durcit.
— Pourquoi cette question ? Est-ce que Marianna... Est-ce qu'il... Ô mon Dieu ! gémit-il. Il l'a violée, c'est ça ?
Il se redressa, les poings serrés.
— Ce salaud l'a violée ? répéta-t-il d'une voix sourde. J'aurais dû être avec elle. Si j'avais été là, il ne lui serait rien arrivé.
— Où étiez-vous, Jerry ?
— Pardon ?
— Où étiez-vous hier soir, entre 21 h 30 et minuit ?
— Vous croyez que je...
Il respira profondément, à plusieurs reprises.
— Je comprends. Vous devez explorer toutes les pistes. C'est pour elle que vous me demandez cela.
— Oui, rétorqua Eve avec compassion. C'est pour elle.
— J'étais chez moi. J'ai travaillé et commandé quelques cadeaux de Noël. J'ai aussi vérifié que le restaurant où nous devions dîner ce soir avait bien noté la réservation. J'étais nerveux, je voulais que...
Il s'interrompit, se racla la gorge.

— ... que tout soit parfait. Ensuite, j'ai téléphoné à ma mère. Il fallait que je me confie à quelqu'un. Elle était ravie, folle de joie. Elle aime beaucoup Marianna. J'ai appelé ma mère vers 22 heures. Vous pourrez le contrôler.

— Très bien, Jerry.

— Vous avez... la famille de Marianna est au courant ?

— Oui. J'ai prévenu ses parents.

Il fixa sur Eve un regard noyé de larmes.

— Il faut que je leur parle, que je leur ramène leur fille.

— Je veillerai à ce qu'on vous rende le corps le plus rapidement possible. Y a-t-il quelque chose que je puisse faire pour vous ?

— Non. Je dois avertir mes parents. Je dois m'en aller.

Il se dirigea vers la porte. Sans se retourner, il dit :

— Trouvez celui qui a tué Marianna. Je vous en supplie, trouvez-le.

— Comptez sur moi. Encore une chose, Jerry.

— Oui ?

— Marianna avait-elle un tatouage sur l'omoplate ?

Il émit un petit rire éraillé.

— Marianna ? Non, sûrement pas. Elle avait horreur de ces trucs à la mode, elle n'aurait même pas supporté un tatouage effaçable.

— Vous en êtes certain ?

— Nous étions amants, lieutenant. Nous nous aimions. Je la connaissais mieux que moi-même.

— Très bien. Merci, Jerry.

Eve attendit qu'il eût quitté la pièce pour demander :

— Vos impressions, Peabody ?

— Ce garçon a le cœur brisé.

— Je suis d'accord avec vous. Mais il arrive parfois qu'on tue ce qu'on aime le plus au monde. Son alibi n'est pas terrible.

— Il n'a pas l'allure d'un Père Noël.

— L'assassin non plus, je vous le garantis. Sinon, il n'aurait pas plastronné devant la caméra. Avec un peu de rembourrage, des lentilles de contact colorées, un bon maquillage, une perruque et une barbe, n'importe qui peut ressembler au Père Noël.

Eve soupira.

— J'ai malgré tout l'intuition que Vandover n'est pas notre coupable. Cherchons plutôt dans l'entourage de Marianna, ses collègues de travail, ses amis. Et surtout, ses ennemis.

Des ennemis, Marianna n'en avait apparemment pas.

Toutes les personnes interrogées la décrivaient comme une jeune femme enjouée et extravertie qui aimait la vie, son travail et sa famille.

Elle faisait partie d'un groupe d'amies étroitement soudé, adorait le shopping, le théâtre et était passionnément éprise de Jeremy Vandoren.

Elle nageait dans le bonheur.

Tout le monde l'aimait.

Elle avait un cœur d'or.

Au volant de sa voiture, Eve se remémorait tout ce qu'on lui avait dit sur Marianna. Personne ne lui trouvait le moindre défaut. Elle n'avait entendu aucun de ces commentaires sournois, mi-figue, mi-raisin, que les morts inspirent souvent aux vivants.

Quelqu'un l'avait pourtant bel et bien tuée. Il l'avait fait de sang-froid et, si l'on en jugeait par les yeux étincelants du Père Noël, avec jubilation.

Mon seul amour.

Oui, quelqu'un l'avait aimée au point de l'assassiner. Eve était bien placée pour savoir que ce genre d'amour pervers, violent, existait. Elle en avait été la victime. Et elle s'en était délivrée, songea-t-elle en branchant son communicateur.

— Dickie, vous avez le rapport de toxicologie pour Hawley ?

La figure perpétuellement affligée du responsable du labo apparut sur l'écran.

— À cette époque de l'année, on est débordés, je ne vous apprends rien. Les gens s'entre-tuent, et les techniciens ne pensent qu'à Noël au lieu de faire leur boulot.

— Je vous plains de tout mon cœur. N'empêche qu'il me faut ce rapport.

— Et moi, j'ai besoin de congés, grommela-t-il en se tournant vers son ordinateur. Elle était sous tranquillisant. Un médicament léger, délivré sans ordonnance. Compte tenu du poids de la victime, la dose qu'on lui a administrée l'a assommée pendant une dizaine de minutes, pas plus.

— Ça suffisait largement, murmura Eve.

— Le tranquillisant lui a été injecté dans l'avant-bras droit. Elle a dû se sentir étourdie, désorientée. Peut-être même qu'elle a perdu conscience un moment.

— Bon. Des traces de sperme ?

— Non, pas le moindre petit soldat. Il a sans doute utilisé un préservatif, mais nous devons vérifier. Le corps était aspergé de désinfectant, on en a même trouvé des traces dans le vagin, ce qui expliquerait que les spermatozoïdes aient été anéantis. Oh ! encore une chose. Les cosmétiques qu'il a utilisés pour la farder ne correspondent pas à ceux qu'elle possédait. Nous n'avons pas encore fini de les analyser, mais il semblerait que ce soient des produits naturels, donc onéreux. Il les a probablement apportés sur place.

— Communiquez-moi les marques dès que possible. C'est une piste intéressante. Bon boulot, Dickie.

— Ouais, vous parlez d'une trêve des confiseurs !

— Merci quand même.

Elle interrompit la communication. Quelques minutes plus tard, elle franchissait les hautes grilles du domaine. Les immenses fenêtres cintrées de la demeure répandaient dans l'obscurité hivernale leur douce et chaleureuse lumière.

Ce palais était désormais sa maison, car l'homme qui le possédait lui avait passé la bague au doigt, songea-t-elle en baissant les yeux sur son alliance. Jeremy Vandoren, lui aussi, voulait épouser Marianna.

Elle était tout pour moi, avait-il dit. L'an dernier encore, Eve n'aurait pas saisi la portée de ces paroles. Maintenant, elle comprenait.

Elle resta assise un instant dans la voiture, poussa un lourd soupir. Le chagrin de cet homme l'avait bouleversée. C'était une faute : se laisser aller à l'émotion ne l'aiderait pas à mener son enquête, au contraire, cela risquait d'en entraver les progrès.

L'amour n'était pas toujours vainqueur, mais la justice pouvait remporter la bataille, si Eve faisait ce qu'il fallait.

Elle gara sa voiture au pied du perron et grimpa les marches. Parvenue dans le hall, elle jeta négligemment sa veste en cuir sur la rampe de l'escalier.

Comme à l'accoutumée, Summerset apparut aussitôt, surgi de nulle part, tel un grand oiseau de malheur, maigre et blême.

— Lieutenant, articula-t-il, dardant sur elle un regard réprobateur.

— Ne vous avisez surtout pas de déplacer mon véhicule, lança-t-elle en montant l'escalier quatre à quatre.

— Vous avez plusieurs messages.

— Ça attendra !

Dans l'immédiat, elle ne rêvait que d'une douche brûlante, d'un verre de bon vin et d'un petit somme.

— Lieutenant ! insista Summerset.

Mais déjà elle n'écoutait plus. Elle poussa la porte de la chambre... et s'arrêta net. Connors était campé devant la penderie, torse nu. Il tendait le bras pour prendre une chemise propre, les muscles de son dos roulaient sous sa peau. Quand il tourna la tête, Eve crut que son cœur explosait dans sa poitrine. Jamais elle ne se lasserait de contempler ce beau visage encadré de cheveux noirs, cette bouche sensuelle, ces yeux d'un bleu incroyable, rayonnant de tendresse.

— Salut, lieutenant.

— J'ignorais que tu étais déjà rentré.

Il reposa la chemise. Elle avait mal dormi, se dit-il. Il y avait dans son regard la lassitude et les ombres des mauvais jours.

— Je me suis dépêché.

Elle s'élança vers lui, se blottit dans les bras qu'il lui ouvrait, et respira son parfum.

— Alors c'est vrai? murmura-t-il. Je t'ai manqué?
— Laisse-moi tranquille, tu veux?
— D'accord.

Elle était si bien contre lui, leurs corps étaient faits l'un pour l'autre, comme les deux moitiés d'un même fruit. Elle pensa à la bague que lui avait montrée Jeremy Vandoren, ce bijou qui était une promesse de bonheur.

— Je t'aime, souffla-t-elle d'une voix tremblante. Pardon de ne pas te le dire plus souvent.

Elle était au bord des larmes. Alarmé, il massa doucement sa nuque contractée.

— Qu'y a-t-il, Eve?
— Pas maintenant.

Elle s'écarta, prit entre ses mains le visage de son mari.

— Je suis si contente que tu sois de retour, que tu sois à la maison.

Elle l'embrassa, et il sentit dans son baiser cette passion qui ne cessait de l'émerveiller. Il y perçut aussi le besoin éperdu de tout oublier.

— Tu étais en train de te changer?
— Oui. Hmm... encore, murmura-t-il en lui mordillant la lèvre inférieure.
— À mon avis, les vêtements sont superflus, dit-elle en lui dégrafant son pantalon.
— Tu as absolument raison.

Il la débarrassa adroitement de son holster.

— J'adore te désarmer, lieutenant.

Vive comme l'éclair, elle le plaqua contre la penderie.

— Je n'ai pas besoin d'une arme pour te soumettre à ma volonté.
— Prouve-le.

Quand elle referma les doigts sur son sexe, il réprima un tressaillement.

— Une fois de plus, tu as perdu tes gants. Tes mains sont glacées.
— Des récriminations?
— Pas la moindre.

Il avait déjà le souffle court. De toutes les femmes qu'il avait connues, Eve était la seule capable de le mettre dans cet état. Il lui déboutonna fébrilement son chemisier, lui caressa les seins.

— Viens au lit...
— Pourquoi? Tu n'es pas bien, ici?
— Si...

D'un coup de genou, il la déséquilibra et l'allongea sur la moquette.

— Mais c'est moi qui commande, ajouta-t-il d'une voix rauque.

Il lui baisa la gorge, mordit la chair tendre de son cou, ses mamelons dressés. Il la connaissait si bien, mieux peut-être qu'elle ne se connaissait elle-même. Et il savait qu'elle avait besoin de se noyer dans le flot brûlant du plaisir, pour se libérer de ce qui la tourmentait.

Elle avait perdu du poids pendant sa convalescence, elle était si frêle qu'il craignait presque de la casser, pourtant il la prendrait sauvagement, avec fièvre, parce qu'elle le voulait ainsi.

Elle se cambrait sous lui qui l'écrasait de son poids, pour lui offrir ses seins palpitants entre lesquels brillait, telle une larme, le diamant qu'il lui avait offert.

En un tour de main, il lui ôta son pantalon. Puis il promena sa bouche le long de ses côtes, jusqu'à son ventre et à sa toison brune. Quand il la pénétra de sa langue, un violent tremblement la secoua tout entière. Il vit le sang battre dans ses veines bleutées, de fines gouttelettes de sueur perler sur le satin de sa peau. Elle se tordait sur le sol, gémissait.

Impatiente, elle l'agrippa par les épaules, noua ses longues jambes autour de sa taille. D'un coup de reins, il entra en elle, ravala un cri en sentant l'étau soyeux étreindre son sexe. Déjà elle accélérait le tempo, les yeux rivés aux siens. Ils jouirent au même instant et retombèrent, pantelants, exténués.

— C'est bon de te retrouver, murmura-t-il.

Elle avait eu sa douche, son verre de vin et ce qu'elle considérait comme le comble de la décadence : un dîner au lit avec son mari.

— Raconte-moi, Eve.

Il avait attendu qu'elle eût mangé, qu'elle fût parfaitement détendue. Maintenant, il voulait savoir ce qui la tracassait.

— Je ne tiens pas à parler boulot quand je suis à la maison.

Souriant, il remplit à nouveau leurs verres.

— Pourquoi pas ? Je le fais bien, moi.

— C'est différent.

— Tu ne peux pas te couper en deux, Eve, pas plus que moi. Tu es un flic, tu as ton métier dans le sang.

Elle s'adossa aux oreillers, leva les yeux vers le dôme vitré au-dessus de leur lit. Et elle raconta tout.

— C'était horrible, conclut-elle, mais ce n'est pas ce qui me perturbe, j'ai vu des spectacles bien plus affreux. Elle était... innocente. Tu comprends ? Il y avait quelque chose de si pur dans l'expression de son visage, dans sa façon d'être. Je sais bien que la pureté est souvent foulée aux pieds. Moi, je ne me rappelle pas avoir jamais été pure. Mais je me souviens de ce qu'on éprouve quand on vous détruit.

Connors lui prit la main.

— Tu as été blessée, tu es vulnérable. Une affaire de viol, de meurtre, ce n'est peut-être pas très bon pour toi.

— J'ai bien failli m'en décharger, avoua-t-elle, et cette confession lui fit tellement honte qu'elle baissa la tête. Si j'avais deviné ce qui m'attendait, je ne serais même pas allée sur les lieux.

— Tu peux encore confier le dossier à l'un de tes collègues. Personne ne t'en blâmera.

— Mais moi, je me le reprocherai. Maintenant que je connais Marianna, je ne peux pas lui tourner le dos et m'en aller comme ça.

Elle fourragea dans ses cheveux.

— Si tu l'avais vue quand elle a ouvert la porte. Surprise, ravie. Une petite fille. Oh, chouette, un cadeau! Et le coup d'œil que ce salaud a lancé à la caméra avant d'entrer. Son sourire. Et après, quand il a rejoint l'ascenseur... il dansait de joie, l'ordure.

Connors l'observait en silence. La flamme qui brûlait dans les yeux d'Eve était celle de la vengeance.

— Il jubilait. Ça m'a rendue malade.

Elle ferma brièvement les paupières; quand elle les rouvrit, le feu dans ses prunelles s'était éteint.

— Il a fallu que je prévienne ses parents, que je soutienne Vandoren quand il s'est effondré. Marianna était une jeune femme toute simple, gentille, heureuse de vivre. Elle allait se fiancer et elle a ouvert sa porte au Père Noël parce que, pour elle, il symbolisait l'innocence de l'enfance. Elle en est morte.

Connors lui pressa doucement les doigts.

— Tu as le droit d'être bouleversée, cela n'enlève rien à tes qualités de flic.

— Mais cela me rapproche du moment où je me dirai: voilà, j'ai atteint la limite, je ne supporterai pas un meurtre de plus.

— Il ne t'est jamais venu à l'idée de faire un break?

Comme elle fronçait les sourcils, il esquissa un sourire.

— Non, bien sûr. Tu le supporteras, Eve, puisque c'est ton métier, ta vie.

Elle posa la tête sur l'épaule de son mari.

— J'ai peur de devoir y faire face plus tôt que je ne le voudrais. Connors, tu crois que Marianna sera la seule? Son seul amour? Et si elle n'était que la première des douze?

3

Eve fit pour la deuxième fois le tour du parking du centre commercial.

— Qu'est-ce qu'ils fichent là, tous ces gens? Ils n'ont pas un travail, une maison?

— Pour certains, le shopping est essentiel, répondit Peabody d'un ton docte.

Eve, qui venait de repérer une place entre les voitures serrées comme des sardines, donna un brusque coup de volant. Peabody ferma les yeux et se cramponna au tableau de bord.

— Je vous signale qu'on peut acheter tout ce qu'on veut en restant tranquillement chez soi, bougonna Eve.

— Le shopping en ligne ne procure pas du tout le même plaisir. Se faire bousculer, jouer des coudes... ça, c'est excitant.

— Pfff, vous parlez d'un amusement!

Exaspérée, Eve sortit de la voiture. Aussitôt, une musique tonitruante lui écorcha les tympans. Maintenant, elle comprenait pourquoi les gens se ruaient dans les magasins : pour échapper à ces maudits chants de Noël.

Sous l'immense verrière de la galerie tourbillonnait une fine neige artificielle. Des tableaux animés occupaient les vitrines : un Père Noël et ses lutins s'affairaient à fabriquer des jouets ; des rênes volaient au-dessus des toits, tandis que de blonds chérubins déballaient leurs cadeaux.

Plus loin, un droïde vêtu d'une combinaison noire et d'une chemise lumineuse à carreaux – la tenue des adolescents branchés – faisait des sauts périlleux. Il était chaussé du gadget de l'année : des patins volants. Quand on appuyait sur le bouton, près de la vitrine, on l'entendait vanter avec un enthousiasme délirant les mérites de ses patins. Il indiquait aussi leur prix, les différents modèles disponibles et le rayon où l'on pouvait les acheter.

— J'aimerais bien les essayer, fit Peabody.

— Vous n'auriez pas passé l'âge des jouets ?

— Ce n'est pas un jouet, c'est une aventure, rétorqua Peabody, répétant mot pour mot le slogan publicitaire.

— Dépêchez-vous un peu. Ce genre d'endroit me flanque de l'urticaire.

Dès qu'elles eurent franchi les portes, une voix mélodieuse leur susurra : « Bienvenue chez Bloomingdale. Chez nous, le client est roi. »

À l'intérieur régnait une cacophonie assourdissante qui résonnait jusque sous la voûte du gigantesque édifice, temple de la consommation.

Des droïdes circulaient parmi la foule, exhibant les vêtements, les accessoires et les bijoux vendus dans le magasin. Au rez-de-chaussée était aménagé un vaste espace où l'on pouvait laisser bambins, animaux domestiques et personnes âgées – pour ceux qui ne souhaitaient pas s'encombrer de Junior, Médor, ou grand-papa.

On pouvait également louer – pour une heure ou une journée entière – des mini-voitures afin de se déplacer d'un étage à l'autre sans fatigue malgré les paquets.

Un droïde auréolé de mèches flamboyantes qui se tortillaient sur son crâne, tels des serpents, s'approcha. Il tenait un flacon de cristal.

— Enlevez-moi ça de sous le nez, gronda Eve.

— Moi, j'en veux bien, dit Peabody en renversant la tête pour que le droïde lui vaporise du parfum sur le cou.

— Une goutte de *C'est moi*, et vous serez conquise, roucoula-t-il.

— Hmm, ça sent bon. Qu'est-ce que vous en pensez, lieutenant?

Eve renifla, secoua la tête.

— Non, ce n'est pas vous.

— Ça pourrait le devenir, bougonna Peabody, vexée.

— Essayons de ne pas perdre notre objectif de vue, s'il vous plaît, rétorqua Eve en prenant le bras de son assistante pour la forcer à accélérer le pas. On file au rayon des vêtements pour hommes et on déniche le vendeur qui a servi Hawley hier. Elle a payé avec sa carte de crédit, par conséquent, ils ont son nom et son adresse.

— Je pourrais profiter de ce que nous sommes là pour terminer mes achats de Noël.

— Terminer?

— Oui, il ne me reste que deux ou trois cadeaux à choisir. Et vous? Je suppose que vous n'avez pas encore commencé? demanda Peabody, narquoise.

— J'y ai réfléchi.

— Qu'est-ce que vous allez offrir à Connors?

— J'y réfléchis.

— Ici, ils ont des vêtements magnifiques.

— Connors en a des pleines penderies.

— Vous lui en avez déjà acheté?

— Je ne suis pas sa mère, répliqua Eve sèchement.

Peabody lui désigna un droïde qui présentait un pantalon de cuir noir et une chemise en soie gris tourterelle.

— Cette tenue lui irait à la perfection. Vous savez, les hommes adorent que leur femme les habille.

— J'ai du mal à m'habiller moi-même, alors s'il faut en plus que je m'occupe des autres... non merci. De toute façon, on n'est pas là pour faire des emplettes. Un peu de sérieux, Peabody.

Une lueur assassine dans les yeux, Eve fonça vers le premier comptoir qu'elle aperçut et brandit son insigne.

Le vendeur sursauta.

— Que puis-je pour vous, lieutenant?

— Une dénommée Marianna Hawley est venue ici avant-hier. Je veux savoir qui l'a servie.

— Je pense pouvoir vous renseigner. Lieutenant, enchaîna-t-il à voix basse, cela ne vous ennuierait pas de ranger votre insigne, et de... euh... boutonner votre veste pour cacher votre arme ? Il me semble que... euh... tout le monde serait plus à l'aise.

Sans un mot, Eve s'exécuta.

— Mme Hawley, dit-il, visiblement soulagé, en se penchant vers l'écran de son ordinateur. Savez-vous si elle a réglé ses achats en espèces, par carte de crédit ? À moins qu'elle n'ait un compte chez nous ?

— Elle a réglé la facture avec sa carte de crédit. Elle a acheté des vêtements pour homme. Deux chemises – une en soie, l'autre en coton –, un pull en cachemire et une veste.

— Oui, oui, je me souviens. C'est moi qui l'ai servie. Une jolie brune d'une trentaine d'années.

— Vous avez une excellente mémoire.

— C'est mon travail, rétorqua-t-il, modeste. Je n'oublie jamais un client ni les articles qu'il a choisis. Mme Hawley a un goût très sûr, et elle a eu la bonne idée d'apporter un hologramme de son compagnon, afin que nous puissions déterminer quelle gamme de coloris lui conviendrait le mieux.

— Est-ce qu'un autre vendeur s'est occupé d'elle ?

— Pas à cet étage.

— Vous avez son adresse dans vos fichiers ?

— Oui, naturellement. Je lui ai proposé de faire livrer ses achats, mais elle a refusé. Elle a dit qu'elle adorait le shopping et que porter ses paquets ajoutait à son plaisir.

Il s'interrompit, soudain inquiet.

— Elle n'est pas mécontente, au moins ?

Eve le regarda droit dans les yeux, sûre à présent qu'elle perdait son temps.

— Non, rassurez-vous. Vous n'avez remarqué personne qui rôdait dans le coin, qui l'observait ou lui parlait ?

— Je n'ai pas fait attention, je suis un peu débordé, vous comprenez. Mon Dieu, j'espère qu'elle n'a pas été importunée dans le parking ! Au cours des dernières semaines, nous avons eu à déplorer plusieurs incidents de ce genre. Cela me dépasse. C'est Noël, comment peut-on avoir l'idée d'agresser les gens ?

— À ce propos, vous vendez des tenues de Père Noël ?

— Pardon ? Oh... oui ! vous en trouverez sans doute au sixième étage.

— Merci. Peabody, vous vérifiez, ordonna Eve en s'éloignant. Notez le nom et l'adresse de tous ceux qui ont acheté ou loué un déguisement depuis la mi-novembre. Moi, je vais au rayon des bijoux pour voir si quelqu'un reconnaît la broche. Vous me rejoignez là-bas.

— Bien, lieutenant.

Eve agita un doigt menaçant.

— Je vous accorde un quart d'heure, pas une minute de plus. Passé ce délai, je vous fais arrêter par les vigiles du magasin pour vol à l'étalage.

— Elle est très sévère, dit Peabody au vendeur médusé.

Devoir se frayer un chemin dans la cohue pour gagner le troisième étage ne contribua pas à améliorer l'humeur d'Eve. Quand elle parvint enfin à destination, la vue des innombrables présentoirs acheva de la décourager. Il y avait là des tonnes d'or, d'argent, de pierres précieuses, de toutes les couleurs et de toutes les formes.

Elle ne comprenait pas cette manie qu'avaient les gens de se couvrir de bijoux. Connors lui-même ne cessait de lui offrir des boucles d'oreilles, des colliers, songea-t-elle en tâtant machinalement le diamant qu'elle dissimulait sous son chemisier.

Comme les vendeurs s'obstinaient à l'ignorer, elle en agrippa un par le col. Outré, il protesta d'une voix stridente :

— Voyons, madame !

— Lieutenant, rectifia-t-elle en extirpant son insigne de sa poche. Vous êtes disponible, à présent ?

— Oui, bredouilla-t-il. Qu'y a-t-il pour votre service ?

Elle lui montra le sachet transparent qui renfermait la broche découverte sur la victime.

— Vous rappelez-vous avoir vendu cet objet ?

— Je ne crois pas que cela vienne de chez nous. Du bel ouvrage, un cadeau idéal pour les fêtes.

— Où peut-on l'acheter, selon vous ?

— À mon avis, chez un joaillier. Il y en a six dans la galerie marchande. Peut-être que l'un d'eux le reconnaîtra.

— Génial, grommela Eve.

— Vous avez besoin d'autre chose ?

Elle baissa les yeux sur le présentoir, remarqua un collier formé de trois rangs d'énormes perles multicolores. L'ensemble était spectaculaire, un brin vulgaire. Il plairait à Mavis.

— Ça, dit-elle, pointant le doigt.

— Ah ! vous voulez voir notre parure barbare. Une pièce unique, admirable. Je vous la montre tout de suite.

— Vous ne me la montrez pas, vous me l'emballez. Et vite fait.

— Bien, bien, répliqua-t-il, choqué.

Il tendait à Eve un paquet rouge et or lorsque Peabody reparut.

— Je vous y prends ! lança-t-elle d'un ton accusateur. Vous avez fait du shopping.

— Non, j'ai sauté sur l'occasion, nuance. La broche ne vient pas d'ici. Le vendeur a été catégorique, or, il semble savoir de quoi il parle. Partons d'ici, nous avons perdu assez de temps.

— Parlez pour vous, marmonna Peabody. Qu'est-ce que vous avez acheté ?

— Un truc pour Mavis. Ne vous inquiétez pas, vous aussi vous aurez votre cadeau.

— C'est vrai ? rétorqua Peabody qui, du coup, retrouva son sourire. Moi, j'ai déjà le vôtre. Vous voulez savoir ce que c'est ?

— Non.

— Je vous donne un indice ?
— Ressaisissez-vous, Peabody ! Lisez-moi plutôt les noms qu'on vous a communiqués au rayon des déguisements.
— Oui, lieutenant. Où allons-nous, maintenant ?
— À l'agence Amoureusement Vôtre. Là-bas aussi, interdiction de faire du shopping, ajouta Eve en lançant à son assistante un regard acéré.
— J'avais compris, lieutenant.

Elles prirent la direction de la 5e Avenue, où se dressait un immeuble de marbre noir. Elles entraient là dans un autre temple : celui de la remise en forme physique, morale et affective.

Plusieurs salles de gym dotées d'équipements dernier cri attendaient le client qui souhaitait se délester de quelques kilos superflus. Un étage entier était consacré aux adeptes des méthodes plus philosophiques ; on y rééquilibrait les chakras et on y administrait notamment – ce qui fit grimacer Eve – des lavements au café.

Bains de boue, d'algues, injections de placenta de brebis élevées sur Alpha 6, séances de relaxation, de réalité virtuelle, lifting, chirurgie esthétique pour remodeler telle ou telle partie du corps – toutes les formules imaginables étaient proposées.

Une fois que le client se sentait mieux dans sa peau et dans sa tête, on l'invitait à consulter le personnel hautement qualifié d'Amoureusement Vôtre qui l'aiderait à trouver le partenaire idéal.

L'agence occupait trois étages de l'immeuble. Ses employés étaient évidemment superbes, tous vêtus de sobres tailleurs ou costumes noirs ornés d'un petit cœur rouge brodé sur la poitrine.

Le hall de réception évoquait un temple grec, avec des colonnes de marbre blanc autour desquelles s'enroulaient des plantes grimpantes, des fontaines musicales et des bassins où frétillaient des poissons rouges. Des fauteuils bas, garnis de coussins moelleux, étaient harmonieusement disposés sur le sol dallé. Un comptoir se dissimulait entre d'immenses palmiers.

Eve montra son insigne à la réceptionniste.

— Je cherche des renseignements sur l'une de vos clientes.

La jeune femme se mordit la lèvre et, d'un geste nerveux, effleura le minuscule cœur, pareil à une larme de sang, tatoué sous son œil.

— Tous nos dossiers sont strictement confidentiels. Nous avons l'obligation de préserver l'intimité de nos clients.

— La cliente dont je vous parle ne se soucie plus de son intimité. Il s'agit d'une enquête officielle. Si vous insistez, j'obtiendrai un mandat dans cinq minutes pour passer vos fichiers au peigne fin.

— Si vous voulez bien patienter un instant, je préviens la direction.

— Parfait.

Eve et Peabody s'assirent dans les fauteuils les plus proches, près d'une fontaine.

— Hmm, ça sent bon, soupira Peabody, les reins confortablement calés par un coussin doré. Ils doivent mettre du parfum dans le système de climatisation. Ce qu'on est bien, ici. Voilà le genre d'endroit où j'aimerais vivre.

— Vous me semblez incroyablement frivole, ces temps-ci.

— C'est Noël qui me fait ça. Waouh! regardez ce canon, chuchota Peabody en fixant un regard admiratif sur un homme aux cheveux blonds décolorés qui passait dans le hall. Pourquoi un type aussi beau a-t-il besoin d'une agence de rendez-vous?

— Pourquoi les gens en général en ont-ils besoin? C'est nul.

— Je n'en suis pas si sûre, rétorqua Peabody qui se pencha pour ne pas perdre le beau blond de vue. On gagne du temps, on s'épargne de la fatigue et des larmes. Je devrais peut-être tenter ma chance.

— Ce type n'est pas pour vous, décréta Eve.

— Qu'est-ce que vous en savez ? s'indigna Peabody. Il est tout à fait à mon goût.

— Essayez donc de discuter avec lui et vous déchanterez vite. Il est imbu de lui-même, ça crève les yeux. Au bout de dix minutes de conversation, vous bâilleriez à vous en décrocher la mâchoire.

— Eh bien, on ne parlerait pas. On se contenterait de se donner du plaisir.

— Là aussi, vous seriez déçue. Je vous garantis que c'est un amant déplorable. Il est comme Narcisse, amoureux de sa jolie petite gueule. Que sa partenaire prenne du plaisir ou non, il s'en fiche éperdument.

À cet instant, l'adonis oxygéné sortit un miroir de sa poche et s'examina avec un bonheur si évident que Peabody soupira :

— Pourquoi faut-il que vous ayez toujours raison ? Ça m'agace.

— Regardez ces deux-là, murmura soudain Eve. Ils sont tellement éblouissants qu'il faut des lunettes de soleil pour les contempler.

— Ken et Barbie.

Comme Eve la considérait d'un air ahuri, Peabody soupira de nouveau.

— Vous n'aviez pas de poupée Barbie quand vous étiez enfant ?

— Je n'ai pas eu d'enfance, rétorqua simplement Eve en se tournant vers le couple spectaculaire qui approchait.

La femme avait une poitrine généreuse et des hanches étroites, ainsi que la mode l'exigeait. Ses cheveux raides, d'un blond si pâle qu'il paraissait argenté, tombaient comme un rideau de soie jusqu'à sa taille. Elle avait le visage lisse, d'une pâleur d'albâtre, éclairé par des yeux émeraude frangés de cils du même vert que ses iris. Un sourire poli étirait ses lèvres pleines, d'un rouge ardent.

Son compagnon était tout aussi étonnant, avec ses épaules d'athlète et ses longues cuisses musclées. Sa chevelure, dont la couleur évoquait un clair de lune, était retenue sur la nuque par un mince ruban doré.

Contrairement aux autres membres du personnel, ils étaient vêtus de blanc. La femme avait noué une écharpe rouge sur sa combinaison, pour mettre en valeur sa taille de sylphide.

Ce fut elle qui parla la première, d'une voix douce :

— Je suis Piper, et voici mon associé, Rudy. Que pouvons-nous faire pour vous ?

— Je cherche des renseignements sur l'une de vos clientes, répondit Eve en exhibant son insigne. Elle a été assassinée.

La dénommée Piper pressa une main sur son cœur.

— Assassinée ? Quelle horreur ! Rudy...

— Soyez assurée de notre entière coopération, s'empressa-t-il de dire. Mais nous devrions discuter de cela en privé, ajouta-t-il, désignant une cabine d'ascenseur transparente, flanquée de gigantesques azalées blanches. Vous êtes certaine que la victime était l'une de nos clientes ?

— Son fiancé l'a rencontrée grâce à votre agence, répliqua Eve qui, tandis que l'ascenseur les emportait vers le dernier étage, sentait le vertige la gagner et s'efforçait de ne pas regarder en bas.

— Pour former des couples, nous sommes les meilleurs, déclara Piper. Nous avons un remarquable taux de réussite. J'espère qu'il ne s'agit pas d'une querelle d'amoureux qui a tourné au drame ?

— Nous n'avons pas encore de certitude sur ce point.

— Cela m'étonnerait beaucoup, rétorqua Rudy. Nous veillons toujours à associer des tempéraments compatibles.

— Comment vous y prenez-vous ?

— Pour chaque candidat, nous établissons une banque de données : situation personnelle, financière, tests de personnalité, préférences sexuelles. Ceux qui s'avèrent avoir un penchant pour la violence sont immédiatement rejetés.

Il poussa la porte d'un vaste bureau où le blanc et le rouge dominaient. L'un des murs, entièrement vitré, était pourvu d'un écran qui filtrait la lumière et le bruit du trafic aérien.

— Vous avez quel pourcentage de déviants ?

Piper pinça les lèvres.

— Nous ne considérons pas les préférences sexuelles comme des déviances.

— Mettons les points sur les i, fit Eve d'un ton sec. Je vous parle des sadiques, des adeptes du fouet et autres instruments de torture. Vous en avez, dans votre banque de données ?

Rudy toussota, gêné, et s'approcha d'une grande console blanche.

— Nous avons sans doute quelques clients qui cherchent à vivre... comment dire, des expériences un peu particulières. Mais nous leur proposons des partenaires dont les goûts correspondent aux leurs.

— Qui avez-vous proposé à Marianna Hawley ?

— Marianna Hawley ? répéta-t-il en lançant un regard perplexe à Piper.

— Cela ne me rappelle rien. Il faut que je la voie, je n'oublie jamais un visage.

Rudy annonça le nom à l'ordinateur et, une seconde après, Marianna était là devant eux, sur l'écran mural. Souriante, les yeux pétillants.

— Oui, je me souviens d'elle, déclara Piper. Elle était charmante, travailler avec elle a été un vrai plaisir. Elle voulait un compagnon qui ait le sens de l'humour et qui aime l'art – surtout le théâtre, il me semble. C'était une romantique, elle avait quelque chose de délicieusement suranné.

Piper s'interrompit soudain, comme frappée par la foudre.

— Elle a été assassinée ? Oh ! Rudy...

Avec la vivacité et la grâce d'un félin, il se précipita pour la soutenir et la faire asseoir sur un divan.

— Piper est très attachée à nos clients. C'est pour cette raison qu'elle accomplit un travail admirable : le sort de chacun lui tient à cœur.

— Le sort de Marianna Hawley me préoccupe, moi aussi, rétorqua froidement Eve.

Rudy la dévisagea et hocha la tête.

— Bien sûr. Selon vous, elle aurait connu son meurtrier par l'intermédiaire de notre agence.

— L'enquête nous le dira. Il me faut des noms.

— Donne-lui ce qu'elle demande, Rudy, balbutia Piper en séchant ses larmes.

— Je le voudrais bien, mais nous avons des obligations envers nos clients. Quand ils s'inscrivent chez nous, nous nous engageons à ne rien révéler de leur vie privée.

— Marianna Hawley a été violée et étranglée. Vous trouvez qu'on a respecté sa vie privée ? Vous souhaitez qu'une autre femme connaisse la même fin ?

Rudy devint aussi blanc que les murs du bureau.

— D'accord, je vous donne la liste tout de suite. Je compte sur votre discrétion.

— Vous pouvez surtout compter sur mon efficacité.

4

Pour Sarabeth Greenbalm, ce n'était pas une bonne journée. Elle détestait se produire en matinée. Au Sweet, la clientèle de l'après-midi était essentiellement composée de jeunes cadres en quête de plaisirs bon marché. Ils avaient des oursins dans les poches, et les strip-teaseuses qui espéraient un pourboire pouvaient se brosser, elles ne récoltaient que des commentaires salaces.

Cinq heures de travail ne lui avaient rapporté qu'une petite centaine de dollars, et une demi-douzaine de propositions malhonnêtes.

Pas la moindre demande en mariage, naturellement.

Car Sarabeth ne rêvait que de mariage. C'était son Graal.

Inutile de se leurrer, elle ne se dénicherait pas un mari fortuné au cours de ces spectacles en matinée. Même dans une boîte aussi huppée que le Sweet. Le gibier intéressant – P-DG et hommes d'affaires – ne venait que la nuit. Là, on se faisait facilement dans les mille dollars, voire le double quand on s'asseyait sur les genoux de ces messieurs. Et, plus important encore, on glanait de précieuses cartes de visite.

Tôt ou tard, un de ces Crésus au sourire étincelant et aux mains avides lui passerait la bague au doigt pour s'offrir le privilège de la tripoter à loisir.

Tel était le plan de carrière qu'elle avait résolu de mettre en œuvre lorsque, cinq ans auparavant, elle avait quitté Allentown, en Pennsylvanie, pour s'installer à New York. À Allentown, le strip-tease rapportait tout juste de quoi ne pas coucher sous les ponts. Cependant, à New York, ce n'était pas non plus de la tarte. Il fallait se bagarrer, et la compétition était rude.

Les belles filles ne manquaient pas. Et elles avaient l'éclat de la jeunesse.

La première année, Sarabeth avait couru de clubs minables en boîtes miteuses – elle assurait deux ou trois représentations par nuit, pour un salaire de misère. Elle en avait bavé, mais elle avait réussi à mettre de côté un petit pécule.

Ensuite, elle s'était démenée pour décrocher un emploi régulier dans un établissement huppé. Il lui avait fallu douze longs mois d'efforts, mais elle avait fini par creuser sa niche au Sweet. La troisième année, elle s'était acharnée à grimper les échelons pour devenir l'une des vedettes du show. Là-dessus, elle avait commis l'erreur de se lancer dans une liaison avec l'un des videurs du club. Résultat : six mois de perdus.

Elle aurait peut-être pu vivre avec ce garçon, s'il ne s'était pas fait trucider par des ivrognes dans le bouge où il travaillait au noir, parce que Sarabeth lui avait dit que, pour être son concubin, il avait intérêt à renflouer son compte en banque.

Tout bien considéré, elle n'éprouvait pas de tristesse. Maintenant, elle ne devait plus se fourvoyer. Elle avait quarante-trois ans, le temps pressait.

Se déshabiller devant les hommes ne la dérangeait pas. C'était une excellente danseuse et son corps représentait son meilleur atout. La nature s'était montrée généreuse, elle l'avait dotée de seins ronds et fermes qui n'avaient pas nécessité d'opération esthétique. Du moins jusqu'à présent. Elle avait la taille fine, des jambes interminables, des fesses de rêve. Bref, de ce côté-là, elle était parfaitement armée.

Par contre, son visage avait demandé quelques retouches. Cela lui avait coûté cher, mais elle estimait que c'était un bon investissement. Elle était née avec une petite bouche, un menton fuyant et un front excessivement bombé. On lui avait arrangé ces vilains défauts en un tour de main. Elle avait maintenant des lèvres pulpeuses, un petit menton impertinent, un front haut et lisse.

En résumé, Sarabeth Greenbalm se trouvait superbe.

Elle n'avait qu'un problème : il lui restait à peine cinq cents dollars, elle n'avait pas encore payé son loyer et, cet après-midi au Sweet, un crétin surexcité lui avait déchiré son plus beau string de scène.

Elle avait la migraine, ses pieds lui faisaient un mal de chien, et elle était toujours célibataire.

C'était une mauvaise journée et elle avait le moral à zéro.

Jamais elle n'aurait dû donner ses économies – trois mille dollars – à Amoureusement Vôtre. Au début, l'idée lui avait paru excellente, mais elle commençait à se dire qu'elle avait jeté son argent par les fenêtres. Seuls les ratés recouraient à une agence de rendez-vous. Or, les ratés attiraient les ratés.

Après avoir rencontré le premier partenaire qu'on lui avait proposé, elle avait foncé à l'agence pour exiger d'être remboursée. La directrice l'avait carrément envoyée sur les roses. Quand il s'agissait d'appâter le client, elle était tout sucre tout miel mais, ensuite, si on venait se plaindre, elle jouait les icebergs.

Haussant les épaules avec philosophie, Sarabeth enfila un court peignoir violet et se dirigea vers la cuisine de son appartement – guère plus grand que la loge des strip-teaseuses du Sweet.

Elle avait gaspillé trois mille dollars, cela lui servirait de leçon : désormais, elle ne compterait que sur elle-même.

Elle passait en revue les offres – pas très alléchantes – de son auto-chef, lorsqu'on tambourina à sa porte. Machinalement, elle resserra les pans de son peignoir et tapa contre le mur. Le couple d'à côté était épouvantablement bruyant : tous les voisins profitaient de leurs incessantes querelles et, la nuit, de leurs ébats amoureux. Sarabeth passait son temps à donner des coups de pied et de poing dans la cloison. Ça ne les faisait pas taire mais, au moins, ça la soulageait.

Elle s'approcha de la porte et colla un œil circonspect au judas électronique. Un sourire de gamine illumina son visage. Elle se hâta d'ouvrir.

— Bonjour, Père Noël !

Il avait le regard pétillant de gaieté. Dans ses mains, il tenait une grande boîte enveloppée de papier argenté.

— Joyeux Noël, ma petite Sarabeth ! J'espère que tu as été sage, cette année.

Assis sur le coin de la table, dans le bureau d'Eve, le capitaine Ryan Feeney grignotait des amandes. Il avait l'expression vaguement mélancolique d'un épagneul, des cheveux roux striés de fils blancs. Une tache ornait le devant de sa chemise froissée – souvenir de la soupe aux haricots qu'il avait engloutie à l'heure du déjeuner – et il avait une écorchure au menton. Il s'était coupé en se rasant, comme d'habitude.

Il paraissait inoffensif.

Eve l'aurait pourtant suivi jusqu'en enfer sans la moindre appréhension. D'ailleurs, elle l'avait souvent fait.

Il l'avait formée, lui avait appris son métier. Maintenant qu'il travaillait pour la DDE, la Division de détection électronique, il lui était d'une aide inestimable.

— Ce colifichet n'est malheureusement pas une pièce unique, dit-il en gobant une amande. Une dizaine de boutiques l'ont en stock, on en a vendu quarante-neuf au cours des deux derniers mois. Ça coûte près de cinq cents dollars. Quarante-huit acheteurs l'ont payé par carte bancaire, un seul en liquide.

— Notre assassin.

— Vraisemblablement. Il a acheté la broche à la joaillerie Salman, dans la 49e Rue.

— Merci du tuyau.

— De rien. Tu as besoin d'autre chose ? McNab est dans les starting-blocks.

— McNab ?

— Il a adoré travailler avec toi. Il est compétent et très malin. Tu peux lui confier les tâches les plus rebutantes, il ne rechignera pas.

— L'ennui, c'est qu'il poursuit Peabody de ses assiduités.

— Tu ne crois pas qu'elle est capable de lui tenir la dragée haute ?

— Tu as raison, c'est une grande fille, et McNab me serait utile. J'ai contacté l'ex-mari de la victime, à Atlanta. Il semble avoir un bon alibi pour la nuit du crime, mais il vaudrait mieux s'assurer qu'il n'est pas venu en douce à New York.

— McNab te le vérifiera en un clin d'œil.

— Banco, rétorqua Eve en lui tendant une disquette. Tu lui donneras cela, c'est le dossier de l'ex-mari. J'étudie les noms que nous a communiqués Amoureusement Vôtre. Quand j'aurai fini, je les lui transmettrai.

— Je ne comprends pas qu'on puisse s'inscrire dans une agence. Ça me renverse. De mon temps, pour rencontrer une femme, on allait dans les bars.

— C'est là que tu as connu la tienne ?

— Et je m'en félicite ! répliqua-t-il avec un grand sourire. Dis donc, Dallas, tu as vu l'heure ? Tu ne rentres pas chez toi ?

— Si, dès que j'aurai terminé.

— À ta guise. Moi, j'en ai assez fait pour aujourd'hui. Oh ! à propos... ma femme et moi, nous attendons avec impatience la fête de Noël.

Eve, déjà penchée sur l'écran de son ordinateur, ne leva même pas le nez.

— Quelle fête ?

— Celle qui aura lieu chez toi, pardi !

Eve fouilla sa mémoire, en vain ; dès qu'il s'agissait de réceptions, elle devenait amnésique.

— Ah ! marmonna-t-elle. Très bien.

Il la considéra d'un air narquois.

— Tu as oublié, pas vrai ?

— Ce n'est pas impossible. Mais ça va me revenir, ajouta-t-elle avec un sourire, parce que c'était Feeney et qu'elle avait de l'affection pour lui. En partant, si tu aperçois Peabody, dis-lui que je n'ai plus besoin d'elle.

— Entendu.

«Une fête», songea-t-elle en soupirant, tandis qu'il sortait du bureau. Dès qu'elle avait le dos tourné, Connors organisait un raout ou acceptait une invitation. Mavis allait encore la tanner pour qu'elle se rende chez le coiffeur, l'esthéticienne, et qu'elle essaie une nouvelle toilette conçue par Leonardo, son amant.

Mais que reprochait-on à son apparence physique, nom d'une pipe? Pourquoi ne la laissait-on pas tranquille?

Bien sûr, elle connaissait la réponse à ces questions : elle avait épousé Connors, elle était donc forcée de l'accompagner dans ces réunions mondaines qu'elle abhorrait, et d'avoir l'air d'une femme plutôt que d'un flic.

Toute médaille avait son revers.

— Ordinateur, commanda-t-elle, affiche l'identité des partenaires proposés à Marianna Hawley par Amoureusement Vôtre.

— «Recherche en cours... Liste de cinq noms. Premier : Dorian Marcell, célibataire, âgé de trente-deux ans.»

Eve examina avec attention le portrait qui s'imprimait sur l'écran. Dorian Marcell avait un visage agréable, on lisait de la timidité dans ses yeux. Il aimait l'art, le théâtre, les vidéos d'autrefois, il se définissait comme un romantique en quête de l'âme sœur. Il avait deux hobbies : la photo et le snowboard.

Rien d'extraordinaire, pensa Eve. Il faudrait cependant vérifier où il était le soir du meurtre.

— «Deuxième : Charles Monroe, célibataire...»

— Stop! Tiens, tiens... ce bon vieux Charles. Quelle surprise!

Elle esquissa un sourire en constatant que Charles Monroe n'avait rien perdu de sa séduction. Elle l'avait rencontré près d'un an plus tôt, lors d'une autre enquête – celle qui les avait réunis, Connors et elle. Charles était un prostitué, un charmeur doté d'une intelligence aiguë. Que fabriquait-il dans une agence de rendez-vous?

— On racole, Charlie? Il va falloir qu'on ait une petite conversation, tous les deux. Ordinateur, la suite.

— «Troisième: Jeremy Vandoren, divorcé...»

— Lieutenant?

— Pause. Oui, Peabody?

— Le capitaine Feeney dit que vous n'avez plus besoin de moi?

— Exact. Je jette un œil à la liste d'Amoureusement Vôtre, et je regagne mes pénates.

— Le capitaine m'a dit aussi que... Vous avez vraiment l'intention de reprendre McNab pour les recherches électroniques?

— En effet. Cela vous pose un problème?

Peabody se dandinait d'un pied sur l'autre.

— Non, seulement... lieutenant, vous pouvez sans doute vous passer de lui. Il est tellement assommant!

— Moi, il ne m'assomme pas, rétorqua Eve avec un petit sourire. Vous n'aurez qu'à vous tenir à distance, pour qu'il ne vous pince pas les fesses. Ne vous affolez pas, il fera la majeure partie du boulot à la DDE. Vous ne l'aurez pas constamment pendu à vos basques.

— Il se débrouillera pour m'enquiquiner quand même, marmonna Peabody. Ce crétin se prend pour la huitième merveille du monde.

— Il bosse bien et...

Soudain, le communicateur d'Eve bourdonna.

— Merde, je n'aurais pas dû m'attarder. Dallas, j'écoute!

La figure sévère du commandant Whitney apparut sur le petit écran de l'appareil.

— Lieutenant, on nous signale un homicide qui paraît avoir un lien avec l'affaire Hawley. Des policiers sont déjà sur les lieux: 112e Rue Ouest, numéro 23 B, appartement 5 D. Je veux que vous vous rendiez là-bas. Appelez-moi à mon domicile dès que vous aurez fait les premières constatations.

— Très bien, commandant.

Eve bondit sur ses pieds, enfila sa veste de cuir.

— Peabody, vous pouvez dire adieu à votre soirée télé.

Eve n'eut qu'à regarder la femme policier qui montait la garde devant la porte pour savoir ce qui l'attendait. Elle déchiffra son nom, inscrit sur son badge.

— Agent Carmichael, votre rapport ?

— Une femme blanche, environ quarante ans. Il s'agit sans doute de la locataire, Sarabeth Greenbalm. Pas de signes d'effraction ni de lutte. L'immeuble n'a pas de système de vidéo surveillance, sauf pour le hall du rez-de-chaussée. À 18 h 35, je patrouillais dans le secteur avec mon équipier quand le Central nous a alertés. Ils avaient reçu un appel anonyme, de type 1222. Nous sommes arrivés à 18 h 42. La porte de l'immeuble et celle de l'appartement étaient déverrouillées. Nous sommes entrés, et nous avons découvert la victime.

— Où est votre équipier, Carmichael ?

— Il cherche le gardien de l'immeuble.

— Parfait. Interdisez l'accès à ce couloir, et restez là jusqu'à nouvel ordre.

— Très bien, lieutenant.

Carmichael lança un coup d'œil furtif à Peabody. Celle-ci avait la réputation, parmi les policiers en tenue, d'être la chouchoute de Dallas. Elle leur inspirait un mélange de jalousie, de rancœur et d'admiration.

Gênée par le regard de sa collègue, Peabody se raidit et suivit Eve à l'intérieur.

— L'enregistreur est branché, Peabody ?

— Oui, lieutenant.

— Lieutenant Dallas, domicile de Sarabeth Greenbalm, 112ᵉ Rue Ouest, commença Eve en ouvrant sa mallette pour y prendre un aérosol et vaporiser du liquide protecteur sur ses mains et ses bottes, avant de le tendre à Peabody. La victime, qui n'est pas encore formellement identifiée, est de race blanche.

Dans un coin du salon était aménagée une sorte d'alcôve meublée d'un lit étroit qu'on pouvait relever contre le mur pour gagner de la place. Des draps blancs tout simples et une couverture marron passablement usée le recouvraient.

Cette fois, l'assassin avait utilisé une guirlande rouge. Il l'avait entortillée autour du corps, depuis le cou jusqu'aux chevilles, si bien que la morte ressemblait à une momie. Ses cheveux, d'une couleur violette que Mavis aurait adorée, étaient soigneusement coiffés en un chignon conique.

Il lui avait appliqué du fard violet sur les lèvres, du rose sur les joues et une ombre dorée, pailletée, sur les paupières.

Au creux de sa gorge, épinglée à la guirlande, brillait une broche : un cercle vert qui entourait deux oiseaux face à face, l'un doré et l'autre argenté.

— Un couple de tourterelles, n'est-ce pas ? dit Eve. Je me suis procuré les paroles de la chanson. Le deuxième jour, il offre à son amour deux tourterelles.

D'un geste précautionneux, elle toucha la joue fardée.

— Elle est encore tiède. Je parierais que le décès remonte à moins d'une heure.

Elle prit son communicateur pour appeler le commandant et demander qu'on envoie une équipe du labo.

Il était près de minuit, lorsqu'elle rentra à la maison. Son épaule l'élançait, mais ce n'était pas le plus grave. Ces temps-ci, elle était sujette à de brusques accès de fatigue qui lui coupaient bras et jambes.

Elle savait pertinemment qu'elle avait eu tort d'abréger sa convalescence, alors qu'il lui restait encore dix jours de congé. Elle avait repris le collier trop tôt.

Comme cette pensée avait tendance à la déprimer, elle s'empressa de la repousser. Elle avait sauté le déjeuner, il lui fallait un peu de carburant pour alimenter la machine, voilà tout, se dit-elle. Une barre de chocolat la requinquerait.

— Où est Connors ? demanda-t-elle au scanner, près de la porte.

— « Connors est dans son bureau. »

J'aurais dû m'en douter, songea Eve en montant l'escalier. Son mari, contrairement au commun des mortels, semblait ne pas avoir besoin de sommeil. Elle le trouverait sans doute aussi frais et dispos que ce matin, quand elle l'avait quitté.

En franchissant le seuil du bureau, elle constata qu'elle ne s'était pas trompée. Assis à sa console, il scrutait les multiples écrans qui l'entouraient, donnait des ordres dans son communicateur, tandis que le fax bourdonnait derrière lui. Il paraissait déborder d'énergie.

Et il était plus sexy que jamais.

Elle s'avança, les poings sur les hanches.

— Tu ne t'arrêtes donc jamais ?

Il leva la tête, lui sourit tendrement.

— John, veillez à ce que ces modifications soient effectuées. Nous reverrons tout cela en détail demain, conclut-il et il interrompit la communication.

— Ne t'interromps pas pour moi. Je ne voulais pas te déranger.

— Tu ne me déranges jamais. Je me distrayais en t'attendant.

Il la dévisagea longuement.

— Tu as oublié de manger, n'est-ce pas ?

— J'ai envie d'une barre de chocolat.

Il se redressa et se dirigea vers l'auto-chef. Un instant après, il revint avec un bol de soupe fumante.

— Ce n'est pas du chocolat.

— Une fois que nous aurons nourri l'adulte, nous pourrons gaver la petite fille de sucreries.

Eve s'assit à la table et s'attaqua à sa soupe.

— Délicieux. Et toi, tu as dîné ? Hmm, du pain chaud. Tu me gâtes trop.

— C'est l'un de mes plaisirs favoris.

Il s'installa près d'elle, se servit un cognac qu'il sirota tout en l'observant. Elle dévorait et, peu à peu, reprenait des couleurs.

— J'ai dîné, mais je ne refuserais pas un bout de ce pain qui m'a l'air succulent.

Elle rompit un petit pain et lui en tendit la moitié. «Scène de la vie conjugale», pensa-t-elle. Un homme et une femme qui, après une journée de travail exténuante, partageaient une collation.

Comme des gens normaux. Heureux.

— J'ai appris que les actions de Connors Industries avaient augmenté de huit points?

Il haussa les sourcils.

— Huit points trois quarts. Tu t'intéresses à la Bourse, lieutenant? C'est nouveau.

— Je te surveille. Si tes actions dégringolaient, je me verrais peut-être dans la triste obligation de te laisser tomber.

— Je m'arrangerai pour que cela n'arrive pas. Tu veux du vin?

— Volontiers, mais je vais me servir.

— Tu ne bouges pas, je m'occupe de toi.

Il alla prendre une bouteille déjà ouverte, remplit le verre d'Eve. Elle avait fini sa soupe et raclait le bol avec sa cuillère; pour un peu, elle l'aurait léché. Elle était détendue, sereine.

— Dis-moi, Connors, est-ce que nous aurions par hasard une fête en perspective?

— Je suppose. À quelle date?

— Je l'ignore. Si je le savais, je ne te poserais pas la question. C'est Feeney qui m'en a parlé. Il paraît que nous donnons une réception pour Noël.

— Ah oui! effectivement. Le 23 décembre.

— Mais pourquoi?

Il se pencha, lui déposa un baiser sur le front, puis se rassit à côté d'elle.

— Parce que c'est Noël, ma chérie.

— Pourquoi tu ne m'as pas prévenue?

— Il me semble l'avoir fait.

— Je ne m'en souviens pas.

— Tu as ton agenda sous la main?

Grommelant, elle sortit son agenda de sa poche et vérifia. C'était bien là, inscrit en toutes lettres. Il y avait même ses initiales, preuve qu'elle l'avait noté elle-même.

— Oh, flûte !
— On nous livrera les sapins demain.
— Les quoi ?
— Les sapins, Eve chérie. Il y aura un arbre gigantesque dans le hall, plusieurs dans la salle de bal. J'en ai aussi commandé un plus petit pour notre chambre. Nous nous amuserons à le décorer.
— Tu veux décorer un sapin ? répliqua-t-elle, éberluée.
— Absolument.
— Mais je n'ai jamais fait ça de ma vie.
— Moi non plus. En tout cas, pas depuis un paquet d'années. Ce sera notre premier sapin de Noël.

Émue, elle lui prit la main et la pressa doucement.

— Il aura certainement une drôle d'allure, le pauvre.
— Peu importe, ce sera le nôtre. Tu te sens mieux ?
— Oui, beaucoup mieux.
— Tu veux me parler de ta soirée ?

Elle hocha la tête et se leva. Marcher lui éclaircissait les idées.

— Il a recommencé. Même *modus operandi*. Les caméras de l'entrée de l'immeuble l'ont filmé. Il était déguisé en Père Noël, il portait une grande boîte enveloppée de papier argent, avec un gros nœud. Il a laissé une autre broche sur le corps. Deux oiseaux dans un cercle vert.
— Des tourterelles.
— Exact. Enfin, je présume. Je n'ai jamais vu de tourterelles, j'ignore à quoi ressemblent ces fichus volatiles. Pas de signes d'effraction ni de lutte. Il a dû lui administrer un tranquillisant, le rapport de toxicologie nous le confirmera. Elle a été ligotée, probablement bâillonnée, puisque l'appartement n'est pas insonorisé. On a prélevé des fibres textiles dans sa bouche, sur sa langue, mais le bâillon a disparu.
— Elle a été violée ?
— Oui, comme la première. Elle avait un tatouage tout frais sur le sein droit : *Mon seul amour*. Il l'a

maquillée et coiffée, et a entortillé une guirlande rouge autour de son corps. La salle de bains a été récurée de fond en comble, c'est l'endroit le plus propre de l'appartement. Il s'est lavé, et il a tout nettoyé. Elle était morte depuis à peine une heure, quand je suis arrivée. Le Central avait reçu un appel anonyme provenant d'une cabine publique.

La frustration se lisait sur le visage d'Eve. Connors lui resservit du vin et lui tendit le verre.

— Qui était cette femme ?
— Une strip-teaseuse. Elle travaillait au Sweet, un club huppé.
— Oui, je connais.

Comme elle posait sur lui des yeux étrécis, il hocha la tête.

— Tu as deviné ; cette boîte m'appartient.
— Ce que tu peux m'agacer, parfois ! Enfin, bref, passons. Elle s'était produite en matinée, elle a quitté le club peu avant 17 heures. D'après ce que nous savons pour l'instant, elle est rentrée directement chez elle. À 18 heures, elle a programmé son auto-chef, au moment précis où les caméras du rez-de-chaussée filmaient ce salaud qui pénétrait dans l'immeuble.

— Il ne perd pas de temps.
— Et il s'amuse comme un petit fou. J'ai l'impression qu'il veut terminer son sale boulot d'ici la Saint-Sylvestre. Il faut que je vérifie les communications de la victime, sa situation financière, personnelle. Que je trouve le magasin qui a vendu la broche. J'ai éliminé la tenue de Père Noël et les guirlandes, ça ne donne rien. À ton avis, quel lien peut-il y avoir entre une gentille secrétaire administrative et une strip-teaseuse ?

Connors se leva et se dirigea vers la console.

— Essayons de répondre à cette question.
— Je ne t'ai rien demandé, rétorqua-t-elle d'un air digne.
— Tu l'as pensé très fort. Quel est le nom de la victime ?
— Il n'y avait aucun sous-entendu dans mes paroles, insista-t-elle. Je réfléchissais à voix haute, voilà tout.

Elle se campa près de Connors.

— Elle s'appelle Sarabeth Greenbalm. 112ᵉ Rue Ouest, numéro 23 B.

— Que veux-tu savoir ?

— Je m'occuperai de ses communications demain. J'aimerais jeter un coup d'œil à son dossier personnel et à ses relevés bancaires.

— Commençons par les relevés bancaires. C'est le plus long.

— Tu cherches à m'épater, j'ai horreur de ça, fit-elle en s'efforçant de ne pas sourire.

— Bien sûr que j'ai envie de t'épater, dit-il en la prenant par la taille pour l'attirer contre lui. Sarabeth Greenbalm. Relevés bancaires, commanda-t-il à l'ordinateur. Dernières opérations effectuées.

— « Recherche en cours... »

— Parfait, murmura-t-il. Nous devrions avoir le temps de...

Sans achever sa phrase, il embrassa Eve à pleine bouche. En proie à un délicieux vertige, elle s'agrippa à ses épaules.

— « Recherche terminée. »

— Quelle barbe ! rouspéta-t-il. Voilà tes renseignements, lieutenant.

— Tu es génial ! Vraiment génial.

— Je sais.

Il la fit asseoir sur ses genoux, glissa les mains sous son chemisier.

— Hé, pas touche ! Je travaille.

— Moi aussi, rétorqua-t-il en lui mordillant la nuque.

— Tu m'empêches de me concentrer, protesta-t-elle avec un petit rire.

Elle se pencha vers l'écran.

— La majeure partie de son salaire passe dans le loyer et les vêtements. Arrête ! dit-elle en assenant une tape sur les doigts experts qui déboutonnaient son chemisier.

— Je sens que tu as trop chaud.

— Merde! jura-t-elle soudain en se levant d'un bond. Le salaud. Voilà le lien entre les deux victimes!

Résigné, Connors reporta son attention sur l'écran.

— Où est-il, ce lien?

— Elle a versé trois mille dollars à Amoureusement Vôtre, il y a six semaines. Hawley et Greenbalm étaient inscrites dans la même agence de rendez-vous. Ce n'est pas une coïncidence. Il me faut la liste des hommes qu'on avait sélectionnés pour Sarabeth.

Comme Connors lui lançait un regard interrogateur, elle secoua la tête.

— Non, non, je suivrai la procédure normale. À la lettre. J'irai moi-même chercher cette liste.

— Je peux te la procurer tout de suite. Ce n'est pas compliqué.

— C'est illégal, répliqua-t-elle d'un ton réprobateur, luttant pour garder son sérieux, car il avait la mine polissonne d'un gamin qui s'apprête à jouer un tour pendable aux adultes. Mais ta sollicitude me va droit au cœur.

— Ah oui? Et si tu me prouvais un peu ta gratitude?

Le sourire aux lèvres, elle vint se rasseoir sur ses genoux et se pressa langoureusement contre lui.

— Avec le plus grand plaisir. À mon tour de m'occuper de toi...

— Je te laisse faire, lieutenant, souffla-t-il en l'embrassant.

5

Le lendemain matin, Eve se leva de bonne heure et gagna son studio pour préparer le rapport qu'elle comptait adresser au commandant. Il lui restait quelques blancs à remplir.

— Ordinateur, recherche informations sur Amoureusement Vôtre. Siège social : New York, 5e Avenue.

— « Recherche en cours... Amoureusement Vôtre, 5e Avenue, numéro 2052. Société fondée et dirigée par Rudy et Piper Hoffmann. »

— Stop ! La société appartient à Rudy et Piper Hoffmann ? Confirmation.

— Affirmatif. Rudy et Piper Hoffmann, jumeaux âgés de vingt-huit ans. Domicile : 5e Avenue, numéro 500. Poursuivre recherche sur Amoureusement Vôtre ? »

— Non, sur les propriétaires.

Tandis que l'ordinateur effectuait l'opération, Eve alla se servir une tasse de café. Des jumeaux, tiens donc. En les voyant, elle avait pensé que ces deux-là étaient amants. Ils avaient une façon de se regarder, de se toucher... Elle était à peu près sûre de pas se tromper. « Un frère et une sœur incestueux », songea-t-elle avec une grimace de dégoût.

Un bruit de pas dans le couloir la fit se retourner.

— Tu es bien matinale, dit Connors en entrant dans la pièce.

— J'ai mon rapport à envoyer à Whitney. Tu veux du café ?

— Volontiers. Je serai en réunion toute la journée, mais si tu as besoin de moi, n'hésite pas à m'appeler.

L'ordinateur émit un bip, indiquant que la recherche était terminée.

— D'accord, dit-elle distraitement.

Soudain, Connors l'agrippa par le chemisier et l'attira contre lui.

— Hé! protesta-t-elle. Qu'est-ce que tu fais?

— J'adore ton odeur le matin, murmura-t-il en l'embrassant dans le cou.

Elle noua les bras autour de sa taille.

— J'ai du travail.

Il l'étreignit de toutes ses forces.

— Moi aussi, hélas! Tu me manques, Eve.

— Toi et moi, nous sommes un peu débordés, murmura-t-elle en se nichant contre lui. Mais il m'est impossible de laisser tomber cette enquête. Tu comprends?

— Bien sûr, ma chérie. Essayons de profiter des moments que nous pouvons voler à l'adversité. Tu sais que, comme voleur, je n'ai pas mon pareil...

— Tu ferais mieux de ne pas t'en vanter, rétorqua-t-elle en lui couvrant le visage de baisers.

Ils ne s'étaient pas rendu compte que Peabody se tenait sur le seuil de la pièce. Rouge de confusion, elle observait le couple tendrement enlacé. Il émanait d'eux une telle sensualité qu'elle en avait des bouffées de chaleur.

Atrocement embarrassée, elle toussota. Connors lâcha sa femme, non sans lui avoir ébouriffé les cheveux.

— Bonjour, Peabody, dit-il en souriant. Du café?

— Je... euh... oui, merci. Il fait drôlement froid, aujourd'hui.

— Ah oui?

— Oui, on... on pourrait bien avoir de la neige avant ce soir.

— Qu'est-ce que vous avez? demanda Eve en regardant son assistante avec attention. Vous êtes écarlate. Vous avez de la fièvre?

— Non, non. Je... euh... merci, bafouilla Peabody en saisissant la tasse que Connors lui tendait.
— À votre service. Bon, je vous laisse travailler.
Dès qu'il fut sorti, Peabody poussa un soupir extatique.
— Il a une façon de vous regarder... À votre place, je crois que je m'évanouirais. Quel effet ça fait, d'être aimée à ce point ?
— Je vous en prie, Peabody, gronda Eve, gênée. Au lieu de divaguer, pensez plutôt à notre enquête. Asseyez-vous et concentrez-vous.
— Oui, lieutenant.
— Avant tout, il faut vérifier les alibis des cinq individus qui figuraient dans la sélection proposée à Marianna Hawley et voir si nous pouvons rayer définitivement Jeremy Vandoren de la liste des suspects. Ensuite, nous retournerons à l'agence.
— Salut, la compagnie ! lança brusquement une voix joyeuse.
Ian McNab entra dans le bureau. Un sourire réjoui illuminait son visage séduisant. Adepte des tenues excentriques, il était vêtu d'une combinaison vert sapin, d'une longue veste fuchsia. Un ruban vert et rose retenait sur sa nuque ses cheveux blonds.
— Comment ça va, McNab ?
— Super bien, lieutenant. Salut, Peabody !
Celle-ci, raide comme un piquet, ne daigna pas répondre.
— Le capitaine Feeney m'a dit que vous aviez besoin de moi pour l'affaire du Père Noël. Je suis à vos ordres. Il n'y aurait pas quelque chose à grignoter ?
— Servez-vous.
— Génial. J'adore travailler avec vous, lieutenant Dallas, déclara-t-il se dirigeant vers l'auto-chef.
— Qu'est-ce qu'il fabrique ici, ce crétin ? chuchota Peabody, outrée. Il ne devait pas rester à la DDE ?
— Je l'ai convoqué pour vous faire enrager, ironisa Eve. Pour quelle autre raison ? McNab, ajouta-t-elle, vous n'aurez qu'à poursuivre les recherches que j'ai

entreprises. Peabody et moi, nous allons enquêter sur le terrain.

— Faites-moi une liste, répliqua-t-il en mordant à belles dents dans un muffin aux myrtilles. Je vous bâclerai ça en un rien de temps.

— Quand vous aurez fini de vous engraisser, attaquez-vous aux partenaires sélectionnés pour Hawley. Il me faut le maximum d'informations.

— Hier soir, je me suis occupé de son ex, dit-il, la bouche pleine. Jusqu'ici, son alibi tient le coup. Je n'ai pas trouvé la moindre faille.

— Très bien.

Eve appréciait la célérité du jeune enquêteur, cependant, elle préféra ne pas le féliciter, de crainte que Peabody ne boude toute la journée.

— Je vous transmettrai une autre liste de cinq noms. Là aussi, je veux le maximum de renseignements. Ensuite, vous vérifierez si certains détails se recoupent. J'aimerais aussi que vous vous penchiez sur les jumeaux Hoffmann, Rudy et Piper. Maintenant, venez voir ça.

Elle cliqua sur le fichier des pièces à conviction, et appela l'hologramme de la deuxième broche.

— Je veux savoir qui a fabriqué cet article, combien d'exemplaires ont été mis sur le marché, quelles boutiques les commercialisent, combien elles en ont vendu et à qui. Même chose pour la broche découverte sur le corps d'Hawley. Vous avez saisi, McNab ?

— C'est gravé dans mon disque dur personnel, répliqua-t-il en pointant l'index vers son front.

— Trouvez-moi le nom du type qui a acheté ces broches, qui a rencontré les deux victimes par l'intermédiaire de l'agence, et je veillerai à ce que vous ayez votre muffin quotidien jusqu'à la fin de vos jours.

— Ça, c'est rudement motivant ! s'exclama-t-il en agitant les doigts, tel un pianiste qui s'apprête à plaquer son premier accord. Je m'y mets tout de suite !

— À cheval, Peabody, ordonna Eve en empoignant son sac. Au fait, McNab, je vous interdis d'embêter Connors.

Il opina, tout en suivant des yeux Peabody qui se dirigeait vers la porte.

— Toujours aussi mignonne, lui susurra-t-il.

Elle grinça des dents, émit une sorte de sifflement qui évoquait celui d'une vipère, puis sortit à grands pas, furieuse d'entendre McNab glousser dans son dos.

— La DDE regorge d'enquêteurs convenables et courtois, se plaignit-elle. Comment se fait-il que nous ayons hérité du seul voyou ?

— Parce que nous sommes des petites veinardes, rétorqua Eve qui enfila sa veste de cuir, jetée sur la rampe de l'escalier, et ouvrit la porte de la demeure. Bon Dieu, on gèle !

— Vous devriez vous offrir un manteau, lieutenant.

— Cette bonne vieille veste me suffit amplement.

Eve s'engouffra cependant en vitesse dans son véhicule.

— Chauffage, fissa ! commanda-t-elle. Vingt-cinq degrés.

Peabody se carra confortablement dans le siège du passager et poussa un soupir de satisfaction.

— J'adore cette voiture. Tout marche, c'est formidable.

— Moi, je trouve que cette bagnole manque de caractère, riposta Eve.

Elles franchissaient les grilles de la propriété, quand le communicateur de bord bourdonna. Le joli visage de Nadine Furst apparut sur l'écran minuscule. La journaliste était manifestement exaspérée.

« Dallas ? J'ai appelé chez vous, Summerset m'a dit que vous veniez juste de partir. Je sais que vous êtes dans votre voiture. Répondez, nom d'une pipe ! »

— Oh que non ! soupira Eve.

« Ce n'est pas possible, ça ! Vous autres flics, vous n'êtes même pas fichus d'avoir des communicateurs qui fonctionnent ! »

Eve et Peabody échangèrent un regard amusé. Sur l'écran, Nadine continuait à ronchonner.

— Vous croyez qu'elle est au courant des deux meurtres ? demanda Peabody.

— Évidemment. Elle veut me soutirer des infos pour le journal de la matinée et m'extorquer une interview pour celui de 13 heures.

« Dallas, il me faut des renseignements sur les deux femmes qui ont été assassinées. Est-ce qu'il y a un lien entre ces deux affaires ? Allez, Dallas, soyez sympa. J'ai mon édition de la matinée à boucler. »

— Qu'est-ce que je vous disais, Peabody ?

« Appelez-moi, d'accord ? insista Nadine. J'ai besoin d'un coup de main, je suis charrette. »

— Je vous plains de tout mon cœur, railla Eve en étouffant un bâillement.

Dépitée, Nadine interrompit la communication.

— Je l'aime bien, décréta Peabody.

— Moi aussi. Elle est intelligente, honnête, et c'est une excellente professionnelle. Mais je n'ai pas l'intention de lui mâcher le boulot. Si je ne me manifeste pas, elle sera bien obligée de mener sa propre enquête. Laissons-la se dépatouiller, on verra si elle découvre quelque chose d'intéressant.

— Vous êtes vraiment retorse, lieutenant. C'est ce que j'admire chez vous. Par contre, en ce qui concerne McNab...

— J'ai peur que vous ne deviez vous habituer à ce cher McNab, coupa Eve.

Elles avaient atteint la 5e Avenue. Eve se gara devant le gratte-ciel de marbre noir. Peabody sur les talons, elle pénétra dans le hall du rez-de-chaussée puis elle s'engouffra, tout en serrant les dents pour combattre le vertige, dans le tube qui les emporta jusqu'à l'étage d'Amoureusement Vôtre.

Derrière le comptoir de la réception se tenait un bellâtre à la carrure impressionnante ; sa peau avait la couleur d'un chocolat crémeux à souhait, ses yeux brillaient comme d'antiques louis d'or.

— Peabody, arrêtez de frétiller, chuchota Eve. Prévenez Rudy et Piper que le lieutenant Dallas et son assistante veulent leur parler, enchaîna-t-elle à voix haute.

Il lui adressa un sourire rêveur.

— Je suis navré, mais Rudy et Piper sont en consultation.

— Dites-leur que je suis là. Et qu'ils ont encore perdu une cliente.

— Je... entendu, lieutenant, je les appelle. Je vous en prie, asseyez-vous, et n'hésitez pas à vous servir un rafraîchissement, cela vous aidera à patienter.

— Je ne vous conseille pas de me faire poireauter trop longtemps.

Cinq minutes plus tard, alors que Peabody se remettait tout juste de ses émotions et venait de commander une crème de framboise, Rudy et Piper firent leur apparition.

Comme la dernière fois, ils étaient vêtus de blanc. Ils portaient de longs manteaux qui leur tombaient jusqu'aux chevilles, et chacun d'eux arborait un simple anneau d'or à l'oreille droite – visiblement, les deux anneaux formaient la paire. Rudy avait passé un bras possessif autour de la taille de sa sœur.

Eve sentit un frisson de répulsion courir le long de son dos.

— Excusez-nous, lieutenant, fit Rudy, mais ce matin nous avons un emploi du temps chargé.

— Vous ne croyez pas si bien dire. Vous préférez que nous discutions ici ou dans votre bureau?

Une lueur irritée vacilla dans les yeux émeraude de Rudy qui s'inclina cependant et, courtoisement, les invita à le suivre.

Dès que la porte du bureau fut refermée, Eve lança :

— Sarabeth Greenbalm était bien votre cliente? Elle a été assassinée hier.

Piper s'effondra dans un fauteuil blanc et enfouit son visage dans ses mains.

— Mon Dieu! souffla-t-elle.

— Calme-toi, murmura Rudy en lui caressant les cheveux. Lieutenant, vous êtes sûre qu'elle était inscrite chez nous?

— Certaine. Il me faut la liste des partenaires que vous lui aviez choisis. Lequel de vous deux s'est occupé d'elle?

— Moi, sans doute, chevrota Piper.

Elle releva la tête. Des larmes brillaient dans ses yeux verts, ses lèvres, qui semblaient sculptées dans de l'or pâle, tremblaient.

— En principe, c'est moi qui travaille avec les femmes, Rudy se charge des hommes. L'expérience nous a appris que les gens hésitent moins à parler d'amour avec une personne du même sexe.

Eve gardait le regard rivé sur le visage de Piper et s'efforçait de ne pas voir sa main fine qui cherchait celle de son frère.

— Je me souviens de Sarabeth, reprit Piper. Je m'en souviens, parce qu'elle n'était pas satisfaite des deux premiers rendez-vous que nous lui avions proposés. Elle voulait être remboursée.

— Et vous avez accédé à sa demande ?

— Nos contrats stipulent qu'une fois que le client a accepté un rendez-vous, il ne peut plus être remboursé, répondit Rudy.

Il pressa doucement les doigts de sa sœur, puis se dirigea vers la console blanche.

— Je vois, marmonna Eve. Au fait, vous ne m'aviez pas dit que l'agence vous appartenait.

— Vous ne vous avez pas posé la question, rétorqua-t-il.

— Qui, à part vous deux, a accès aux fichiers des clients ?

— Nous employons trente-six consultants. Piper et moi effectuons la sélection initiale, ensuite, nous attribuons à chaque candidat retenu un conseiller qui assure le suivi. Nos collaborateurs sont triés sur le volet. Ils sont tous diplômés et extrêmement compétents.

— Je veux leur dossier.

Rudy se figea.

— Je refuse, lieutenant. C'est une violation de la vie privée de nos employés.

— Peabody, demandez un mandat nous autorisant à réquisitionner toutes les bases de données informatiques de l'agence Amoureusement Vôtre.

— Oui, lieutenant.

Piper se redressa. Elle se tordait les mains.

— Rudy, tu crois que c'est nécessaire ?

— Absolument. Si la police doit examiner nos fichiers, je tiens à ce que ce soit fait de manière officielle. Pardonnez-moi, lieutenant Dallas, je vous parais sans doute peu coopératif, mais de nombreuses personnes dépendent de moi. Je me dois de les protéger.

— Moi aussi, j'ai des gens à protéger ! riposta Eve.

Son communicateur bourdonna, ce qui fit sursauter Piper.

— Un instant, dit-elle en tournant le dos à ses interlocuteurs. Dallas, j'écoute.

La figure maussade de Dickie emplit le petit écran de l'appareil.

— On a trouvé la marque des produits qu'il a utilisés pour maquiller Hawley, annonça-t-il. Ils font partie de la gamme Idéal Naturel. Je ne m'étais pas gouré, ça coûte la peau des fesses.

— Bon boulot, Dickie.

— Ça m'a pris un temps fou et, avec tout ça, je n'ai pas terminé mes achats de Noël. Bon... à première vue, il s'est servi des mêmes produits pour farder Greenbalm. Pour se procurer ces cochonneries, il faut aller dans un salon de beauté ou un centre de remise en forme. Les magasins normaux, même les plus chics, ne les vendent pas. On ne peut pas non plus les commander sur des sites de commerce en ligne.

— Parfait, ça nous simplifiera la tâche. Vous savez qui les fabrique ?

— Mais oui, répliqua-t-il avec un sourire goguenard. L'entreprise Renaissance, filiale de Kenbar, une branche de Connors Industries. Vous n'étiez pas au courant, Dallas ?

— Allez vous faire voir, Dickie, grommela Eve qui interrompit la communication.

Elle se retourna.

— Vous savez si l'un des salons de l'immeuble vend les produits Idéal Naturel ?

— Oui, répondit Piper. Sublimissime, au dixième étage.

— Vous avez des relations avec eux ?

— Nous avons des accords avec tous les salons et les boutiques de cet immeuble, expliqua Rudy en ouvrant un tiroir où il prit une luxueuse brochure accompagnée d'une disquette qu'il tendit à Eve. Nous remettons ceci à nos clients, ce qui leur donne droit à des tarifs préférentiels. Sublimissime n'est fréquenté que par l'élite. Leur forfait Diamant comprend une consultation chez nous.

— C'est futé.

— Les affaires sont les affaires.

— Lieutenant, intervint Peabody, vous avez votre mandat. On nous le transmet immédiatement.

— Communiquez toutes les données à McNab, ordonna Eve à son assistante, alors qu'elles quittaient les bureaux d'Amoureusement Vôtre.

— Toutes ? répéta Peabody en écarquillant des yeux effarés.

— Vous avez bien entendu. Commencez par les partenaires sélectionnés pour Sarabeth Greenbalm. Ensuite, les dossiers du personnel, et la liste des clients qui se sont inscrits à l'agence au cours des douze derniers mois.

— Mais ça va me prendre au moins une demi-heure !

— Trouvez-vous un coin tranquille et mettez-vous au travail. Quand vous aurez terminé, rejoignez-moi au salon Sublimissime.

— Bien, lieutenant.

— Et souriez, Peabody. Quand vous boudez, vous êtes vilaine comme un pou.

— Je ne boude pas, je fais une tête de six pieds de long. Les poux n'ont pas une tête de six pieds de long.

Au dixième étage flottait une suave odeur printanière. Les enceintes acoustiques distillaient une douce musique – lyres et flûtes. Le sol était recouvert d'une moquette dont la texture donnait au visiteur la sensation de marcher sur des pétales de rose. Sur les murs gris ruisselait une eau limpide qui alimentait un bassin circulaire où glissaient de grands cygnes aux couleurs pastel.

Les portes de Sublimissime coulissèrent sans bruit à l'approche d'Eve, qui pénétra dans un vaste et somptueux hall meublé de profonds fauteuils vert pâle et orné de statues de bronze.

De petits droïdes circulaient entre les sièges, apportant aux clients des rafraîchissements, de la lecture, des lunettes de réalité virtuelle, et tout ce qu'il fallait pour les distraire pendant qu'on s'affairait à les mettre en beauté.

— Puis-je vous aider, madame ? demanda la femme assise derrière une console en U.

Ses yeux gris acier, de la couleur des mèches qui striaient sa chevelure magenta coiffée en pyramide, détaillèrent Eve des pieds à la tête, depuis ses bottes éraflées, son jean usé, jusqu'à sa tignasse en bataille.

— Vous êtes peut-être intéressée par notre forfait complet ? ajouta-t-elle d'une voix sucrée.

— Dois-je interpréter cette proposition comme une critique ?

— Pardon ? fit l'autre en battant des cils.

— Je vous pardonne. Ce sont les produits Idéal Naturel qui m'intéressent, figurez-vous.

— Comme vous avez raison. C'est la meilleure marque de cosmétiques qui existe sur le marché. Vous souhaitez sans doute rencontrer l'une de nos conseillères qui vous expliquera comment utiliser ces produits ? Voulez-vous que nous fixions un rendez-vous ?

Eve lui brandit son badge sous le nez.

— En effet. Et tout de suite.

— Excusez-moi, je ne comprends pas très bien.

— C'est ce que je vois. Appelez la personne qui dirige ce salon.

— Je... un instant.

Elle fit pivoter son tabouret et murmura dans l'intercom :

— Simon, pourriez-vous venir à la réception, s'il vous plaît ?

Les mains dans les poches, Eve se balançait sur ses talons, contemplant les élégants flacons disposés dans une vitrine, derrière la console.

— Qu'est-ce que c'est que ces trucs-là ?

— Des parfums personnalisés. Nous étudions les traits marquants de votre personnalité, vos atouts physiques, et nous créons un parfum à votre image. Vous concevez vous-même le flacon qui sera fabriqué selon vos directives. Il n'y en aura qu'un seul exemplaire, le vôtre.

La réceptionniste arqua ses sourcils qui paraissaient tracés au pinceau.

— C'est un beau cadeau à offrir pour Noël. Hélas ! le prix en est élevé.

— Ah oui ? rétorqua Eve, agacée par la note sarcastique qui vibrait dans la voix de son interlocutrice. J'en veux un.

— Il faut payer au moment de la commande, avant que nous ne lancions la fabrication.

Eve, furieuse, allait riposter vertement quand un bruit de pas retentit dans son dos.

— Quel est le problème, Yvette ? Je n'ai pas de temps à perdre.

— Il s'agit de cette dame, répondit la dénommée Yvette avec un sourire fielleux.

Eve se retourna. Elle fut d'abord frappée par les yeux de l'homme qui approchait. D'un bleu translucide, ils étaient frangés d'épais cils noirs et surmontés de sourcils en forme d'accent circonflexe. Ses cheveux flamboyants, coiffés en arrière pour dégager le front et les tempes, cascadaient en boucles serrées jusqu'aux épaules.

Il avait la carnation bronze d'un métis, les lèvres fardées. Sur sa pommette saillante était tatouée une licorne blanche aux sabots dorés.

D'un geste ample, il repoussa la cape bleu électrique drapée sur ses épaules. Il portait une combinaison vert pistache à rayures argent et, sur sa large poitrine, étincelait un pectoral digne d'un pharaon. Il pencha la tête de côté, ce qui fit tinter ses pendants d'oreilles, dardant sur Eve son étonnant regard.

— Que puis-je pour vous, très chère ?
— Je veux...
— Stop ! s'écria-t-il, levant ses deux mains dont les paumes étaient ornées de cœurs et de fleurs tatoués. Je connais votre visage.

Il s'avança encore. Une bouffée de parfum enveloppa Eve. Il sentait la confiture de prunes.

— Je n'oublie jamais un visage. C'est mon métier, mon art, dit-il avec emphase. J'ai déjà vu le vôtre. Oh, oui ! je l'ai déjà vu.

Sans crier gare, il saisit Eve par les épaules pour mieux l'examiner.

— Lâchez-moi, espèce de...
— La femme de Connors ! glapit-il.

Là-dessus, il lui planta un baiser sonore sur la bouche et recula prestement avant qu'elle ait pu réagir.

— Yvette, ma chérie ! dit-il, pressant les mains sur son cœur, comme s'il craignait qu'il n'éclate. L'épouse de Connors honore notre modeste salon de sa visite !

La réceptionniste blêmit.

— L'épouse de... de Connors ? Mon Dieu !

Sans prêter attention au désarroi de son employée, l'homme entraîna Eve vers un fauteuil.

— Dites-moi ce que je peux faire pour vous. Yvette, soyez un ange, annulez tous mes rendez-vous. Très chère, je suis tout à vous. Vos désirs sont des ordres.

— Pour commencer, je vous ordonne de me lâcher, mon vieux. Et de répondre à mes questions, ajouta-t-elle en lui montrant son insigne.

— Seigneur ! Comment ai-je pu oublier que Connors a épousé l'as de la police new-yorkaise ? Mille excuses, très chère.

— Dallas. Lieutenant Dallas.

— Pardonnez-moi, lieutenant. Je suis tellement émotif... Vous voir ici m'a fait perdre la tête. Vous comprenez, vous figurez parmi les dix personnalités que nous souhaiterions compter parmi notre clientèle, au même titre que la Présidente et Slinky LeMar, la reine de la vidéo. Avouez que c'est flatteur.

— J'avoue. Il me faut la liste des clients qui achètent les produits Idéal Naturel.

— Ah!

Il se laissa tomber dans un fauteuil, effleura l'écran incrusté dans l'accoudoir.

— Qu'on m'apporte une citronnade. Un rafraîchissement, lieutenant?

— Non merci. Il me faut cette liste.

— M'autorisez-vous à demander pourquoi?

— J'enquête sur un meurtre.

— Un meurtre, répéta-t-il.

Il se pencha vers elle et chuchota:

— C'est affreux, je sais, mais je trouve cela passionnant. Je suis un fan de films policiers.

Il avait un sourire si désarmant qu'Eve se radoucit.

— Nous ne sommes malheureusement pas dans un film.

— Oui, bien sûr. Quelle horreur, mon Dieu! Mais je ne vois pas en quoi une gamme de cosmétiques...

Il s'interrompit, écarquilla ses yeux bleus.

— Du poison? On a mis du poison dans l'un de nos rouges à lèvres. Oui, c'est ça! La victime se maquillait en prévision d'une soirée de gala, au moment de se farder la bouche, elle a hésité. Que choisir? Rouge Passion, Poudre de Bronze...

— Simon, vous voulez bien freiner un peu votre imagination?

Il rougit, émit un petit rire confus.

— Oh, je suis incorrigible, je mériterais une fessée! Je vais vous remettre cette liste sur-le-champ, naturellement. Mais elle risque d'être longue. Si vous pouviez me dire quels produits précis sont incriminés, ce serait plus simple.

— Pour l'instant, faites-moi une copie de la liste complète, ensuite on avisera.
— À vos ordres !

Il bondit sur ses pieds et, virevoltant comme une abeille, passa derrière la console.

— Yvette, soyez un ange, donnez à notre cher lieutenant Dallas quelques échantillons.

Eve s'approcha, dévisagea la réceptionniste avec un sourire perfide.

— Je n'ai pas besoin d'échantillons. En revanche, je veux le parfum dont nous discutions tout à l'heure.

La pauvre Yvette était tellement troublée qu'elle faillit faire la révérence.

— Mais bien sûr. C'est pour vous ?
— Non, je compte l'offrir.
— Un très beau cadeau, très original.

D'une main tremblante, Yvette extirpa de sa poche un ordinateur miniature.

— C'est pour un homme ?
— Une femme.
— Pouvez-vous m'indiquer trois traits marquants de sa personnalité ?
— L'intelligence, répondit Eve qui pensait au Dr Mira, la compassion, la conscience professionnelle.
— Très bien. Comment est-elle, physiquement ?
— Taille moyenne, mince, cheveux bruns, yeux bleus, teint clair.
— Très bien, répéta Yvette qui trouvait que ce portrait serait parfait pour un rapport de police. Ses cheveux sont-ils brun foncé, châtains ? Comment se coiffe-t-elle ?

Eve marmonna un juron. Tout ça pour un cadeau de Noël ! Elle se concentra cependant, et décrivit de son mieux le Dr Mira, la meilleure psychiatre et profileuse de New York.

Lorsque Peabody la rejoignit, elle était en train de choisir le flacon, tandis que Simon s'affairait à la console.

— Vous avez encore profité de mon absence pour faire du lèche-vitrines! accusa Peabody.
— Non, j'en ai profité pour acheter.
— Lieutenant, le parfum doit-il être livré à votre domicile ou à votre bureau?
— À mon domicile. Simon, vous en êtes où?
— J'ai fini, mon cher lieutenant! clama-t-il, rayonnant, en glissant les documents et une disquette dans un grand sac doré. Je vous ai mis aussi quelques échantillons de nos produits. Je suis certain qu'ils vous plairont. Vous me tiendrez au courant des progrès de votre enquête, n'est-ce pas? Et revenez quand vous voudrez, à n'importe quelle heure. J'adorerais travailler sur votre visage. Oh oui, j'adorerais!

6

Une véritable marée humaine inondait la 5ᵉ Avenue. Les gens se pressaient sur les trottoirs, devant les vitrines, se bousculaient pour pénétrer dans les magasins, avec l'intention évidente de les dévaliser.

Certains, chargés comme des mules de paquets enrubannés, se frayaient péniblement un chemin dans la foule, à l'affût d'un taxi. Les panneaux publicitaires attisaient la frénésie ambiante en annonçant les prix – imbattables ! – des produits – indispensables ! – qu'un consommateur avisé se devait d'acquérir au plus vite s'il ne voulait pas compromettre son avenir et celui de sa famille.

— Ils sont tous cinglés, décréta Eve.

— Je vous signale que vous venez d'acheter du parfum, rétorqua Peabody, rancunière. Ça prouve que vous êtes contaminée.

— Je ne cours pas partout comme une folle.

— Moi, j'aime bien la cohue de Noël. Je trouve que c'est joyeux.

— Eh bien, réjouissez-vous, vous allez pouvoir en profiter. On se gare.

— Ici ?

Eve se rangea le long du trottoir, à l'angle de la 51ᵉ Rue.

— Le joaillier est à quelques blocs d'ici. On ira plus vite à pied.

Elles sortirent de la voiture. Le vent d'hiver s'engouffrait dans la rue comme dans un canyon et giflait sans pitié les passants.

— Quelle plaie! bougonna Eve qui avait déjà le nez tout rouge. La moitié de ces gens n'habitent même pas New York. Chaque année au mois de décembre, ils nous tombent dessus comme une nuée de sauterelles.
— Ils font marcher le commerce.
— Et grimper le taux de criminalité.

À cet instant, un cri attira l'attention d'Eve qui fit demi-tour. Un voleur à la tire, chaussé de patins à air, avait renversé deux femmes pour leur arracher leurs paquets et leurs sacs.
— Lieutenant?
— Oui, j'ai vu.

Un sourire triomphal aux lèvres, l'olibrius se fondit dans la foule. Il filait comme l'éclair, mais il eut la malencontreuse idée de passer tout près d'Eve. Leurs regards se croisèrent une fraction de seconde; celui du garçon luisait d'excitation. Il ne comprit pas ce qui lui arrivait: un poing plus dur que l'acier le cueillit en plein foie. Le souffle coupé, il tomba à la renverse. S'il y avait eu moins de monde sur le trottoir, pensa Eve avec un brin de dépit, il aurait fait un vol plané de dix mètres.
— Peabody, trouvez un agent de la circulation, qu'il embarque ce coco!

Eve se massa le poing et, l'air absent, posa son pied botté sur le ventre du voyou. Il poussa un couinement de douleur.
— Vous savez quoi, Peabody? Je me sens beaucoup mieux.

Au bout du compte, l'arrestation du jeune délinquant fut le seul événement satisfaisant de la matinée. Elle n'avait rien obtenu du joaillier. Ni lui ni son vendeur ne se souvenaient du client qui avait payé la première broche – la perdrix sur le poirier – en liquide. En cette période de fêtes, la boutique ne désemplissait pas, avait expliqué le bijoutier. Comment pouvait-il se souvenir de tout ce qu'il vendait et à qui?

Eve lui avait suggéré de fouiller sa mémoire et de la contacter. Là-dessus, elle avait acheté un anneau d'oreille pour Leonardo, l'amant de Mavis – ce qui avait définitivement écœuré Peabody.

— Maintenant vous prenez le métro ou l'aérobus, vous rentrez chez moi et vous travaillez avec McNab, annonça Eve, quand elles eurent quitté la bijouterie.

— Charmant...

— Arrêtez de râler, Peabody. Il faut que j'aille au Central. Je dois informer Whitney et je veux voir Mira, pour lui demander de nous faire un profil.

— Et, par la même occasion, vous achèterez deux ou trois cadeaux de Noël.

— Serait-ce une critique ?

— Non, lieutenant, c'est un reproche.

— Débrouillez-vous pour trouver un dénominateur commun entre les listes que nous avons, Peabody, ou nous serons forcées d'interroger tous les cœurs solitaires qui ont eu recours à Amoureusement Vôtre.

Abandonnant Peabody à son triste sort, Eve s'installa dans sa voiture. Elle brancha son communicateur pour prévenir le commandant et la psychiatre de son arrivée, après quoi elle consulta ses messages. Nadine Furst lui en avait laissé deux. Eve hésita un instant, puis décida de rappeler la journaliste.

— Vous me harcelez, Nadine.

— Dallas, nom d'une pipe ! Mais où étiez-vous passée ?

— Je patrouillais dans les rues de notre bonne vieille ville afin que vous y soyez en sécurité.

— Écoutez, il ne me reste plus beaucoup de temps avant le journal de 13 heures. Donnez-moi quelque chose à me mettre sous la dent.

— Je viens de pincer un voleur à la tire dans la 5ᵉ Avenue.

— Ne vous fichez pas de moi, s'il vous plaît. Quel est le lien entre les deux meurtres ?

— Quels meurtres ? À cette époque de l'année, ce ne sont pas les cadavres qui manquent. L'esprit de Noël, sans doute.

— À d'autres, Dallas. Je sais que vous enquêtez sur l'assassinat de Marianna Hawley et de Sarabeth

Greenbalm. Elles auraient été étranglées. Vous confirmez ?

— Pas de commentaire.
— Il paraît que leur meurtrier les a violées.
— Pas de commentaire.
— Mais pourquoi ce silence, bon Dieu !
— Dans l'immédiat, j'ai une marge de manœuvre extrêmement réduite. J'essaie d'arrêter un assassin, Nadine, alors, vous imaginez bien que le taux d'audience de Channel 75 est le cadet de mes soucis.
— Je pensais que nous étions amies.
— Je le pense aussi. C'est la raison pour laquelle je vous préviendrai dès que j'aurai du nouveau.

Le regard de Nadine s'éclaira.

— J'aurai l'exclusivité ? Accordez-moi une interview, Dallas. Je peux être au Central dans une heure.
— Non, pas aujourd'hui. Dites-moi, Nadine... vous fréquentez quelqu'un, ces temps-ci ?
— Vous me demandez si j'ai un petit ami, un amant ? Non, pas vraiment.
— Vous vous êtes déjà inscrite dans une agence de rendez-vous ?
— Je vous en prie, s'offusqua la journaliste en battant coquettement des cils. Je n'ai besoin de personne pour me trouver un partenaire.
— Ces agences sont à la mode à ce qu'on m'a dit.

Eve s'interrompit. Une étincelle s'était allumée dans les yeux de Nadine. Elle avait compris.

— Vous pourriez essayer, ajouta Eve.
— Oui, c'est une idée. Merci, Dallas. Je vous quitte, je suis à l'antenne dans cinq minutes.
— Encore une question. Est-ce que je dois vous acheter un cadeau de Noël ?
— Absolument, répondit la journaliste avec un sourire malicieux. Moi, j'ai déjà le vôtre.
— C'est bien ma veine.

Tout en pestant, Eve mit fin à la communication et accéléra. Quelques minutes plus tard, elle se garait dans le parking du Central.

Avant de rejoindre le commandant Whitney, elle fit halte devant un distributeur pour se payer un tube de Pepsi et une barre de chocolat vitaminé qu'elle se hâta d'engloutir. Résultat, quand elle entra dans le bureau de Whitney, elle avait l'estomac chaviré.

— Où en êtes-vous, lieutenant ?

— Nous avons les listes des partenaires sélectionnés par Amoureusement Vôtre pour Hawley et Greenbalm. Nous espérons mettre le doigt sur un dénominateur commun. McNab de la DDE et Peabody sont chez moi, ils explorent la piste des broches que le meurtrier a laissées sur le corps des victimes et des cosmétiques qu'il a utilisés pour les farder.

La lassitude se lisait sur le visage de Whitney ; dans la lumière hivernale, sa peau d'un brun chaud paraissait presque grise. D'un geste, il montra la baie vitrée derrière lui. La circulation aérienne était particulièrement intense et, en contrebas, la rue grouillait de monde.

Comme toujours quand elle était dans le bureau du commandant, Eve songea qu'elle ne supporterait pas d'avoir en permanence ce panorama sous les yeux. Elle aurait le vertige du matin au soir. Elle préférait de très loin son cagibi encombré, avec sa minuscule fenêtre.

— Savez-vous combien de touristes et de visiteurs cette ville accueille durant les semaines qui précèdent Noël ?

— Non, je n'en ai pas la moindre idée.

— Des centaines de milliers, d'après le maire. Il m'a appelé ce matin pour me dire que New York ne pouvait pas se permettre d'abriter dans ses murs un tueur en série. C'est mauvais pour le commerce.

Il esquissa un sourire sans joie.

— Que des femmes se fassent violer et étrangler ne semble pas le déranger outre mesure. Il a surtout peur que les médias ne révèlent que l'assassin est déguisé en Père Noël. Voilà ce qui, selon lui, serait désastreux.

— Pour l'instant, les journalistes ne sont pas au courant. Mais Nadine Furst, de Channel 75, a déjà été informée qu'il s'agissait de crimes sexuels. Elle n'en sait pas plus.

— Il vaudrait mieux qu'elle n'en apprenne pas davantage. Quand va-t-il recommencer, à votre avis ?

— Cette nuit, demain au plus tard.

« Et nous ne pouvons pas l'en empêcher », pensa-t-elle. Whitney hocha la tête.

— L'agence de rendez-vous est votre seule piste ?

— Oui, commandant. Jusqu'à présent, c'est la seule qui nous paraisse valable. Apparemment, les victimes ne se connaissaient pas. Elles n'habitaient pas le même quartier, elles évoluaient dans des milieux différents. Il n'y avait même pas de ressemblance physique entre elles.

Elle s'interrompit, attendit une réaction, mais Whitney demeura silencieux.

— Je vais de ce pas consulter le Dr Mira, mais je crois que notre homme a déjà un plan précis. Il s'est fixé un objectif : frapper douze fois avant la fin de l'année. Il lui reste moins de deux semaines, donc il ne doit pas perdre de temps.

— Vous non plus.

— Effectivement. Pour lui, Amoureusement Vôtre est un vivier, c'est là qu'il pêche ses victimes. Il se doutait bien qu'on chercherait la provenance des cosmétiques et des broches. Cela ne l'a pas arrêté. Par conséquent, il est sûr d'avoir brouillé ses traces. Si on ne découvre pas une faille dans les prochaines vingt-quatre heures, il nous faudra peut-être recourir aux médias pour prévenir la population.

— Et quelle sera la teneur de votre message ? Si vous apercevez un gros bonhomme en houppelande rouge, alertez la police ?

Whitney se leva.

— Débrouillez-vous pour trouver cette faille. Je ne veux pas avoir douze cadavres au pied de mon sapin de Noël.

Eve opina avec raideur et sortit du bureau. Dès qu'elle eut franchi le seuil, elle alluma son communicateur.

— McNab, par pitié, annoncez-moi une bonne nouvelle.

— Je fais le maximum, lieutenant, répondit-il en mastiquant ce qui semblait être de la tarte à l'ananas. J'ai rayé de la liste des suspects potentiels l'ex-mari de la première victime. Le soir du meurtre, il assistait à un match de base-ball avec trois copains. Aucune compagnie de transport n'a délivré de billet à son nom. Il n'est pas venu sur la côte Est depuis deux ans.

— Un de moins, dit Eve en pénétrant dans l'ascenseur. Ensuite ?

— Aucun point commun entre les listes d'Hawley et de Greenbalm, mais je vérifie les empreintes digitales et vocales de ces dix types. Deux d'entre eux, sélectionnés pour Hawley, ont un alibi. Je m'attaque aux autres.

— Non, occupez-vous d'abord des clients de Sublimissime qui achètent les produits Idéal Naturel. Bon, je vous laisse. Je serai de retour dans environ deux heures, conclut-elle, comme l'ascenseur s'arrêtait.

Elle traversa le hall du service que dirigeait le Dr Mira. Il n'y avait personne à la réception, mais la porte du bureau de la psychiatre était entrebâillée. Eve hésita puis s'approcha. Mira, plongée dans l'étude d'un dossier, grignotait un petit sandwich.

Eve s'immobilisa. Elle n'avait pas souvent l'occasion de l'observer en catimini. Mira était toujours tellement vigilante.

Elle avait un visage serein, une silhouette racée. Elle incarnait l'idée qu'Eve se faisait d'une grande dame : réservée, élégante, cultivée.

La folie, la violence et la perversion, qu'elle côtoyait pourtant quotidiennement, ne la décourageaient pas : la compassion qu'elle témoignait à ses semblables semblait inépuisable.

Soudain, Mira sentit sa présence et tourna la tête. Un sourire chaleureux éclaira son visage.

— Excusez-moi d'arriver sans me faire annoncer, dit Eve. Votre assistante n'est pas là.

— Elle est allée déjeuner. Entrez donc.

— Elle déjeune, et vous vous contentez d'un sandwich ?

— Les policiers et les psychiatres sont logés à la même enseigne, n'est-ce pas ? Nous mangeons quand nous en avons le temps. Une tasse de thé ?

Sans attendre de réponse, Mira programma l'autochef. C'était un rituel qu'Eve avait appris à supporter. Elle avait une sainte horreur du thé de Mira, qui avait un vague goût de fleur, mais elle en boirait stoïquement une gorgée.

— J'ai lu les informations que vous m'avez transmises, ainsi que la copie des rapports. Vous aurez un profil complet dès demain.

— Et aujourd'hui, vous ne pouvez rien me dire ?

— Rien que vous ne sachiez déjà, je présume.

Mira s'installa dans un confortable fauteuil, près d'Eve. Le lieutenant Dallas, songea-t-elle, n'avait pas bonne mine. Elle était pâle, amaigrie. Elle avait repris le travail trop tôt. Il était cependant inutile de lui conseiller de se ménager.

— La personne que vous recherchez est vraisemblablement un homme. Il a entre trente et cinquante ans. Il est maître de lui, bien structuré, très organisé. Il aime être au centre de l'attention, il a une très haute opinion de lui-même. Peut-être a-t-il eu l'ambition de devenir acteur, peut-être évolue-t-il dans le milieu du spectacle.

— En tout cas, devant la caméra, il a joué son rôle à fond, commenta Eve.

— Exactement. Il porte un costume, il utilise des accessoires. À mon avis, ce n'est pas uniquement pour brouiller les pistes. Il campe un personnage. Un personnage comique. Quand il tue, il donne une représentation. Il en retire un plaisir intense. Et, comme il est lâche, il ne laisse rien au hasard.

— Ils sont tous lâches, observa Eve.

— Sans doute, mais lui en est conscient. Il se hâte de droguer ses victimes pour les empêcher de se débattre et, éventuellement, de prendre le dessus. Ensuite, il met en scène le spectacle qu'il a imaginé. Il couche sa victime, il la ligote et la déshabille. Il ne lui arrache pas les vêtements, il les découpe soigneusement. Une fois qu'elle est à sa merci...

— ... il la viole.

— Oui, parce qu'elle est attachée, nue et impuissante. Sinon, elle le rejetterait, il le sait. Il a vécu le rejet, il en a souffert. Il fait très attention à ce que sa victime ne soit pas assommée par la drogue, il veut qu'elle reste lucide, qu'elle le voie et comprenne qu'il a le pouvoir.

— Le pouvoir... murmura Eve d'une voix sans timbre. Les violeurs cherchent toujours à démontrer qu'ils sont les plus forts.

— En effet.

Mira, qui connaissait le passé d'Eve, faillit lui prendre la main. Elle s'en abstint cependant, sachant que la jeune femme n'apprécierait pas ce geste.

— Puis il passe au dernier acte, poursuivit-elle. La strangulation. Pour lui, c'est le comble du plaisir sexuel. Enfin, la guirlande, le maquillage. À nouveau le spectacle, la comédie. C'est une sorte de récompense, un cadeau qu'il s'offre à lui-même. Il se peut que le thème de Noël ait un sens particulier pour lui.

— Et le sapin de Marianna Hawley?

Voyant que Mira haussait les sourcils d'un air interrogateur, Eve enchaîna, un peu embarrassée, comme toujours lorsqu'elle se lançait dans une interprétation psychologique.

— En abîmant le sapin, en piétinant les anges qui le décoraient, il cherchait peut-être à détruire un symbole de pureté.

— Ce n'est pas impossible.

— Et les broches, les tatouages?

— Il est romantique.

— Romantique?

— Oui, profondément. Il marque ses victimes pour signifier qu'il les aime, il leur offre un bijou, il prend le temps et le risque de les faire belles avant de les quitter.

— Est-ce qu'il les connaît ?
— À mon avis, oui. Ce n'est pas forcément réciproque. Mais lui les connaît, il les a observées, épiées. Il les a choisies et, pendant les quelques heures où elles lui ont appartenu, il les a vraiment aimées. Vous noterez qu'il ne les mutile pas. Il les pare, les embellit. Artistiquement, voire amoureusement. Mais quand il a terminé, il asperge la morte de désinfectant. Il s'efface, en quelque sorte. Il nettoie, récure, il se lave pour débarrasser son propre corps du souvenir de la femme. Lorsqu'il s'en va, il jubile. Il est triomphant. Et il se prépare pour sa prochaine conquête.
— Marianna Hawley et Sarabeth Greenbalm ne se ressemblaient pas du tout. Elles avaient des modes de vie, des habitudes, des métiers différents.
— Elles avaient néanmoins un point commun. À un moment de leur existence, elles se sont senties tellement seules et perdues qu'elles ont déboursé une somme rondelette pour qu'on les aide à trouver un compagnon.
— Leur « seul amour », marmonna Eve.
Elle reposa sa tasse de thé. Elle n'en avait même pas bu une goutte.
— J'espère que vous êtes remise de votre blessure, Eve ?
— Je suis en pleine forme.
— Vous n'avez pris que trois semaines de convalescence, n'est-ce pas ? C'est peu.
— Le travail est mon meilleur remède.
— Oui, je sais que vous en êtes convaincue, répliqua Mira avec un sourire plein de gentillesse. Où en êtes-vous de vos préparatifs de Noël ?
— Bof, j'ai acheté deux ou trois bricoles.
— Ce ne doit pas être facile d'offrir quelque chose à Connors.
— Un vrai casse-tête.
— Je suis certaine que vous résoudrez parfaitement le problème. Personne ne le connaît mieux que vous.
— Quelquefois, j'en doute, avoua Eve. Je ne com-

prends pas qu'il se laisse contaminer par la frénésie ambiante. Il veut donner des fêtes, décorer la maison, tout le tralala. Ça me dépasse.

— Tous les deux, vous n'avez pas été des enfants comme les autres. Vous n'avez pas connu l'excitation, l'émerveillement qu'éprouvent les enfants, le matin de Noël, quand ils découvrent leurs cadeaux au pied du sapin. Je crois que Connors cherche à rattraper le temps perdu, à vous fabriquer des souvenirs heureux. Vu ce que je sais de lui, ajouta Mira avec un rire joyeux, je suis sûre que ce Noël sera mémorable !

— Vous parliez de sapins, eh bien, figurez-vous qu'il en a commandé une ribambelle, de quoi reboiser la planète.

— Laissez-vous aller, Eve. Permettez-lui de vous émerveiller. Ce sera votre cadeau mutuel.

— Avec Connors, de toute façon, je n'ai pas le choix.

Eve se leva.

— Merci de m'avoir reçue, docteur Mira.

— Encore une chose, Eve, rétorqua la psychiatre en se levant à son tour. Pour l'instant, le meurtrier ne représente un danger que pour les personnes sur lesquelles il a jeté son dévolu. Il ne tuera pas au hasard, sans s'être méticuleusement préparé. Il est néanmoins possible que cela change. Je ne sais pas quand ni pourquoi, mais il pourrait modifier son *modus operandi*.

— Oui, je n'en serais pas surprise. Je vous tiendrai au courant.

Quand Eve rentra chez elle et monta dans son bureau, Peabody et McNab, assis côte à côte à la console, étaient en pleine bagarre. Ils avaient l'air de deux bouledogues qui se disputent le même os. On les entendait presque grogner.

Dans d'autres circonstances, Eve s'en serait amusée. Mais, ce jour-là, ce comportement puéril accrut son irritation.

— Arrêtez ce manège ! dit-elle d'un ton sec. Où en êtes-vous ? Peabody, je vous écoute !

Celle-ci coula un regard noir en direction de son ennemi, puis déclara :

— Nous sommes sur la piste des cosmétiques et nous avons fait des recoupements avec les listes de Hawley et de Greenbalm. Ça nous donne trois noms. Deux – un pour Hawley et un pour Greenbalm – ont acheté les produits Idéal Naturel. Ça va des crèmes de soin pour la peau au mascara. Un autre, un partenaire de Hawley, a acheté des brosses pour les cils et les sourcils, ainsi que deux rouges à lèvres. Nous savons que Greenbalm avait sur les lèvres le rouge Cupidon. Les trois suspects ont acheté ce fard.

Tel un professeur interrompant une élève trop bavarde, McNab leva un doigt autoritaire.

— Vous oubliez un petit détail ! Le rouge Cupidon et le mascara Châtaigne sont généralement offerts en échantillon. La preuve, ajouta-t-il, désignant l'assortiment que Simon avait remis à Eve, vous les avez là.

— On ne peut pas suivre la piste de chaque échantillon, riposta Peabody avec mépris. On a trois noms, c'est un bon point de départ.

— L'ombre à paupières Brume Londonienne qu'il a utilisée pour Hawley est l'un des produits les plus chers de la gamme. On ne la donne pas en échantillon. Elle est vendue séparément ou dans le coffret de luxe. C'est cette piste-là qu'il faut suivre.

— Peut-être que ce salaud l'a piquée quand il s'est procuré les autres fards. Vous voulez pister tous les voleurs à l'étalage de cette ville ?

— On n'arrive pas à savoir qui a acheté cette ombre à paupières. Donc, c'est à ce produit-là que nous devons nous intéresser.

Comme ils semblaient prêts à se mordre, Eve s'interposa.

— Le premier qui ouvre son clapet, je l'assomme. Vous avez raison tous les deux. On va interroger ces types et chercher l'acheteur de ce truc pour les paupières. Peabody, vous descendez et vous m'attendez dans la voiture.

Le regard menaçant d'Eve dissuada Peabody de protester. Sitôt qu'elle eut quitté la pièce, McNab secoua la tête d'un air dégoûté.

— Pas de commentaire, sinon gare ! tonna Eve. Vous me repassez les fichiers d'Amoureusement Vôtre au peigne fin, clientèle et personnel, et vous me trouvez qui, là-dedans, a acheté l'ombre à paupières. Dites : oui, lieutenant.

— Oui, lieutenant, soupira-t-il.

— Très bien. Pendant que vous y êtes, McNab, jetez un œil aux relevés bancaires de Rudy et de Piper. Et débrouillez-vous pour découvrir leur marque de cosmétiques préférée.

— Oui, lieutenant.

— Et arrêtez de bouder ! ordonna-t-elle en quittant le bureau d'un pas de grenadier

— Ah, les femmes ! grommela-t-il.

— De merveilleuses créatures, n'est-ce pas ? lança une voix grave.

McNab sursauta. Connors se tenait immobile dans l'encadrement de la porte de communication entre son bureau et celui de son épouse.

— Je me permets d'émettre quelques réserves, répondit McNab, lugubre.

— Haut les cœurs, voyons ! rétorqua Connors, narquois. Pensez que, si vous découvrez qui a acheté ce fard à paupières, on vous tressera des lauriers.

Il s'approcha, se pencha sur l'écran et parcourut les documents qui, en principe, étaient strictement confidentiels.

— Figurez-vous que j'ai deux heures de liberté devant moi. Vous voulez un coup de main ?

— C'est-à-dire que...

— Ne vous inquiétez pas pour le lieutenant, coupa Connors en s'asseyant près du jeune enquêteur. Je sais comment l'amadouer.

Donnie Ray Michael était encore en peignoir. Un anneau d'argent orné d'une émeraude ornait son nez.

Il avait des yeux noisette, une chevelure couleur beurre frais et une haleine pestilentielle.

Il examina l'insigne d'Eve, bâilla à s'en décrocher la mâchoire.

— Qu'est-ce qui se passe ?
— Vous avez un moment à nous accorder ?
— Ce n'est pas le temps qui me manque. Pourquoi ?
— Je vous répondrai si vous nous laissez entrer et si vous allez vous rincer la bouche.
— Oh ! fit-il en rougissant. C'est que, vous comprenez, je dormais. Je n'attendais personne. Surtout pas des flics.

D'un geste, il les invita à pénétrer dans l'appartement et se précipita vers la salle de bains.

Son studio était une vraie porcherie. Des vêtements traînaient dans tous les coins. Des emballages de traiteur, des cendriers débordant de mégots et des disquettes jonchaient le sol. Dans un angle, près d'un divan usé jusqu'à la corde, trônait un saxophone étincelant.

Eve renifla. Une odeur d'oignon et d'herbe illicite flottait dans l'air.

— Si nous avons besoin d'un mandat, nous n'aurons pas à chercher bien loin un motif valable, glissa-t-elle à Peabody.
— Usage de stupéfiants ?
— Exactement. Il fume du Zoner, les murs en sont imprégnés.
— Moi, je sens juste l'oignon et la transpiration.
— Vous avez le nez bouché, ma parole !

Donnie Ray les rejoignit. Il avait le regard plus vif et s'était manifestement aspergé la figure d'eau fraîche.

— Excusez le désordre. Le droïde est en congé sabbatique. Alors, qu'est-ce que vous me voulez ?
— Vous connaissez Marianna Hawley ?
— Marianna ? répéta-t-il, perplexe. Ça ne me dit rien. Pourquoi, je devrais la connaître ?
— Vous l'avez rencontrée par l'intermédiaire d'Amoureusement Vôtre.
— Ah ! l'agence de rendez-vous.

Il écarta d'un coup de pied un tas de vêtements et se laissa tomber dans un fauteuil.

— Ouais, ça remonte à quelques mois. J'étais dans une mauvaise passe. Marianna... Une grande rousse ? Non, attendez, celle-là s'appelait Tania. On s'entendait bien, mais elle est partie s'installer à Albuquerque. Qu'est-ce qu'on peut faire dans un trou pareil, je vous le demande.

— Je vous parle de Marianna, Donnie Ray. Une jolie brune, mince, les yeux verts.

— Mais oui ! Maintenant je m'en souviens. Elle était gentille. On n'a pas eu le déclic, si vous voyez ce que je veux dire. Elle est venue m'écouter au club où je jouais, on a bu un verre, et voilà.

— Il vous arrive de regarder les informations ?

— Pas quand je bosse. Depuis trois semaines, je travaille à *L'Empire* avec un groupe. De 22 heures à 4 heures du matin.

— Sept soirs par semaine ?

— Non, cinq. Plus, c'est pas possible.

— Et mardi, vous avez travaillé ?

— Non, le lundi et le mardi, je suis de repos.

Il était à présent complètement réveillé ; une expression méfiante se peignit sur son visage.

— Pourquoi ces questions ?

— Marianna Hawley a été assassinée dans la soirée de mardi. Où étiez-vous entre 21 heures et minuit ?

— Assassinée. Merde alors !

Il se leva et se mit à arpenter la pièce, piétinant au passage un carton de pizza. Eve nota avec intérêt qu'il ne semblait pas effrayé. Il était simplement consterné.

— Vous auriez souhaité qu'elle devienne votre maîtresse ? Votre compagne ?

— Écoutez, j'ai bu un verre avec elle, c'est tout. On a bavardé, j'admets que j'ai essayé de la convaincre de coucher avec moi. Comme ça, pour le plaisir. Elle a refusé. Les aventures passagères, ce n'était pas son style. Je l'ai trouvée adorable. Cette fille-là, on ne pouvait pas s'empêcher de l'aimer.

Il fourragea dans ses cheveux.

— Je l'ai rencontrée il y a six mois, peut-être plus. Je ne l'ai pas revue depuis.

— Où étiez-vous mardi soir ?

— Je n'en sais rien. J'ai sans doute fait la tournée des clubs, j'ai traîné. Attendez que je réfléchisse...

Il ferma les yeux pour mieux se concentrer.

— Il me semble que je suis allé au Crazy Charlie. Il y avait un nouvel orchestre.

— Vous étiez seul ?

— J'ai commencé la soirée avec une bande de potes, mais je ne me rappelle pas qui m'a accompagné au Crazy Charlie. Quand j'ai atterri là-bas, j'étais déjà passablement éméché.

— Dites-moi, Donnie Ray, pour qui avez-vous acheté les produits Idéal Naturel ? Vous ne me paraissez pas du genre à vous maquiller.

— Quoi ?

Interloqué, il se rassit dans le fauteuil.

— Idéal Naturel ? Qu'est-ce que c'est que ce machin-là ?

— Vous devriez le savoir, vous avez déboursé plus de deux mille dollars. Ce sont des cosmétiques, Donnie Ray.

— Des cosmétiques...

Il fourragea de nouveau dans ses cheveux, qui se dressaient maintenant sur son crâne tels des piquants jaunes.

— Ah oui, ça me revient ! s'exclama-t-il. Je les ai offerts à ma mère pour son anniversaire.

Eve jeta un coup d'œil circulaire. Une porcherie, vraiment.

— Vous avez claqué deux mille dollars pour l'anniversaire de votre mère ? fit-elle, sceptique.

— Maman est géniale. Mon père nous a abandonnés quand j'étais gamin. Elle a trimé comme une esclave pour que j'aie un toit et que j'apprenne la musique. Je suis un bon musicien, vous savez, ajouta-t-il en désignant le saxophone. Sacrément bon, même. Et maintenant, c'est moi qui l'aide à payer son loyer. Elle habite le Connecticut, une jolie maison dans un quartier agréable. Je reconnais qu'ici, c'est le foutoir, mais je m'en fiche. Je ne suis jamais là, sauf pour dormir.

— Et si j'appelais votre mère, là tout de suite, et lui demandais ce que son petit Donnie Ray lui a offert pour son dernier anniversaire?

Il n'eut pas l'ombre d'une hésitation.

— Le communicateur est sur cette table, contre le mur. Le numéro de maman est programmé. Seulement, s'il vous plaît, ne lui dites pas que vous êtes flic. Elle s'inquiéterait. Racontez-lui... je ne sais pas, moi... n'importe quoi.

— Peabody, enlevez votre veste d'uniforme, et contactez la mère de Donnie Ray.

Eve s'écarta et se percha sur l'accoudoir du fauteuil du jeune homme.

— Lorsque vous vous êtes inscrit à Amoureusement Vôtre, est-ce Rudy qui a établi votre profil?

— C'est lui que j'ai vu la première fois. Comme tous les candidats, je suppose. On passe un genre d'audition. Ensuite, on a affaire à un consultant qui vous pose tout un tas de questions sur vos goûts, vos rêves, vos loisirs. Il faut aussi subir un examen médical, pour s'assurer que vous ne prenez pas de stupéfiants.

— En ce qui vous concerne, les analyses n'ont pas révélé que vous aviez un penchant pour le Zoner?

— Euh... non, répondit-il, penaud. Ce jour-là, j'étais clean.

— Votre mère désirerait sans doute que vous le restiez.

— Euh... oui.

Peabody, à l'autre bout de la pièce, reposa le communicateur.

— Mme Michael a bien reçu une gamme complète de cosmétiques et de fards Idéal Naturel pour son anniversaire, déclara-t-elle en remettant sa veste.

Elle sourit à Donnie Ray.

— Elle était enchantée de son cadeau.

— Elle est belle, hein?

— Très.

— Elle est géniale.

— Elle dit la même chose de vous.
— Pour Noël, je lui ai acheté des boucles d'oreilles. Deux diamants. Ils sont petits, bien sûr, mais je crois qu'elle sera contente.

Maintenant qu'il avait vu Peabody sans sa veste – qui ne mettait pas ses formes en valeur –, il fixait sur elle un regard nettement plus pétillant. À l'évidence, elle ne lui déplaisait pas.

— Vous êtes déjà allée à L'Empire ?
— Non, pas encore.
— Vous devriez venir, un de ces soirs. L'orchestre est super, je vous garantis que ça déménage.
— Eh bien, peut-être que je viendrai vous écouter.

Comme Eve fronçait les sourcils, Peabody se hâta d'enchaîner :

— Merci de votre coopération, monsieur Michael.
— Faites plaisir à votre mère, lança Eve avant de sortir. Nettoyez un peu votre studio et oubliez le Zoner.
— Ouais, d'accord.

Il adressa à Peabody un sourire enjôleur, puis referma la porte.

— Agent Peabody, déclara Eve d'un ton sévère, il est interdit de flirter avec les suspects.
— Je suis convaincue qu'il n'est pas coupable. Et il est mignon tout plein.
— Tant que nous n'aurons pas vérifié son alibi, il est suspect. J'ajoute qu'il vit dans une porcherie, d'où je conclus que c'est un cochon.
— Un cochon vraiment mignon, lieutenant.
— Peabody, nous avons encore deux personnes à interroger. Essayez de contrôler vos hormones, s'il vous plaît.
— Je m'y efforce, lieutenant. Mais je dois avouer que ce n'est pas désagréable quand ce sont elles qui me contrôlent...

7

Les autres interrogatoires ne donnèrent rien. Quand elle rentra chez elle, Eve était d'une humeur massacrante. En découvrant son bureau plongé dans l'obscurité, et McNab envolé, elle faillit piquer une crise.

Heureusement pour le jeune enquêteur et son avenir professionnel, il avait eu la prudence de laisser un mémo enregistré.

« Lieutenant, je suis parti à 16 h 45. J'ai mis le doigt sur deux ou trois petites choses qui pourraient vous intéresser. Tout est dans le dossier de l'affaire, fichier E. Piper et Rudy ont acheté le fard à paupières. Piper s'est aussi payé le rouge à lèvres. Entre parenthèses, ces deux-là roulent sur l'or. Pas autant que Connors, mais ils ont le portefeuille bien garni. Tout leur fric, jusqu'au dernier sou, est sur un compte commun. »

« Tiens donc », se dit Eve. Lors de ses entretiens avec les jumeaux Hoffmann, elle avait eu la nette impression que Rudy dirigeait la société. C'était toujours lui qui avait pris les décisions, qui lui avait remis les documents qu'elle réclamait.

Il gérait donc aussi l'argent.

Il contrôlait tout.

Il avait le pouvoir.

Il lui était facile de se choisir des victimes parmi les clientes de l'agence.

« Toujours à propos du fard à paupières et du rouge à lèvres, poursuivait la voix de McNab, j'ai un client pour les deux : Charles Monroe. La première fois, il m'a échappé parce qu'il a inscrit un autre nom sur le bon de commande qu'il a rempli pour recevoir le catalogue des nouveaux produits. Fin du mémo.»

Eve fronça les sourcils. Son instinct lui soufflait de se concentrer sur Rudy, mais elle serait quand même obligée d'interroger ce bon vieux Charlie.

Tournant la tête, elle vit que de la lumière filtrait sous la porte du bureau de Connors. Puisqu'il travaillait, c'était le moment de s'occuper d'une affaire beaucoup plus personnelle.

Sans bruit, elle monta l'escalier, s'assura que Summerset ne rôdait pas dans les parages et se faufila dans la bibliothèque.

Les murs de l'immense pièce et de la mezzanine étaient couverts de livres. Elle ne comprendrait jamais pourquoi un homme qui pouvait s'offrir une petite planète rien qu'en claquant des doigts préférait s'encombrer de volumineux bouquins au lieu de lire sur un écran, comme tout le monde.

Elle reconnaissait cependant que les reliures en cuir avaient une odeur incomparable et que ces innombrables volumes alignés sur les étagères d'acajou étaient bien agréables à contempler.

Des canapés et des fauteuils en cuir bordeaux étaient disposés à chaque bout de la pièce. Sur des guéridons et des tables fabriqués et sculptés par des artisans d'un autre siècle trônaient des lampes en cuivre. Les abat-jour en pâte de verre colorée diffusaient une douce lumière qui se reflétait sur le parquet de chêne ciré, réchauffé par de somptueux tapis d'Orient.

Eve ne venait pas souvent ici. Connors, en revanche, y passait de longs moments. Il disait que la lecture le détendait. Il avait appris à lire tout seul, quand il n'était encore qu'un gamin des bas-fonds de Dublin. Un jour, il avait trouvé dans une ruelle un livre de Yeats, à moitié déchiré ; cette découverte avait changé sa vie.

Elle savait qu'un ordinateur ultra-moderne était dissimulé dans un cabinet ancien, incrusté de lapis-lazuli et de malachite. Elle s'en approcha, jeta un coup d'œil inquiet par-dessus son épaule, et ouvrit doucement les portes.

— Démarrage, commanda-t-elle à voix basse. Index des auteurs. Recherche Yeats.

— « Yeats, Elizabeth ? Yeats, William Butler ? »

Eve se gratta le nez.

— Qu'est-ce que j'en sais, moi ? Un poète irlandais.

— « Yeats, William Butler. Répertoire des ouvrages… Les Pérégrinations d'Oisin, section D, cinquième rayon. La Comtesse Cathleen, section D… »

— Stop. Modifie la recherche. Indique-moi les bouquins de ce bonhomme qui ne sont pas dans cette bibliothèque.

— « Recherche… »

Connors les avait certainement tous, pensa-t-elle, irritée. Son idée, qui lui avait paru lumineuse, était grotesque.

— Lieutenant ?

Eve fit un bond. Summerset était entré à pas de loup et se tenait à côté d'elle.

— Vous ne perdrez donc jamais cette sale manie de me tomber dessus sans crier gare ?

Elle avait horreur de cela, il le savait pertinemment et prenait un malin plaisir à la surprendre.

Il la dévisagea d'un air impassible.

— Je croyais que vous lisiez uniquement des rapports et, exceptionnellement, une disquette, cependant… je puis peut-être vous aider à trouver le livre que vous cherchez ?

— Écoutez, mon vieux, je suis chez moi. J'ai le droit de venir ici, aboya-t-elle, car il lui donnait l'impression d'être une voleuse. Et je n'ai pas besoin de votre aide !

— « Toutes les œuvres de Yeats, William Butler, figurent au catalogue de la bibliothèque. Voulez-vous les titres ? »

— Non, pas la peine !

— Yeats, lieutenant ? demanda Summerset, intrigué. Est-ce une pièce qui vous intéresse, un recueil ou un poème particulier ?

— On vous a engagé dans la police ?

— Ces livres ont une grande valeur, poursuivit-il, imperturbable. La plupart d'entre eux sont des éditions originales, très rares. Vous pouvez trouver toutes les œuvres de Yeats dans la bibliothèque informatique. Cela vous conviendrait sans doute mieux.

— Je n'ai aucune envie de lire ces trucs-là, je voulais juste voir s'il lui manquait un titre. Mais il les a tous, naturellement. Qu'est-ce que je vais faire ?

— À quel propos ?

— Noël, espèce de vieux schnock ! bougonna-t-elle, furieuse.

Summerset plissa les lèvres.

— Vous souhaitiez offrir un ouvrage de Yeats à Connors pour Noël.

— Bravo, vous avez tout compris.

Il devait admettre, à contrecœur, qu'elle était parfois touchante. En outre, il avait une dette envers elle : elle avait failli mourir pour lui sauver la vie, un souvenir qui les mettait tous deux terriblement mal à l'aise. Peut-être pouvait-il se racheter, du moins en partie.

— Lieutenant... il lui manque une édition originale : *Le Pays du désir du cœur*.

— C'est quoi ?

— Une pièce en vers.

— De Yeats ?

— Oui.

Une part d'elle-même, la moins reluisante, brûlait d'envoyer le majordome sur les roses. Elle réussit à se retenir.

— D'après l'ordinateur, il a pourtant tout.

— Il possède en effet cet ouvrage, mais pas en édition originale. Yeats est extrêmement important aux yeux de Connors, je suppose que vous le savez. Je connais un marchand de livres anciens à Dublin. Je pourrais le contacter et voir si on peut se procurer cette pièce.

— On l'achète, on ne la vole pas, rétorqua-t-elle d'un ton ferme.

Comme le majordome se raidissait, elle esquissa une grimace sarcastique.

— C'est que je connais vos relations. Je tiens à ce que cette transaction reste dans la légalité.

— Je n'avais pas l'intention de procéder autrement. Toutefois, ce ne sera pas bon marché, ajouta-t-il, perfide. Dans la mesure où vous avez attendu la dernière minute, il faudra sans doute payer un supplément pour l'obtenir à temps pour Noël.

— Si votre copain me déniche ce bouquin, je paierai ce qu'il demande.

Puis, comme elle ne trouvait rien d'autre à dire, elle marmotta :

— Merci.

Il hocha la tête et la regarda sortir de la bibliothèque d'un pas décidé ; ce fut seulement quand elle eut disparu qu'un sourire presque malicieux éclaira la figure émaciée du majordome.

Eve prit l'ascenseur pour rejoindre la chambre conjugale. Elle pestait intérieurement. L'amour était un fléau, il vous poussait à collaborer avec des individus qui s'ingéniaient pourtant à vous empoisonner l'existence. Si le squelette ambulant lui arrangeait le coup, elle lui devrait une fière chandelle.

Quelle humiliation !

Puis les portes de l'ascenseur s'ouvrirent, Eve vit Connors devant elle. Son visage d'ange déchu, son demi-sourire, ses yeux incroyablement bleus.

Pour lui, elle serait prête à endurer les pires humiliations.

— J'ignorais que tu étais rentrée, ma chérie.

— Je... j'avais des trucs à faire. Dis donc, tu m'as l'air très content de toi.

Il la guida vers l'estrade sur laquelle trônait leur lit.

— Qu'est-ce que tu en penses ?

Dans les profondeurs du bow-window se dressait un arbre aux branches largement déployées et dont la cime touchait presque le plafond.

Eve battit des cils.

— Il n'est pas un peu... grand ?

— Apparemment, tu n'as pas encore eu l'occasion d'admirer celui du salon. Il est deux fois comme celui-ci.

Circonspecte, elle s'approcha. Cet arbre mesurait au moins trois mètres. Si jamais il se renversait, il tomberait comme une masse sur le lit et les écrabouillerait.

— Ça sent la forêt. Et maintenant, je suppose qu'il faut le décorer?

Il lui enlaça la taille, l'attira doucement contre lui.

— Je m'occuperai des guirlandes plus tard.

— Pourquoi toi?

— C'est un travail d'homme, répliqua-t-il en l'embrassant dans le cou.

— Ah bon, qui a décrété ça?

— Les dames des siècles passés, lesquelles étaient assez malignes pour ne pas se charger des corvées que leurs maris pouvaient exécuter. Tu as fini ta journée, lieutenant?

Les yeux clos, elle ployait la nuque sous ses baisers. Un délicieux vertige la faisait vaciller.

— J'ai encore un rapport à rédiger. Mais je crois qu'il peut attendre.

— Tant mieux. Viens avec moi.

— Où?

— Au bout du monde.

Il la souleva dans ses bras, l'emporta dans l'ascenseur qui descendit jusqu'à l'étage de la salle d'hologrammes.

— Programme, commanda-t-il.

Les murs, tapissés du sol au plafond de miroirs d'un noir d'obsidienne, parurent soudain prendre vie. Un parfum de résine se répandit dans l'air. Des images se formèrent.

Un odorant feu de bois crépitait dans une cheminée en pierre. Une immense fenêtre ouvrait sur un paysage de montagnes coiffées d'une neige poudreuse que le clair de lune teintait d'argent. Dans des urnes s'épanouissaient de magnifiques fleurs blanches. Des centaines de bougies également blanches éclairaient de leur lumière vacillante un plancher de bois sombre et un gigantesque lit aux montants de cuivre ciselé. La courtepointe vieil or et les coussins moelleux étaient jonchés de pétales de roses blanches.

— Waouh! s'exclama Eve. Où sommes-nous?
— Dans les Alpes.

Il adorait faire des surprises à Eve. Ses réactions l'enchantaient. Quand elle découvrait quelque chose de nouveau, le flic – toujours méfiant, sur le qui-vive – s'évanouissait pour céder la place à une gamine prompte à s'émerveiller.

— Je n'ai jamais pu t'emmener en Suisse. Ce chalet holographique est un pis-aller.

Il saisit un vêtement jeté sur un fauteuil.

— Veux-tu mettre ceci, ma chérie?
— Qu'est-ce que c'est?
— Une robe de chambre.
— Ça, j'avais remarqué. Je voulais savoir ce que c'était. Du vison?
— De la zibeline, mon amour. Je peux peut-être t'aider?
— Toi, tu as une idée derrière la tête, murmura-t-elle, comme il lui déboutonnait son chemisier.
— Oui, je projette de conquérir ma femme.
— Je suis déjà conquise, Connors, souffla-t-elle en cherchant sa bouche.

Il l'embrassa avec douceur et tendresse. Puis il la débarrassa de son jean, de ses bottes. Elle tremblait, il sentait la fièvre gronder dans son corps si svelte. Un bonheur fou lui dilata le cœur.

— Chaque jour, je te désire un peu plus, ma chérie. Chaque jour, je t'aime davantage.

Elle s'appuya contre lui de tout son poids, enfouit son visage dans ses cheveux noirs dont le parfum l'enivrait.

— Tu as changé toute ma vie, balbutia-t-elle.

Il la coucha sur le grand lit, et elle ferma les yeux. Elle allait vivre un moment magique, elle le savait. Ces instants-là lui étaient devenus aussi indispensables que l'air qu'elle respirait. Quand leurs corps se mêlaient, ne faisaient plus qu'un, elle était prête à tout donner, tout prendre.

Un flot de sensations étourdissantes la submergea. La peau de Connors, le satin de la courtepointe, le velours des pétales de roses. Le sang qui bruissait à ses oreilles. La lueur des bougies, des flammes qui mordaient les bûches.

Les lèvres brûlantes de Connors, ses mains si belles. Son sexe palpitant, qui se tendait vers elle, la pénétrait. Son cri rauque, l'éclat sauvage de ses yeux.

Il allait et venait en elle qui se cambrait pour mieux l'accueillir, s'agrippait aux montants du lit, murmurait son nom comme une prière.

Quand le plaisir l'emporta, elle crut que tout son être implosait. Fourbue, elle retomba sur les pétales de roses. Connors la garda dans ses bras, attendit que son souffle s'apaise. Puis il se leva et la couvrit avec la zibeline.

Pour toute réponse, elle émit un ronronnement de chaton repu.

Il se dirigea vers l'autre extrémité de la pièce, programma un bain chaud et déboucha une bouteille de champagne. Puis il revint auprès de sa femme et lui caressa les cheveux.

Elle sursauta.

— Je ne dormais pas, figure-toi, bredouilla-t-elle avec cette mauvaise foi qu'il adorait.

— Si tu ne rédiges pas ton rapport, tu me le reprocheras pendant des années.

Il la souleva et, comme si elle était un bébé, l'assit dans le bain chaud.

— Mais qu'est-ce que tu... ? Oh, quelle merveille ! Voilà où je veux vivre, dans cette baignoire.

— Prends des vacances, et nous irons dans les Alpes pour de vrai. Tu pourras te prélasser dans ton bain jusqu'à ce que tu sois aussi rouge qu'une écrevisse.

Il ne plaisantait pas. Il souhaitait l'emmener loin d'ici, la choyer jusqu'à ce qu'elle soit complètement remise de sa blessure. Mais jamais elle n'accepterait. Autant lui demander d'embrasser Summerset sur la bouche.

Cette pensée le fit sourire.

— Qu'est-ce qui t'amuse ?

— Rien... une idée saugrenue, répondit-il en la rejoignant dans la baignoire.
— Hé, j'ai du travail! protesta-t-elle.
— Je sais. Dix petites minutes...

Elle soupira. L'eau chaude et parfumée, le champagne frappé, comment résister à de telles délices?

— Dire qu'avant, quand je m'accordais une pause, je n'avais que du mauvais café pour me requinquer...
— Tu n'as pas totalement perdu cette sale manie. Le champagne est pourtant un bien meilleur remontant.
— Je ne prétendrai certainement pas le contraire.

Elle leva la jambe, examina pensivement ses orteils.

— Il ne me laissera pas de répit, Connors. Il me prendra de vitesse.
— Combien de temps as-tu devant toi?
— Je n'en aurai pas assez.
— Tu y arriveras. Je ne connais pas de flic plus efficace que toi. Et pourtant, j'en ai connu.

Les sourcils froncés, elle contemplait les bulles dorées qui dansaient dans son verre.

— Ce n'est ni la haine qui le pousse ni l'appât du gain. Ce n'est pas non plus une affaire de vengeance. Si seulement je comprenais son mobile...
— L'amour.
— Mon seul amour... murmura-t-elle. On ne peut pas aimer douze personnes à la fois.
— Tu es trop rationnelle. Tu considères qu'un homme est incapable d'aimer plusieurs femmes avec la même ferveur. Mais lui, de toute évidence, en est capable.
— Parce qu'il a le cœur dans le bas-ventre.

Connors éclata de rire.

— Eve chérie, il est souvent impossible de séparer le cœur et le sexe. Pour certains, s'empressa-t-il d'ajouter, car elle lui lançait un regard noir, l'attirance physique est une forme de sentiment. Il est peut-être convaincu que chacune de ses victimes est l'amour de sa vie. Et comme elles le rejettent, il n'a plus qu'un moyen de les conquérir : les tuer.

— J'ai réfléchi à tout ça. Mais ce n'est pas suffisant pour me permettre de saisir comment il fonctionne. Il aime ce qu'il ne peut pas avoir, et ce qu'il ne peut pas avoir, il le détruit...

— Il a aussi la passion du théâtre.

— Oui, je compte d'ailleurs sur ça pour le coincer. À force, il finira bien par se prendre à son propre jeu. Je me ferai alors un plaisir d'enfermer notre Père Noël dans une cage.

Comme mue par un ressort, elle se redressa et sortit de la baignoire.

— Au boulot!

À cet instant, son communicateur bourdonna.

— Merde!

Ruisselante, elle se précipita vers son jean qui gisait près du lit et extirpa l'appareil d'une poche.

— Brouillage de l'image, ordonna-t-elle. Dallas, j'écoute.

— Lieutenant Dallas, ici le dispatching. On nous signale un homicide au 432, Houston Street, appartement 6 E.

Ravalant un nouveau juron, elle passa une main nerveuse dans ses cheveux mouillés.

— Contactez l'agent Peabody, dites-lui de me rejoindre sur les lieux.

— Affirmatif. Terminé.

— Un homicide? demanda Connors.

— Oui, répondit-elle en enfilant son jean. Bon Dieu, j'ai interrogé ce garçon aujourd'hui même!

Donnie Ray était entortillé dans une guirlande verte et dorée, ses cheveux joliment déployés sur l'oreiller. Il avait les yeux clos et ses cils dessinaient une ombre impalpable sur ses pommettes. Ils étaient fardés de mascara bronze – de la même teinte que le fard qu'on lui avait appliqué sur les lèvres. À son poignet droit, juste au-dessus de l'endroit où la corde avait meurtri la peau, brillait un gros bracelet en or orné de trois ravissants oiseaux.

— Les trois merles siffleurs, dit Peabody qui se tenait derrière Eve. C'est abominable !

— Le sexe de la victime diffère, mais le *modus operandi* reste le même, rétorqua Eve d'un ton morne. Je suppose qu'on va trouver un tatouage. Il a été ligoté comme les autres, sans doute violé.

— C'était un chic type, murmura Peabody, la gorge nouée.

— Maintenant, c'est un type mort. Au travail, aidez-moi à le retourner.

Peabody se raidit.

— Oui, lieutenant.

Elles découvrirent le tatouage sur la fesse gauche de Donnie Ray. À l'évidence, il avait été violé. Eve ne manifesta aucun signe d'émotion.

Les premières constatations terminées et la scène du crime protégée, elle ordonna à deux policiers de commencer l'enquête de voisinage, puis demanda qu'on emporte le corps à la morgue.

— Vérifiez son vidéocom et son agenda, dit-elle à Peabody. Voyez s'il n'avait pas dans ses dossiers des documents concernant Amoureusement Vôtre. Et je veux que l'équipe du labo passe cet appartement au peigne fin.

Elle se dirigea vers la salle de bains, poussa la porte. Les murs, le sol, le lavabo et la baignoire étincelaient.

— On peut parier que ce n'est pas Donnie Ray qui a nettoyé. Ce n'était pas un maniaque du ménage.

— Il ne méritait pas de mourir de cette façon.

— Personne ne le mérite, rétorqua Eve d'un ton brusque. Vous l'aimiez bien, moi aussi. À présent, arrêtez de pleurnicher, parce que vos larmes ne le ressusciteront pas. Il est mort, et si nous ne voulons pas avoir une quatrième victime sur les bras, nous avons intérêt à découvrir vite fait qui est le prochain ou la prochaine sur sa liste.

— Je sais bien, mais je ne peux pas m'empêcher d'être triste. Bon sang ! il y a quelques heures à peine, nous étions ici avec lui, en train de plaisanter. Je ne peux pas m'empêcher d'être triste, répéta Peabody, ulcérée. Je ne suis pas comme vous.

— Il se fiche bien de votre tristesse! Ce n'est pas de la pitié qu'il demande, il réclame qu'on lui rende justice!

Eve regagna la pièce principale, écartant d'un coup de pied rageur une tasse qui traînait sur la moquette. Ses yeux flamboyaient.

— Il y a quelque chose qui m'échappe, mais quoi? Quoi, nom d'un chien! C'est pourtant là, sous mon nez. Chaque fois, c'est là. Ce salaud me laisse tous les indices dont j'ai besoin, et je ne les vois pas!

Muette, Peabody l'observait. Elle se sentait honteuse. Ce n'était pas la première fois qu'elle commettait l'erreur d'interpréter le détachement professionnel d'Eve comme un manque de sensibilité. Après des mois de collaboration, elle aurait pourtant dû connaître mieux le lieutenant Dallas.

Elle prit une inspiration.

— Peut-être qu'il nous laisse trop d'indices, justement. Du coup, on ne repère plus rien.

Eve se figea, fixant sur Peabody un regard scrutateur.

— Oui... mais oui, vous avez raison! Trop d'informations, trop de pistes. Il faut en choisir une et ne plus en dévier. On commence tout de suite, dit-elle en extirpant son communicateur de sa poche. Je vous préviens, la nuit va être longue.

Lorsque Eve rentra chez elle, à 4 heures du matin, elle titubait de fatigue. Elle avait les yeux rougis et était au bord de la nausée à cause de l'infâme café du Central. Elle pénétrait dans son bureau, quand un bruit de pas la fit sursauter. Par réflexe, elle porta la main à son arme et se tourna vivement.

— Connors, qu'est-ce que tu fabriques ici?

— Je pourrais te poser la même question, lieutenant.

— J'ai du boulot.

Il lui prit doucement le menton, étudia son visage.

— Tu as une mine de papier mâché.

— Je n'avais plus de vrai café sur mon auto-chef, j'ai dû ingurgiter le jus de chaussette du Central. Un bon Arabica, et je serai d'aplomb.

— Deux heures de sommeil, et tu serais encore mieux.

— J'ai une réunion à 8 heures. Il faut que je la prépare.

— Eve...

Il lui posa les mains sur les épaules, sans se soucier de l'expression menaçante qui crispait ses traits.

— Loin de moi l'idée de t'empêcher de travailler. Mais permets-moi de te dire que si tu dors debout, tu n'avanceras pas.

— Je vais prendre un dopant.

— Toi ? rétorqua-t-il d'un air narquois.

Elle esquissa un sourire.

— Je serai peut-être obligée de recourir aux produits autorisés par le ministère pour boucler cette affaire.

— Laisse-moi plutôt t'aider.

— Je ne peux pas te demander de l'aide chaque fois que les choses deviennent difficiles.

— Pourquoi ? répliqua-t-il en lui massant la nuque. Parce que je ne suis pas un produit autorisé par le ministère ?

— C'est ça...

Elle sentait ses muscles se dénouer sous les doigts experts de Connors, à tel point qu'elle n'avait plus la force d'ébaucher un mouvement.

— Tu as gagné, je m'accorde deux heures. Il m'en restera encore deux pour préparer la réunion. Mais je dors ici.

— Parfait.

Il la guida jusqu'à la méridienne et s'étendit près d'elle.

— Tu serais mieux dans notre lit, murmura-t-elle en se pelotonnant contre lui.

— Je préfère dormir avec ma femme.
— Tu sais, fit-elle en étouffant un bâillement, je crois que je tiens un début de piste.
— Repose-toi, ma chérie.

8

— Au fait, j'ai une chose à te dire...
Connors attendit, le sourire aux lèvres, qu'Eve eût englouti son omelette, mousseuse à souhait, pour ajouter :
— Cela concerne les cosmétiques Idéal Naturel.
Elle but une gorgée de café.
— L'entreprise qui les fabrique t'appartient.
— C'est une filiale d'un des groupes de Connors Industries. Donc, en effet, elle m'appartient.
— Je le savais déjà.
Comme il haussait les sourcils, surpris par sa placidité, elle poursuivit :
— J'espérais pourtant tomber sur une affaire où, pour une fois, ton nom n'apparaîtrait pas.
— Tu finiras bien par t'y habituer, ma chérie. Bref, enchaîna-t-il, je devrais pouvoir t'aider à retrouver les produits qui ont servi à maquiller les victimes.
Eve se leva et se dirigea vers son bureau.
— De ce côté-là, on a un peu avancé. On part du principe que ces cosmétiques ont été achetés à New York. Les gens qui ont les moyens de se les offrir ne sont pas légion. Ces machins-là sont abominablement ruineux.
— Quand on veut de la qualité, il faut payer.
— Deux cents dollars pour un tube de rouge à lèvres. Non mais, franchement, tu devrais avoir honte !

— Ce n'est pas moi qui fixe les prix, rétorqua-t-il avec un sourire malicieux. Je me contente d'empocher les bénéfices.

Il était heureux de la voir moins pâle. Si seulement elle acceptait de se ménager... Il s'approcha d'elle et effleura avec douceur les cernes qui ombraient ses yeux mordorés.

— Si tu y tiens, tu n'auras qu'à assister au prochain conseil d'administration. Tu demanderas à ces vautours de baisser leurs tarifs.

— Ha, ha !

Elle l'embrassa sur la bouche.

— Écarte-toi, tu m'empêches de me concentrer.

— Je t'écoute, ma chérie. Tu sais que réfléchir à voix haute t'aide toujours à progresser.

Elle soupira.

— Ce pauvre garçon, hier soir... il était charmant, inoffensif.

— Les autres victimes étaient des femmes. Qu'est-ce que tu en conclus ?

— Qu'il est bisexuel. Donnie Ray a été violé, ligoté, marqué et maquillé comme les autres.

Elle se mit à arpenter la pièce, saisit machinalement sa tasse de café et en but une gorgée.

— C'est dans la clientèle d'Amoureusement Vôtre qu'il recrute ses victimes. Il doit avoir accès à leur vidéo et à leur dossier personnel. Il a peut-être donné rendez-vous aux femmes, mais pas à Donnie Ray. Donnie était un hétéro. Ce qui me conduit à penser qu'il n'a pas eu de tête-à-tête avec ses proies. Avec aucune d'elles. Il n'en est pas tombé amoureux parce qu'il les a rencontrées en chair et en os. Il est dans le fantasme absolu.

— Il sélectionne des personnes qui vivent seules.

— Il est lâche. Il refuse une confrontation, une vraie relation. Il commence par leur administrer un tranquillisant, il les attache. De cette façon, il est sûr d'avoir le pouvoir.

Une fois de plus, elle songea à Rudy. Lui aussi était avide de pouvoir.

— Il est intelligent, mais obsessionnel, poursuivit-elle. Sur certains plans, il est même prévisible. C'est grâce à ça que je le coincerai.

— Cette nuit, tu as dit que tu avais un début de piste.

— Oui, j'en ai même deux. Je compte bien les suivre jusqu'au bout. Je vais devoir éviter Nadine pendant quelque temps. Je ne peux pas lui révéler que l'assassin se balade avec un costume rouge et une barbe blanche. On retrouverait des Pères Noël égorgés à tous les coins de rue.

— Cela ferait des gros titres sensationnels. Le Père Noël s'attaque aux célibataires! Nadine adorerait.

— Tant que j'aurai le choix, elle n'en saura rien. Je ne lui parlerai que d'Amoureusement Vôtre, elle aura un os à ronger, elle se calmera, et, par la même occasion, les personnes inscrites à l'agence seront prévenues. Rudy et Piper vont crier au harcèlement, ajouta-t-elle avec un sourire mauvais.

— Tu ne les aimes pas.

— Ils me dégoûtent. J'ai la certitude qu'ils couchent ensemble.

— Où est le mal?

— Ils sont frères et sœurs. Jumeaux.

— Oh! fit Connors avec un frisson de répulsion. C'est effectivement très déplaisant.

— Le mot est faible. Rudy contrôle tout, y compris sa sœur. Pour le moment, il est mon principal suspect. Il a accès aux dossiers des clients et, si je ne me trompe pas en ce qui concerne ses relations avec Piper, il est pervers. J'ai l'intention d'infiltrer une taupe dans l'agence.

À cet instant, des pas résonnèrent dans le couloir.

— La voilà, justement, murmura-t-elle.

Peabody entra dans la pièce. Comme Eve et Connors la regardaient fixement, elle se dandina d'un pied sur l'autre, mal à l'aise.

— Il y a un problème?

— Non, aucun. Venez vous asseoir, qu'on se mette au travail.

— Du café? proposa Connors avec sollicitude, car il avait évidemment compris ce qu'Eve avait en tête.

— Oui, merci. McNab n'est pas encore là ?
— Non. Je voulais d'abord vous parler.

Eve décocha un coup d'œil à Connors qui tendit sa tasse à Peabody.

— Eh bien, je vous laisse travailler, fit-il.

Il passa dans la pièce voisine et referma la porte. Dès qu'il eut disparu, Peabody chuchota :

— Il est toujours aussi beau, le matin ?
— Le matin, l'après-midi, le soir. Et surtout la nuit.

Peabody poussa un soupir rêveur.

— Vous êtes sûre qu'il est humain ?
— Je n'en suis pas convaincue, rétorqua Eve avec un petit rire.

Elle se percha sur le coin de la table et dévisagea longuement son assistante.

— Dites-moi, ça vous plairait de faire de nouvelles connaissances ?
— Pardon ?
— D'élargir votre cercle de relations, de rencontrer des hommes qui partagent vos goûts ?
— C'est justement pour cette raison que je suis entrée dans la police, gloussa Peabody, croyant qu'Eve plaisantait. Pour me dégoter un compagnon.
— Les flics font des maris lamentables. Vous devriez plutôt passer par une agence. Amoureusement Vôtre, par exemple.
— Draguer dans les bars est bien plus amusant...

Soudain, Peabody écarquilla les yeux.

— Oh, oh !
— Il me faut l'accord de Whitney pour infiltrer l'agence. Et avant que vous acceptiez, je veux m'assurer que vous mesurez bien les risques auxquels vous vous exposez.
— Infiltrer l'agence, répéta Peabody d'un air extatique.
— Hé ! Redescendez sur terre ! s'exclama Eve. Ce n'est pas une partie de plaisir que je vous propose. Je vous envoie en première ligne, je me sers de vous comme appât, et vous souriez aux anges. On dirait que je vous fais un cadeau.

— Vous me jugez suffisamment compétente pour assumer cette mission, vous avez confiance en moi. C'est un sacré cadeau.

— Vous êtes compétente et digne de confiance parce que vous savez exécuter les ordres qu'on vous donne. Or, j'attends de vous que vous suiviez mes instructions à la lettre. Pas d'initiative intempestive, et surtout pas d'héroïsme.

— Dites donc, il y a un problème. Rudy et Piper m'ont vue.

— Ils ont vu un uniforme. Les gens ne prêtent pas attention à la personne qui le porte. De toute façon, on demandera à Mavis et à Trina de vous transformer.

— Super !

— Peabody, s'il vous plaît. Parallèlement, nous allons vous fabriquer une nouvelle identité. J'ai étudié les vidéos des victimes et les tests que leur a fait subir l'agence. À partir des similitudes que j'ai relevées, nous élaborerons votre profil pour vous fabriquer une personnalité sur mesure.

— Votre plan est complètement foireux !

McNab se tenait sur le seuil de la pièce. La colère crispait ses traits.

— Foireux ! répéta-t-il.

— Bonjour, inspecteur, lança Eve d'un ton douceureux. Je prends note de votre opinion.

— Vous comptez accrocher cette fille à un hameçon et l'agiter sous le nez des requins ? Bon sang, Dallas, elle n'a pas la formation nécessaire pour un boulot d'infiltration !

Outrée, Peabody se redressa, les poings serrés.

— Occupez-vous de vos oignons ! Je suis tout à fait capable de me débrouiller.

Ils étaient maintenant face à face, se défiant du regard.

— Non, vous n'en êtes pas capable ! Vous n'êtes qu'une assistante, une porteuse de valises. Vous êtes juste à l'échelon au-dessus du droïde moyen.

— Ça suffit, tonna Eve, excédée. Bouclez-la, McNab. Vous aussi, Peabody.

— Je ne peux pas me laisser traiter de droïde par ce salaud sans réagir! s'écria Peabody.

— On se calme et on s'assied! Tous les deux, avant que je vous colle un blâme. Je vous rappelle que c'est moi qui commande. Si vous n'arrivez pas à maîtriser vos nerfs, je me passerai de vos services.

— On n'a pas besoin de la DDE, marmonna Peabody.

— J'en ai décidé autrement, point à la ligne! J'ai également décidé qu'il me fallait des informateurs dans le camp ennemi. Des appâts.

Eve regarda McNab.

— Des appâts des deux sexes. Vous êtes partant?

Peabody sauta au plafond. Elle suffoquait de rage.

— Vous voulez qu'il infiltre l'agence, lui aussi? Avec moi?

— Je suis partant, déclara McNab.

Il adressa à Peabody un petit sourire perfide. De cette manière, il la surveillerait et, éventuellement, il volerait à sa rescousse.

— Ça va être grandiose! s'exclama Mavis en virevoltant dans le bureau.

Elle était chaussée de cuissardes transparentes qui moulaient ses jambes superbement galbées. Ses talons démesurés, sa minirobe et ses longues boucles serpentines d'un rouge éclatant – la couleur de Noël – accrochaient la lumière. Un petit cœur était tatoué sous son sourcil gauche.

— Je te rappelle que nous avons un budget limité, grommela Eve, inquiète.

Cet avertissement était inutile, elle ne se faisait pas d'illusions, mais elle tenait quand même à tempérer l'enthousiasme de Mavis. L'étincelle qui pétillait dans les yeux verts de son amie – elle avait changé de lentilles – ne lui disait rien qui vaille.

— Un budget... que c'est trivial! claironna Trina.

L'esthéticienne tournait autour de Peabody, tel un sculpteur devant un bloc de marbre passablement endommagé. Elle l'examinait sous tous les angles, avec une extrême attention, et une pointe de découragement.

Ce jour-là, Trina arborait des piercings de sourcils, une ribambelle d'anneaux qu'Eve ne pouvait regarder sans avoir le frisson. Elle avait coiffé ses cheveux prune en un chignon conique haut d'une bonne trentaine de centimètres, et revêtu une combinaison noire relativement sobre, qui découvrait cependant une poitrine sur laquelle dansaient des Pères Noël nus comme des vers.

Seigneur ! pensa Eve en se frottant les paupières. C'était pour ces deux créatures invraisemblables qu'elle avait convaincu le commandant Whitney de débloquer des fonds.

— Je veux quelque chose de simple, leur dit-elle. Il faut juste qu'elle n'ait plus l'air d'un flic.

Mavis approcha du visage de Peabody une mèche de ses cheveux rouges.

— Cette teinte la flatte, non ? On est en période de fêtes, cela me paraît tout à fait indiqué. Et attendez de voir la garde-robe que Leonardo a accepté de nous prêter ! Il y a une combinaison transparente qui vous ira comme un gant.

— Transparente ? gémit Peabody, songeant aux bourrelets, discrets mais disgracieux, qu'une tenue translucide ne manquerait pas de révéler. Lieutenant...

— De la simplicité ! insista Eve, sourde aux supplications de son assistante – elle n'en pouvait plus de tous ces caquetages ineptes.

D'une main ferme, Trina prit le menton de Peabody.

— Qu'est-ce que vous utilisez pour votre peau ? Du papier de verre ?

— Je...

— Vous avez des pores comme des cratères, ma petite. Il vous faut un soin facial complet. On commencera par un peeling.

— Écoutez, je...

— Et ces seins, ils sont d'origine ou vous les avez fait remodeler ?

Peabody, affolée, croisa les bras sur sa poitrine.

— Ils sont à moi. Et j'en suis très contente.
— Ils ne sont pas mal. Déshabillez-vous, qu'on examine le reste.
— Me déshabiller ? Lieutenant...
— Vous m'avez affirmé que, pour exécuter cette mission, vous ne reculeriez devant rien, répondit Eve, implacable, bien que le triste sort de son assistante lui inspirât une profonde pitié.

Elle tourna les talons et se dirigea vers la porte.
— Bon, vous avez deux heures pour la transformer !
— Trois ! protesta Trina. Je suis une artiste et mon art exige du temps.
— Je vous accorde deux heures, pas une de plus !

Eve quitta la demeure – ou, plus exactement, elle prit la fuite. Elle avait décidé de rendre visite à un vieil ami.

Charles Monroe était un séduisant prostitué qu'Eve avait rencontré à plusieurs reprises. Il l'avait même aidée à résoudre une précédente affaire, puis il lui avait courtoisement proposé de l'envoyer au septième ciel. Gratis.

Elle avait poliment refusé.

Elle sonna à la porte du bel appartement qu'il occupait dans un élégant immeuble du centre-ville. Un immeuble qui, évidemment, appartenait à Connors.

Quand le voyant de sécurité passa au vert, elle extirpa son insigne de sa poche, au cas où Charles l'aurait oubliée.

Mais il avait une excellente mémoire car, la porte à peine ouverte, il se jeta littéralement sur elle pour la serrer dans ses bras.
— Mon petit lieutenant en sucre !
— Bas les pattes, mon vieux.
— Je n'ai pas le droit d'embrasser la mariée ? Quel effet ça fait d'avoir épousé l'homme le plus riche de l'univers ?
— Ce n'est pas désagréable.

Il la dévisagea longuement.
— Vous êtes amoureuse de lui, ça se voit. Tant mieux. Les chroniqueurs mondains m'ont régulièrement donné de vos nouvelles. Je me suis souvent demandé com-

ment vous supportiez tout ce battage autour de vous. Mais me voilà rassuré, je constate que cela ne vous empêche pas d'être heureuse. Enfin, bref, je suppose que vous n'êtes pas là parce que vous avez décidé d'accepter la proposition que je vous ai faite voici quelques mois ?

— En effet. J'ai à vous parler.

— Entrez donc.

Elle le suivit, observant d'un œil appréciateur sa longue silhouette athlétique que moulait une combinaison noire.

— Vous buvez quelque chose ? Mon café ne vaut pas celui de Connors, hélas ! En revanche, j'ai du Pepsi à vous offrir.

— Volontiers.

La cuisine était d'une netteté irréprochable, comme toujours. Eve s'assit à la table, tandis qu'il sortait deux tubes de Pepsi du réfrigérateur et versait la boisson dans des grands verres en cristal.

Il jeta les tubes dans le recycleur, puis s'installa en face de sa visiteuse.

— Trinquons au bon vieux temps même s'il n'y a pas eu que des bons moments.

— Comme vous dites. Charles, j'ai une question à vous poser. Pourquoi un prostitué comme vous, qui réussit très bien dans son métier, aurait-il recours à une agence de rendez-vous ? Avant que vous répondiez, je vous rappelle qu'il est illégal de racoler par l'intermédiaire d'un organisme de ce genre.

Elle fut médusée de le voir piquer un fard et baisser les yeux.

— Seigneur, vous savez donc toujours tout !

— Si c'était le cas, je ne vous interrogerais pas. Vous pouvez m'expliquer ?

— C'est personnel, murmura-t-il.

— Je répète ma question : pourquoi avez-vous consulté Amoureusement Vôtre ?

— Parce que je désire avoir une femme dans mon existence, voilà pourquoi ! rétorqua-t-il, ulcéré. Une vraie compagne, qui n'achète pas mes services. Je veux avoir une véritable relation amoureuse. Où est le mal ? Avec les personnes que je rencontre dans le cadre de mes activités professionnelles, c'est impossible. Elles me paient pour leur faire l'amour et pour le faire bien. Mon job me plaît, mais j'ai envie d'avoir une vie personnelle. Ce n'est pas interdit par la loi, que je sache !

— Non, effectivement.

— J'admets que, quand j'ai rempli le formulaire d'inscription, j'ai triché. Les femmes qui sont attirées par les prostitués, je les connais par cœur. Je ne tenais pas à ce qu'on me présente ce type de fille, alors j'ai menti. Vous allez m'arrêter pour ça ?

— Non, rassurez-vous, dit Eve, sincèrement désolée de l'avoir embarrassé. Marianna Hawley figurait parmi les partenaires choisies pour vous par l'agence. Vous vous souvenez d'elle ?

— Marianna... Oui, je me rappelle sa vidéo. Une jolie femme, très douce. Je l'ai contactée, mais elle était déjà amoureuse d'un autre.

Il esquissa un sourire narquois.

— C'est bien ma veine. Elle aurait été parfaite pour moi.

— Vous l'avez rencontrée ?

— Non, mais j'ai rencontré les quatre autres. Avec l'une d'elles, ça marchait plutôt bien. Nous sommes sortis ensemble pendant quelques semaines. Là-dessus, je me suis dit que si je voulais que notre histoire continue, je devais lui avouer la vérité, lui dire ce que je faisais réellement dans la vie. Je l'ai fait et elle m'a plaqué.

— Je suis navrée.

— Bah ! C'est tant pis pour elle, répliqua-t-il avec un nouveau sourire qui n'éclaira pas son regard. Dommage que Connors vous ait trouvée avant moi, mon petit lieutenant en sucre.

— Charles... Marianna est morte.

— Quoi ?

— Vous n'avez pas suivi l'actualité, ces temps-ci ?

— Non, je me suis un peu coupé du monde. Elle est morte ?

Il s'interrompit, dévisagea fixement Eve.

— On l'a tuée, lâcha-t-il à brûle-pourpoint. Si elle s'était éteinte tranquillement pendant son sommeil, vous ne seriez pas là. On l'a assassinée. Je figure parmi les suspects ?

— Oui, répondit-elle franchement, car elle avait de l'affection pour lui. Je vais devoir enregistrer votre déposition, c'est la procédure. Avant cela, dites-moi où vous étiez mardi soir, mercredi soir, et hier soir.

Il secoua la tête d'un air atterré.

— Comment pouvez-vous faire ce métier ?

— Je pourrais vous poser la même question, Charles. Répondez-moi. Vous avez un alibi ?

— Je n'en sais fichtrement rien. Vous m'autorisez à aller chercher mon agenda ?

— Je vous y autorise.

Il sortit de la cuisine. Un instant après, il reparaissait et posait sur la table un luxueux agenda.

— Voyons voir... Mardi, j'ai passé toute la nuit avec l'une de mes clientes attitrées. Elle vous le confirmera. Hier soir, j'étais au théâtre. Ensuite, j'ai dîné dans un restaurant où j'ai eu une touche. La dame est partie d'ici à deux heures et demie du matin. Entre parenthèses, elle m'a laissé un généreux pourboire. Mercredi, je suis resté chez moi. J'étais seul.

Il poussa l'agenda vers Eve.

— Tenez, vous n'avez qu'à vérifier.

Muette, elle copia les noms et les adresses.

— Sarabeth Greenbalm, Donnie Ray Michael... ça vous dit quelque chose ?

— Non.

— Je ne vous ai jamais vu maquillé. Or, je sais que vous avez acheté chez Sublimissime un rouge à lèvres et un fard à paupières de la marque Idéal Naturel. Pourquoi ?

— Mais... où est le problème ? bredouilla-t-il, déconcerté. Comme j'avais consulté Amoureusement Vôtre, j'avais droit à des remises sur les prix de Sublimissime. La fille avec qui je sortais – celle dont je vous ai parlé – m'a demandé de lui prendre deux ou trois bricoles. Ça vous embête que j'aie acheté du rouge à lèvres, mon petit lieutenant en sucre ?

— Écoutez-moi bien, Charles. Trois personnes inscrites à Amoureusement Vôtre ont été assassinées.

— Trois ? Mon Dieu !

— En moins d'une semaine. Je ne peux pas vous donner beaucoup de détails, et je vous demande de ne pas répéter ce que je vais vous dire : je pense que le meurtrier se sert des fichiers de l'agence pour choisir ses victimes.

— Il a tué trois femmes en moins d'une semaine ? Quelle horreur !

— Sa dernière victime était un homme. Je vous recommande la plus grande prudence.

— Vous croyez que je pourrais être dans son collimateur ?

— Selon moi, aucun client d'Amoureusement Vôtre n'est à l'abri. Si on sonne à votre porte, n'ouvrez pas avant d'être certain que vous connaissez votre visiteur.

Eve s'interrompit, regarda Charles droit dans les yeux.

— Il est déguisé en Père Noël.

— Vous rigolez !

— J'ai déjà trois cadavres sur les bras, ça ne me donne pas vraiment envie de rire. Il s'introduit dans l'appartement de sa victime, il la drogue, la ligote et la tue.

— Seigneur, c'est complètement dingue !

— Si cet individu se présente chez vous, prévenez-moi immédiatement. Essayez de le retenir si vous pouvez mais, surtout, ne le laissez pas entrer. Il est malin et il est redoutable.

— Il n'entrera pas, comptez sur moi. Il faut que j'avertisse ma... enfin la femme que je fréquentais, celle que j'ai connue par l'agence. Darla McMullen.

— J'ai ses coordonnées, je la préviendrai. Encore une chose : promettez-moi de garder cette histoire pour vous, je ne veux pas que les médias s'en emparent.

— Ce n'est certainement pas moi qui irai la leur raconter. Un prostitué inscrit dans une agence de rendez-vous, vous parlez d'une publicité ! Dites... vous avertirez Darla, n'est-ce pas ? Aujourd'hui ? Elle vit seule, vous comprenez, et elle est tellement... innocente. Si un Père Noël sonne à sa porte, elle lui sautera au cou.

— Elle a l'air charmante.

— Oui, répliqua-t-il d'un ton morne. Elle l'est.

— Je vais aller la voir tout de suite. Vous devriez peut-être la rappeler.

— Non, ça ne servirait à rien.

Il s'efforça de sourire.

— Mais vous, mon petit lieutenant en sucre, si vous en avez assez de Connors, n'oubliez pas de me faire signe. Ma proposition tient toujours.

« Le cœur a ses raisons que la raison ignore », songeait Eve un peu plus tard, au volant de sa voiture. Difficile d'imaginer, *a priori*, couple plus mal assorti qu'un prostitué branché et l'intellectuelle réservée qu'elle venait de quitter. Pourtant Darla McMullen et Charles Monroe étaient amoureux l'un de l'autre – Eve en aurait mis sa main à couper.

Simplement, ils ne savaient que faire de cet amour.

Sur ce point, elle les comprenait. La plupart du temps, elle-même était ébahie par l'intensité des sentiments que lui inspirait son mari.

Avant de rentrer, elle interrogea trois autres personnes figurant sur les listes dont elle disposait. Elle enregistra leur déposition et leur donna des instructions pour assurer leur sécurité, ainsi qu'elle l'avait fait avec Charles.

Si Donnie Ray avait été prévenu, peut-être serait-il encore vivant.

Qui serait la prochaine victime ? Taraudée par cette question, elle accéléra pour regagner au plus vite sa demeure. Elle voulait que Peabody et McNab soient inscrits à Amoureusement Vôtre avant la fin de la journée.

Le véhicule de Feeney était garé devant le perron, ce qui fit naître un sourire satisfait sur les lèvres d'Eve. Apparemment, elle avait réussi à convaincre le commandant Whitney de lui adjoindre l'as de la DDE. Avec Feeney et McNab pour assurer les recherches informatiques, elle serait libre de travailler sur le terrain.

Tandis qu'elle grimpait l'escalier menant à son bureau, elle fut agressée par une musique – si on pouvait appeler ça de la musique – tonitruante.

Mavis, campée devant l'écran mural où défilait un clip vidéo, hurlait une chanson d'amour. Assis à la table d'Eve, Feeney semblait accablé, à la limite du désespoir. Connors, debout derrière un fauteuil, écoutait avec attention.

Eve, résignée, attendit que les derniers accords retentissent et que Mavis, rouge d'émotion, salue son public.

— Alors, qu'est-ce que vous en pensez? demanda-t-elle à Connors.

— J'ai l'impression que ce sera un tube.

— C'est vrai?

Ravie, Mavis s'élança vers Connors et lui planta un baiser sur la joue.

— Je n'arrive pas y croire. J'enregistre un disque pour la plus grande compagnie de la planète!

— Vous allez me rapporter beaucoup d'argent, rétorqua-t-il en l'embrassant à son tour.

— Je veux que ça marche. Il faut que ça marche!

Tournant la tête, elle aperçut Eve.

— Tu es là! Tu as entendu?

— Seulement la fin. J'ai trouvé ça formidable, répondit Eve et, comme elle avait de l'amitié pour Mavis, elle était sincère. Feeney, on t'a mis sur cette affaire?

— Je fais officiellement partie de l'équipe. McNab est à Amoureusement Vôtre, il passe l'audition de sélection. On a élaboré sa nouvelle identité, tout est en place. Notre McNab est désormais un informaticien spécialisé dans les droïdes, employé par l'une des entreprises de Connors.

— Une entreprise de Connors ?

— Logique, non ? répliqua Feeney, moqueur. Quand on a ce qu'il faut sous la main, pourquoi chercher ailleurs ? À propos... merci pour votre aide, Connors.

— À votre disposition, répondit celui-ci.

Il sourit tendrement à sa femme.

— Comme tu es un peu débordée, nous avons pris quelques initiatives. Nous avons notamment élaboré le profil de Peabody : elle travaille dans l'un de mes immeubles, en tant qu'agent de la sécurité. Feeney a pensé qu'il serait plus simple pour McNab et Peabody de jouer un personnage proche de ce qu'ils sont dans la réalité.

— Ben voyons... grogna Eve. Je n'ai plus qu'à m'incliner, je suppose ? De toute façon, tu possèdes la moitié de cette ville, personne ne s'étonnera. Et je présume que vous avez minutieusement fabriqué les dossiers, inutile que je vérifie.

— Tu peux nous faire confiance.

— Mouais... Où est Peabody ?

— Avec Trina.

— Encore ! La pomponner et l'habiller ne réclame quand même pas des heures !

— Trina a eu une idée fabuleuse, déclara Mavis avec un enthousiasme qui glaça le sang d'Eve. Tu verras. Au fait, tu dois prendre rendez-vous avec elle sans tarder. Elle veut te faire belle pour les fêtes.

Eve émit un nouveau grognement. Il n'était pas question qu'elle endure une autre séance de soins esthétiques – jamais de la vie.

— J'y réfléchirai. Qu'est-ce qu'elles fichent, nom d'une...

Elle n'acheva pas sa phrase. Trina et Peabody entraient dans le bureau.

— Je dois reconnaître que je suis une grande artiste ! clama Trina avec sa modestie coutumière.

Eve, bouche bée, contemplait Peabody qui rougit comme une pivoine.

— Vous... vous croyez que je réussirai l'audition? bafouilla-t-elle.

Ses cheveux, habituellement coiffés sobrement, auréolaient son visage d'un halo couleur de jais. Le maquillage rehaussait savamment la finesse de ses traits. Elle avait des yeux de biche et la bouche couleur corail.

Sa silhouette, que l'uniforme avait tendance à alourdir, était maintenant voluptueusement féminine, par la magie d'une longue robe vert foncé retombant en plis souples jusqu'aux chevilles. Un collier formé de plusieurs rangs de pierres colorées ornait sa gorge. Dans son décolleté, on distinguait un ange aux ailes dorées.

Peabody l'avait choisi elle-même; il lui semblait qu'en cette période de Noël, un ange s'imposait. Elle n'avait même pas bronché lorsque les mains prestes et expertes de Trina lui avaient empoigné le sein gauche pour appliquer le tatouage délébile. Au début de la séance, elle avait paniqué, mais Trina avait su apaiser ses craintes. Finalement, se laisser métamorphoser l'avait enchantée.

À présent cependant, le regard fixe du lieutenant l'embarrassait. Elle se dandina sur ses talons aiguilles, dorés comme les ailes de l'ange.

— Je... Ça ne va pas?

— Vous n'avez plus l'air d'un flic, ça c'est sûr! répondit Eve d'un ton brusque.

Connors, amusé par la stupéfaction de sa femme, s'approcha de Peabody et lui prit les mains.

— Vous êtes superbe. Absolument ravissante.

Il lui baisa les doigts. Peabody, qui avait un cœur de midinette, manqua défaillir.

— Waouh! fit-elle.

— Remettez-vous! grommela Eve. Feeney, tu as vingt minutes pour la briefer. Peabody, cette toilette vous va à ravir, mais, où rangez-vous votre communicateur?

— Là, expliqua Peabody en glissant la main dans une poche dissimulée sur le côté de la robe. Pratique, non ?

— Ne rêvez pas, ce n'est pas demain que les flics seront habillés par des couturiers. Allez, au boulot. Vous devez mémoriser le profil que Feeney vous a concocté. Enregistrez-le, vous vous le repasserez pendant le trajet. Nous ne pouvons pas nous permettre la moindre bourde. Je veux que vous soyez inscrite à l'agence dès cet après-midi et que vous ayez votre liste de partenaires.

— Oui, lieutenant.

Trina, les paupières plissées, observait Eve comme un chat guette une souris. Elle s'approcha, lui saisit le menton et promena un regard acéré sur son visage et ses cheveux ébouriffés.

— Et maintenant, à nous deux !

Eve grinça des dents.

— J'ai autre chose à faire ! aboya-t-elle en s'écartant.

— Si vous ne soignez pas régulièrement votre peau, ce n'est pas la peine que je m'échine. Connors, je vous préviens : elle trouve un moment à m'accorder avant la fête que vous comptez donner, ou je décline toute responsabilité.

— Elle le trouvera, ne vous tourmentez pas, promit-il d'une voix apaisante.

Il glissa son bras sous le sien et, tout en l'abreuvant de compliments sur les prodiges qu'elle avait accomplis avec Peabody, se hâta de l'entraîner hors de la pièce.

9

En arrivant au Central, Eve eut la mauvaise surprise de découvrir Nadine Furst dans son bureau. Elle se vernissait les ongles.

— Hé! qu'est-ce que vous fichez dans mon fauteuil? Allez, ouste!

Nadine rangea tranquillement le vernis dans son grand sac en cuir et décroisa ses longues jambes.

— Bonjour, Dallas, dit-elle avec un sourire. Je suis contente de vous voir. Ces temps-ci, vous travaillez beaucoup chez vous, n'est-ce pas? Notez que je ne vous blâme pas...

Elle se redressa, embrassa d'un regard réprobateur la petite pièce encombrée et poussiéreuse.

— Cet endroit est un vrai taudis.

Sans un mot, Eve s'avança vers son ordinateur afin de consulter les messages.

— Je n'ai touché à rien, susurra Nadine.

— Vous avez résisté à la tentation? Mes compliments. Écoutez, j'ai beaucoup de travail et pas une minute à consacrer aux journalistes.

Sans se départir de son sourire, Nadine s'assit sur le siège inconfortable réservé aux visiteurs.

— À votre place, je m'arrangerais pour me libérer. Sauf si vous voulez que je révèle au public ce que j'ai appris.

Eve sentit ses muscles se crisper. Avec une feinte nonchalance, elle s'installa dans son fauteuil et posa les pieds sur la table.

— Et qu'est-ce que vous avez appris, au juste ?
— Des célibataires en mal d'amour sont sauvagement assassinés. Amoureusement Vôtre : agence de rendez-vous ou piège mortel ? Le lieutenant Dallas, l'as de la Criminelle, mène l'enquête. Accrocheur, comme résumé, non ?

Nadine scrutait le visage d'Eve. Celle-ci ne cilla pas, cependant la journaliste perçut la tension qui l'habitait.

— Ensuite, ajouta-t-elle, j'annoncerai que la responsable des investigations n'a aucun commentaire à faire.

— L'enquête suit son cours. Nous avons plusieurs pistes et nous nous efforçons de les explorer.

— Alors vous confirmez que ces meurtres sont liés ?

— Je ne dirai rien tant que votre enregistreur sera branché. Mettez-le là, sur cette table, sinon je confisque votre sac et tout ce qu'il contient. Les appareils de ce genre ne sont pas autorisés dans les locaux du Central.

— Oh, ce que vous pouvez être agaçante !

Nadine sortit son mini-enregistreur de sa poche et le lança à Eve qui le rattrapa au vol.

— Vous confirmez, maintenant ? Officieusement.

Eve opina. Elle savait que la journaliste ne cachait pas un autre micro dans son sac. Nadine était tenace et têtue comme une mule, mais honnête.

— Les meurtres ont été perpétrés par le même individu. Il semble choisir ses victimes dans la clientèle d'Amoureusement Vôtre. Ça, je vous autorise à le révéler.

Eve remarqua l'étincelle qui s'allumait dans les yeux de son interlocutrice. Elle avait eu raison de miser sur son intelligence et son flair ; Nadine avait mené sa propre enquête sur l'agence.

— Quelles autres informations pouvez-vous me donner, Dallas ?

— Et vous ?

Nadine extirpa un portable de sa poche et ouvrit le dossier de l'affaire.

— J'ai là l'organigramme de la société, le parcours professionnel des propriétaires. Ils font de la publicité sur Channel 75. L'an dernier, ils ont déboursé deux millions de dollars pour que nous diffusions leurs spots. Nous avons vérifié leur solvabilité. Pour eux, cette somme est une bagatelle, à peine dix pour cent de leurs bénéfices.

— L'amour rapporte gros.

— Et comment! J'ai procédé à un petit sondage auprès de mes collègues. Beaucoup d'entre eux ont eu recours à des agences. Le journalisme et la vie sentimentale, ça ne fait pas bon ménage.

— Vous avez des amis inscrits à Amoureusement Vôtre?

— C'est bien possible. Pourquoi?

— Les trois victimes y étaient inscrites.

— Donc l'assassin traque bien les cœurs solitaires, je ne me trompais pas.

— Nous pensons qu'Amoureusement Vôtre lui sert de terrain de chasse, rétorqua Eve, répétant délibérément le nom de l'agence afin que Nadine se l'enfonce bien dans la tête et n'aille pas fouiner ailleurs.

— Vous avez des suspects?

— Les interrogatoires sont en cours.

— Un mobile?

— Ce sont des crimes sexuels, répondit Eve après un silence.

— Ah!... Il a tué deux femmes et un homme. J'en conclus qu'il est bisexuel?

— Je ne peux pas me prononcer sur ce point.

Une fraction de seconde, Eve revit le corps de Donnie Ray; la tristesse et la culpabilité la submergèrent.

— Les trois victimes ont laissé entrer leur meurtrier chez elles de leur plein gré. Nous n'avons relevé aucun signe d'effraction.

— Elles lui ont ouvert la porte? Elles le connaissaient?

— Elles croyaient le connaître. Vous devriez recommander à vos téléspectateurs de se montrer extrêmement prudents si on sonne chez eux. Il m'est impossible de vous en dire plus sans compromettre l'enquête.

— Il a tué trois fois en moins d'une semaine. Vous pensez qu'il va continuer?

— Il a un plan précis. Ça, vous le gardez pour vous. Il a un plan qu'il respecte à la lettre. C'est ce qui nous permettra de le coincer.

— Dallas, accordez-moi une interview, supplia Nadine. J'appelle un cameraman, ça ne prendra pas plus de dix minutes.

— Non, pas encore. Vous êtes la seule à qui j'ai donné des renseignements, alors ne vous plaignez pas. Vous aurez votre interview quand je le déciderai. Si vous voulez me mettre dans de bonnes dispositions, creusez du côté de Rudy et de Piper Hoffmannn, et refilez-moi les tuyaux que vous trouverez.

— Marché conclu. Je...

À cet instant, la porte s'ouvrit à la volée. Peabody se rua dans le bureau.

— Dallas, vous n'allez pas en revenir, je... Oh! bonjour, Nadine.

Celle-ci écarquillait les yeux, éberluée.

— Peabody, c'est vous?

La jeune femme se rengorgea.

— Mais oui, dit-elle, faussement modeste.

— Vous êtes métamorphosée! Et cette robe... Ce ne serait pas une création de Leonardo? Quelle merveille!

— Elle me va bien, hein?

— Vous êtes splendide! s'exclama Nadine en riant.

Elle se carra dans son siège pour mieux admirer Peabody. Un pli s'imprima entre ses sourcils, son regard de chat s'aiguisa. Eve eut l'impression d'entendre cliqueter les rouages de son cerveau.

— Dites-moi, Dallas, vous autorisez votre assistante à courir les salons de beauté en plein milieu d'une enquête? Voilà qui m'étonnerait fort. Je suis prête à parier que j'ai devant moi la plus ravissante des taupes. Vous cherchez l'âme sœur, Peabody?

— Fermez la porte, ordonna Eve. Nadine, enchaîna-t-elle quand Peabody se fut exécutée, si jamais vous ébruitez ça, je briserai votre carrière. Je vous garantis qu'il n'y aura plus dans New York un seul flic qui acceptera de vous fourguer une bribe d'information, ne serait-ce que l'heure qu'il est.

Le visage de la journaliste se rembrunit.

— Vous me croyez capable de mettre Peabody en danger? s'indigna-t-elle en attrapant son sac et en se levant. Allez au diable, Dallas!

— Attendez...

Furieuse de sa maladresse, Eve retint Nadine par son sac.

— C'est moi qui ai pris cette décision et, si les choses tournent mal, je serai responsable.

— Lieutenant...

— Bouclez-la, Peabody! tonna Eve. Quant à vous, Nadine, sachez que je ne reculerai devant rien pour protéger mon assistante et résoudre cette affaire. Si ça vous déplaît, tant pis.

— Bon, d'accord, répliqua la journaliste d'un ton plus conciliant, car c'était la première fois qu'elle lisait de la peur dans les yeux d'Eve Dallas. Mais vous avez l'air d'oublier que j'ai de l'amitié pour Peabody. Pour vous aussi, d'ailleurs. Et j'ai du mérite!

Redressant les épaules, elle se dirigea vers la porte et l'ouvrit.

— Peabody, cette coiffure vous va à ravir! lança-t-elle avant de sortir.

— Et merde! grommela Eve en se tournant vers la fenêtre aux vitres crasseuses.

— Lieutenant, je suis capable d'assurer cette mission.

Eve, qui observait le ciel d'un œil morne, soupira.

— Je ne vous l'aurais pas confiée si je pensais le contraire. Il n'en reste pas moins que je suis responsable de vous. Or, en matière d'infiltration, vous n'avez aucune expérience.

— Justement, vous me donnez une chance de devenir inspecteur. Pour ça, il faut que je fasse mes preuves.

— Oui, je sais.

— Je reconnais que mes... arrières sont un peu trop larges – encore que je suive un régime draconien –, mais je vous jure que je sais les protéger.

Eve ne put s'empêcher de rire.

— Vos arrières sont parfaits, Peabody. Casez-les donc dans ce siège et faites-moi votre rapport.

— Ça a marché comme sur des roulettes. Ils ne se doutent pas que je suis flic et ils ne se souviennent pas de m'avoir vue il y a à peine deux jours. On m'a traitée comme une reine, ajouta Peabody en battant des cils.

— Qu'est-ce que vous avez? Une poussière dans l'œil? bougonna Eve. Je ne vous demande pas vos impressions, mais un rapport! ajouta-t-elle.

— Oui, lieutenant, répliqua la jeune femme, penaude. En arrivant sur les lieux, j'ai déclaré que je souhaitais une consultation. Après un bref entretien, on m'a conduite dans une salle où Piper m'a fait subir le test de personnalité. Elle a tout enregistré sur son ordinateur de poche. Elle m'a aussi proposé quelque chose à boire. J'ai accepté, je me suis dit que ça collait avec mon personnage. Figurez-vous, lieutenant, qu'on m'a offert du chocolat chaud. Du vrai chocolat, vous vous rendez compte! Et des petits biscuits en forme de renne. Les rennes du Père Noël. Un délice! J'en ai mangé trois.

— Ce n'est pas de cette façon que vous réduirez la taille de votre postérieur.

— Je sais, soupira Peabody. J'ai insisté sur le fait que j'étais pressée, parce que l'idée de me retrouver seule pour Noël me déprimait. Piper a été charmante, pleine de sollicitude. Je comprends pourquoi les femmes qu'elle reçoit lui font confiance et sont convaincues qu'elle va réussir à les caser. Elle voulait me remettre entre les mains d'une consultante, mais j'ai protesté. Je lui ai expliqué que cette démarche m'embarrassait beaucoup et qu'avec elle, au moins, je me sentais rassurée. J'ai proposé de payer un supplément pour qu'elle continue à s'occuper de moi.

— Bien joué.

— Elle a été très gentille. Elle est restée près de moi pendant qu'on tournait la vidéo, elle m'a donné des conseils pour que je sois à mon avantage. Là-dessus, Rudy est venu la chercher : ils avaient une réunion. Lui non plus ne m'a pas reconnue. Il a flirté avec moi.

— De quelle manière ?

— C'est une sorte de réflexe conditionné, une déformation professionnelle. Il vous sourit, il vous complimente, il vous tripote la main. Ce n'est pas du tout mon type d'homme, mais je suis entrée dans son jeu. Il m'a offert une tasse de chocolat chaud que j'ai refusée – avec regret, je vous l'avoue. Ensuite, il m'a fait visiter les locaux. Il y a un club où les partenaires peuvent se rencontrer, s'ils sont trop timides pour se voir à l'extérieur de l'agence. Le cadre est raffiné, très élégant. Ils ont également un genre de café.

Peabody grimaça.

— J'y ai aperçu McNab.

— Bon, nous voilà donc introduits dans la place. Et votre liste de partenaires ?

— Je l'aurai demain matin. Ils préfèrent la remettre directement plutôt que de la faxer. Ils m'ont filmée pendant près d'une heure. Apparemment, ils ont gobé mon histoire. Si j'étais une vraie cliente, je me sentirais en sécurité.

— Une fois que vous aurez votre liste, vous contacterez les personnes qu'on a sélectionnées mais vous les rencontrerez à l'extérieur.

Eve réfléchit un instant.

— On organisera les entrevues dans l'un des établissements de Connors – un petit club ou un bar. Je m'arrangerai pour que deux ou trois flics en civil assurent votre protection. Moi, je ne peux pas me montrer. Si Rudy et Piper se trouvaient par hasard dans les parages, ils me repéreraient et ça ficherait tout en l'air. On demandera un véhicule de surveillance. Débrouillez-vous pour avoir deux rendez-vous, trois si possible, d'ici demain soir. Il ne faut pas traîner.

Eve passa une main nerveuse dans ses cheveux déjà tout ébouriffés.

— Trouvez-nous une salle vide, et dites à McNab et à Feeney de nous rejoindre. Je veux les mettre au courant. Et j'aimerais que la réunion se déroule sans incident.

Peabody se renfrogna.

— Si McNab m'agresse, je l'assomme.

— Attendez qu'on ait bouclé cette affaire. Ensuite, vous l'assommerez tant que vous voudrez.

Lorsqu'elle franchit les grilles pour s'engager dans la longue allée sinueuse, Eve crut que le rez-de-chaussée de la maison était en feu. Elle accéléra, puis distingua avec soulagement la silhouette d'un arbre qui se découpait derrière l'immense baie vitrée du hall. Il était nimbé de lumières qui dansaient comme des flammes.

Médusée, elle gara sa voiture et grimpa les marches du perron. Le sapin occupait la majeure partie de l'espace, pourtant vaste. Il devait bien faire six mètres de haut. Des kilomètres de guirlandes argentées étaient savamment drapées sur les branches auxquelles étaient accrochées des centaines de boules vertes et rouges. À sa cime étincelait une étoile en cristal et, à son pied, sur un tapis immaculé pareil à de la neige poudreuse, s'amoncelaient des paquets enrubannés.

— C'est joli, non?

Eve sursauta et se retourna vers Connors qui s'était approché sans bruit.

— Mais où as-tu déniché ce monument?

— Dans l'Oregon. Les racines ont été traitées pour qu'il ne meure pas. Après la Saint-Sylvestre, il sera replanté avec les autres dans un jardin public.

— Les autres?

— Celui de la salle de réception qui est un peu plus grand...

— Plus grand? répéta-t-elle, effarée.

— Tu joues les perroquets, ma chérie ? Il y a aussi celui de Summerset, installé dans ses appartements, et celui de notre chambre.

Il la prit par la taille.

— J'ai pensé que nous pourrions décorer le nôtre ce soir.

— Il va nous falloir au moins deux jours !

Connors éclata de rire.

— L'équipe que j'ai engagée pour celui-ci n'y a passé que quatre heures. Et notre sapin à nous est beaucoup plus modeste. On va bien s'amuser.

— Ça, j'en doute, grommela-t-elle.

Inexplicablement, la vue de cet arbre illuminé lui mettait les nerfs en pelote.

— Bon, j'ai du travail, décréta-t-elle.

Elle s'écarta, avec l'intention de se réfugier dans son bureau, mais Connors lui barra le passage.

— Tu as aussi une vie privée. Notre vie à tous les deux. Je veux une soirée avec ma femme.

— Je déteste quand tu dis « ma femme » sur ce ton.

— Je le sais bien.

Avant qu'elle ait eu le temps de réagir, il la souleva de terre.

— Je te tiens, lieutenant, et je te garde.

— Attention, je sens que je vais me fâcher !

— Tant mieux, j'adore te faire l'amour quand tu es furieuse contre moi.

— Je n'ai pas envie de faire l'amour, riposta-t-elle sans conviction.

— Tu me défies ? De mieux en mieux.

— Repose-moi, espèce d'âne, ou je te casse la figure !

— Des menaces. Que c'est excitant !

Elle se mordit les lèvres pour ne pas rire. Quand ils entrèrent dans leur chambre, elle était prête pour l'une de ces joutes dont ils avaient le secret. Il l'allongea sur le lit, lui bloqua les bras. Elle lui décocha un regard flamboyant.

— Tu ne m'auras pas si facilement, mon vieux ! siffla-t-elle.

— Je l'espère bien.

D'une brusque détente, elle lui emprisonna la taille entre ses jambes. Ils roulèrent sur le lit. Galahad, qui somnolait sur l'oreiller, se hérissa, émit un crachement féroce et s'enfuit.

— Regarde ce que tu as fait, accusa Eve. Tu as vexé le chat.

— S'il est jaloux, il n'a qu'à se trouver une compagne, marmonna Connors en lui mordant le cou.

Il la sentait se tordre sous lui, elle se débattait bec et ongles, une vraie diablesse. Il la connaissait si bien. Certains soirs, quand elle était angoissée, elle avait besoin de se bagarrer avant de capituler.

Cela ne le dérangeait pas, au contraire, il ne l'en aimait que plus.

Il l'embrassa à pleine bouche, lui retira son holster et glissa la main sous son chemisier.

Elle frissonnait, son corps se tendait comme un arc.

— J'ai faim de toi... souffla-t-il.

— Oui, prends-moi... maintenant... gémit-elle.

Ivres de désir, ils ôtèrent fiévreusement les vêtements qui les encombraient. D'un coup de reins, Connors la pénétra. Elle cria de bonheur, ses yeux s'assombrirent. Il se mit à aller et venir en elle, fiévreusement, violemment.

— Je veux que tu jouisses encore, murmura-t-il. Avec moi, Eve...

Elle avait perdu la notion du temps. Plus rien au monde n'existait, hormis les bras de Connors qui la serraient, ses cheveux noirs qui lui chatouillaient le cou. Elle se demanda vaguement s'il était normal d'aimer, de désirer un homme à ce point.

Puis il releva la tête, lui sourit, et elle se dit qu'elle se fichait éperdument de savoir si c'était normal.

— J'espère que tu es content ?

— Tout à fait, répondit-il en lui baisant les lèvres. J'ai l'impression que, toi aussi, tu es plutôt satisfaite.

— Pff... je t'ai laissé gagner, pour ne pas froisser ta vanité de mâle.
— Naturellement.
— Pousse-toi, tu pèses lourd, rétorqua-t-elle d'un ton brusque que démentait l'éclat malicieux de son regard.
— À vos ordres, lieutenant.
Il se redressa et, sans effort, la souleva dans ses bras.
— Une petite douche, ensuite, on décore notre arbre.
— Ma parole, c'est une obsession !
— Je n'ai pas fait ça depuis des lustres – depuis Dublin, quand je vivais chez Summerset. Je veux voir si je n'ai pas perdu la main.
Comme il entrait dans la cabine, Eve le bâillonna. Contrairement à elle, il avait une prédilection pour les douches froides.
— Trente-deux degrés ! commanda-t-elle.
— Trop chaud, se plaignit-il.
— Tant pis pour toi.
Elle resta dix bonnes minutes sous la douche, puis passa dans la cabine de séchage, tandis que Connors se frictionnait avec un drap de bain. Encore une manie qu'elle ne comprendrait jamais. Pourquoi se fatiguer à s'étriller ainsi alors qu'une machine pouvait vous sécher en un clin d'œil ?
Secouant la tête, elle saisit son peignoir. Elle allait l'enfiler lorsqu'elle s'aperçut que ce n'était pas celui qu'elle portait le matin.
— Encore un nouveau peignoir ? Tu m'en as déjà offert des centaines !
— Celui-ci est en cachemire. Essaie-le.
Pour lui faire plaisir, elle s'exécuta. Il lui sembla qu'un nuage impalpable glissait sur sa peau.
— C'est doux... soupira-t-elle, tout en pensant qu'il était ridicule de s'extasier sur un bout de tissu. Merci.
— Je suis heureux qu'il te plaise, répliqua Connors avec un grand sourire. Bon... pendant que je travaille, explique-moi où tu en es.

— Peabody et McNab sont inscrits à l'agence. Ils auront leur liste de partenaires demain matin.

D'un pas alerte, elle se dirigea vers la bouteille de champagne et le plateau d'appétissants canapés posés sur une table. Elle en engloutit un goulûment et remplit deux flûtes.

— Ils n'ont pas eu de problème. La couverture que tu leur as fabriquée a tenu le coup.

— Évidemment, rétorqua-t-il en se penchant pour prendre une guirlande lumineuse dans une énorme boîte.

— Ne roule pas des mécaniques, s'il te plaît. Nous ne sommes pas au bout de nos peines, loin de là. Quand je suis arrivée au Central, Nadine était dans mon bureau. Là-dessus, Peabody a débarqué, dans toute sa splendeur. J'ai été forcée de donner à Nadine plus d'informations que je ne le voulais.

— C'est l'une des rares journalistes à qui tu peux te fier. Elle gardera le secret.

— Oui, je sais. On a eu une prise de bec à ce sujet. Je regrette que Rudy et Piper ne m'aient vue. J'aurais pu m'inscrire à Amoureusement Vôtre à la place de Peabody.

— Je n'aurais peut-être pas apprécié que ma femme rencontre des inconnus, remarqua-t-il en saisissant une deuxième guirlande.

— Je n'aurais pas couché avec eux... sauf si mon devoir de policier l'avait exigé, le taquina-t-elle. Mais j'aurais pensé à toi tout le temps.

— Je te garantis que ça n'aurait pas duré longtemps, déclara-t-il d'un air féroce. Je me serais empressé de châtrer le monsieur et de lui faire manger ses bijoux de famille !

Eve, qui buvait une gorgée de champagne, s'étrangla.

— Eh bien, toi, tu n'y vas pas de main morte !

— Aux grands maux, les grands remèdes. Passe-moi donc une autre guirlande.

— Encore ? Tu comptes en mettre beaucoup ?

— Autant qu'il faudra.

— Hmm... Tu sais, je m'inquiète pour Peabody. Elle n'a pas l'expérience de ce genre de mission.

— Elle a reçu une excellente formation, grâce à toi. Aie confiance en elle. Et en toi-même.

— McNab ne décolère pas, il ne la croit pas à la hauteur.

— Il a le béguin. Lumière! ordonna Connors.

Les guirlandes s'allumèrent, scintillant de mille feux. Il recula d'un pas, contempla son œuvre d'un air satisfait.

— Ce sapin est magnifique!

Eve n'y jeta même pas un regard. Interloquée, elle dévisageait son mari.

— Comment ça, il a le béguin? McNab serait amoureux de Peabody? C'est grotesque.

— Il n'est pas encore sûr de l'aimer, mais elle l'attire.

— Elle ne le supporte pas, il l'exaspère.

— Moi aussi, au début, je t'exaspérais. Regarde où ça nous a menés. Bon, continuons.

Eve se laissa tomber sur le lit.

— Oh non! il ne manquait plus que ça. Si tu as raison, je ne pourrai plus les faire travailler ensemble. Qu'ils se bouffent le nez, ce n'est pas trop gênant, mais s'ils se mettent à roucouler, alors là...

— Il faut bien que les enfants vivent leur vie, ma chérie.

Il ouvrit une autre boîte, y prit un ange en porcelaine, visiblement très ancien.

— À toi d'accrocher le premier ange. Désormais, ce sera notre rituel à nous.

— S'il arrive quelque chose à Peabody...

— Tu ne le permettras pas.

— Non, en effet. Je le mets où, ce truc?

— Choisis une branche.

Elle opta pour la plus basse et, de ses doigts malhabiles, y accrocha l'angelot.

— Je t'aime, Connors. Je te le dirai chaque année, au pied du sapin, jusqu'à la fin de mon existence.

— Et je te répondrai que je t'aime aussi, murmura-t-il en l'enlaçant.

Les guirlandes étaient éteintes, les bûches dans la cheminée achevaient de se consumer. Couchée dans le grand lit, près de son mari, Eve ne parvenait pas à trouver le sommeil.

Que faisait le tueur, en ce moment ? Rôdait-il dans la ville endormie ? Allait-on appeler Eve pour lui annoncer un nouveau meurtre ?

Réussirait-il, une fois encore, à la prendre de vitesse ?

10

À l'aube, la neige commença à tomber, mais au lieu de ces flocons duveteux qu'on voyait sur les cartes de Noël, c'étaient de méchantes aiguilles glacées qui martelaient les toits des voitures. Lorsque Eve arriva au Central, une boue grisâtre et glissante recouvrait déjà les trottoirs.

Par la fenêtre de son bureau, elle aperçut deux hélicoptères appartenant à des chaînes météorologiques rivales qui tournoyaient dans le ciel plombé. Elle ne comprendrait jamais pourquoi les gens avaient besoin de regarder les informations pour savoir quel temps il faisait. Ils n'avaient qu'à ouvrir leur porte et lever le nez.

La journée s'annonçait mal.

Irritée, elle s'assit à sa table et commanda la mise en route de son ordinateur.

— Calcul de probabilités. Analyse des données, liste des victimes potentielles.

— « Recherche en cours... »

— Ouais, c'est ça. Cherche, espèce de vieux clou.

Elle prit les photos confisquées à Amoureusement Vôtre, les fixa sur le panneau qui surmontait son bureau.

Marianna Hawley, Sarabeth Greenbalm, Donnie Ray Michael. Trois visages souriants, pleins d'espoir. Trois solitaires en quête d'amour.

La secrétaire, la strip-teaseuse, le saxophoniste. Des vies différentes, des ambitions, des besoins différents.

Qu'avaient-ils donc en commun ? Qu'est-ce qui les reliait au meurtrier ?

Quand il les regardait, que voyait-il qui pût le pousser à tuer ?

— « Analyse terminée. Tous les sujets en mémoire sont des victimes potentielles. »

— Des nèfles ! fulmina-t-elle. On recommence.

— « Données insuffisantes pour un calcul plus précis. »

— Mais comment je fais, moi, pour protéger deux mille personnes !

Elle ferma les yeux, inspira à fond pour se calmer.

— Bon... Élimine tous les sujets qui vivent avec un colocataire ou un membre de leur famille. Élimine aussi ceux qui ne sont pas de race blanche.

— « Analyse en cours... Terminé. »

— Il nous en reste combien ?

— « Six cent vingt-quatre sujets. »

— Merde ! Supprime ceux qui ont plus de quarante-cinq ans et moins de vingt et un ans.

— « Analyse en cours... Terminé. »

Eve se redressa et se mit à tourner en rond dans la pièce, réfléchissant à voix haute.

— C'était leur première inscription, marmotta-t-elle. Élimine ceux qui ont consulté Amoureusement Vôtre à plusieurs reprises.

— « Analyse... »

L'ordinateur émit un hoquet. Agacée, Eve abattit son poing sur la machine.

— Ce n'est pas le moment de tomber en panne !

— « ... en cours... Ter... miné. »

— Tu n'es qu'un dinosaure bégayant ! Il nous en reste combien ?

— « Deux... cent... six. »

— Ah ! c'est mieux. Beaucoup mieux. Imprime-moi la liste.

Tandis que l'ordinateur s'exécutait, non sans peine, elle appela la DDE.

— Feeney, j'ai deux cent six clients sur lesquels il me faut des renseignements. Vois combien ont quitté la ville, combien se sont dégoté un compagnon, se sont mariés, combien sont morts de leur belle mort ou sont partis en vacances sur la planète Disney.

— Envoie-moi tout ça.

— Merci. C'est urgent.

À cet instant, elle entendit dans le couloir une cacophonie de sifflets admiratifs. Peabody entra et referma la porte. Elle avait les joues rouges et des étoiles dans les yeux.

— Seigneur, on croirait que ces crétins ne m'ont jamais vue en civil. Henderson vient de me proposer un week-end à La Barbade. Il a une femme et des gosses !

Eve, les sourcils froncés, détailla son assistante. Elle était maquillée comme une star, vêtue d'une courte jupe moulante framboise et chaussée de bottes aux talons vertigineux.

— Comment pouvez-vous marcher sur des échasses pareilles ?

— Je me suis entraînée.

— Asseyez-vous avant de vous casser la figure.

— C'est plus facile à dire qu'à faire.

Se cramponnant au bureau, Peabody posa précautionneusement les fesses sur le bord du siège.

— Ça me serre un peu à la taille, expliqua-t-elle.

— Quand vous aurez fini de vous tortiller, nous pourrons peut-être passer aux choses sérieuses. On vous attend à l'agence dans une heure et, d'ici là, je veux…

La porte s'ouvrit, livrant passage à McNab. Lorsqu'il vit la minijupe de Peabody, il faillit s'étouffer.

— Qu'est-ce que vous fichez dans cette tenue ?

— Mon travail, répondit-elle avec dédain.

— Vous cherchez les ennuis ou quoi ? Dallas, dites-lui de s'habiller autrement.

— Je ne suis pas costumière, McNab. Et si je l'étais…

Elle désigna du menton la tenue du jeune homme : pantalon large à rayures rouges et blanches et pull à col roulé jaune canari.

— ... je vous suggérerais sans doute d'opter vous aussi pour un autre accoutrement. Toujours à propos de changement, j'envisage de me trouver d'autres assistants capables de se comporter comme des gens civilisés.

Peabody et McNab eurent le bon goût – et la prudence – de se taire.

— Une fois que vous aurez vos listes, débrouillez-vous pour traîner dans le secteur. Je tiens à ce qu'on vous voie.

— On a un budget pour faire des emplettes? demanda McNab. Il faudrait pouvoir acheter quelques babioles, papoter avec les vendeurs.

— Chacun de vous dispose de deux cents dollars, pas un sou de plus. Si vous dépassez cette somme, vous en serez de votre poche. McNab, n'oubliez pas de faire un tour chez Sublimissime, puisque Donnie Ray y a acheté des cosmétiques pour sa mère.

— Son salaire mensuel n'y suffira pas, susurra Peabody perfidement.

Eve la foudroya du regard.

— Vous aussi, vous irez chez Sublimissime, comme Hawley. Et chez Désirable, la boutique de lingerie.

— Bien, lieutenant.

— Ensuite, vous contacterez vos «partenaires». Je veux que les premiers rendez-vous aient lieu cet après-midi. À partir de 16 heures, au Nova Club, dans la 53e Rue. Nous ne savons pas encore s'il a recommencé hier soir. Peut-être pas, avec un peu de chance, mais il ne tardera pas.

Eve tourna les yeux vers les photos des trois victimes.

— Il y aura des flics en civil dans le club. Feeney et moi, nous serons dehors dans un véhicule de surveillance. Vous serez équipés de micros, nous serons constamment en contact avec vous. Surtout, ne quittez pas la salle. Si vous avez besoin d'aller aux toilettes, signalez-le discrètement. Un de nos hommes vous suivra.

— Il n'agira pas dans un lieu public, ce n'est pas son habitude, fit remarquer Peabody.

— C'est vrai, mais je vous interdis de prendre des risques inutiles. Vous obéissez aux instructions, sinon je vous vire. Dès que vous aurez les listes, transmettez-les-nous. Si un membre du personnel d'Amoureusement Vôtre ou des boutiques de l'immeuble vous témoigne un intérêt particulier, prévenez-moi immédiatement. Des questions?

Peabody et McNab secouèrent la tête.

— Alors, à vous de jouer.

Eve réprima un sourire lorsque Peabody se leva avec difficulté, tira sur sa jupe et sortit dignement.

McNab leva les yeux au ciel.

— Elle ne sera pas à la hauteur, grogna-t-il. Elle n'a pas d'expérience.

— Elle se débrouillera très bien.

— Je préfère quand même garder un œil sur elle.

— Vous n'aurez sans doute pas à vous forcer, rétorqua Eve, sarcastique.

Quand il eut disparu, elle se tourna de nouveau vers les photos. Ces trois visages la hantaient. Elle revoyait sans cesse les masques fardés, pathétiques, qu'ils arboraient dans la mort.

«Arrête de penser à ce qu'ils ont subi, se tança-t-elle. Demande-toi plutôt pourquoi on les a tués.»

Elle s'approcha du portrait de Marianna Hawley. Comment définir cette jeune femme? Une secrétaire, romantique, un peu démodée. Belle, sans être provocante, attachée à sa famille, passionnée par le théâtre. Une jolie femme qui aimait s'entourer de jolies choses.

Sarabeth Greenbalm, la strip-teaseuse. Une célibataire qui dépensait son argent avec parcimonie et collectionnait les cartes de visite. Pas de hobby particulier, pas d'amis ni de proches parents.

Enfin Donnie Ray, le saxophoniste qui adorait sa mère, qui vivait dans une porcherie et avait un sourire d'ange.

Tout à coup, Eve tressaillit. Mais, bien sûr, comment n'y avait-elle pas pensé plus tôt ?

Les trois victimes avaient effectivement un point commun : le spectacle.

— Oui, c'est ça ! s'écria-t-elle en se précipitant sur son ordinateur. Affiche les dossiers d'Amoureusement Vôtre pour Hawley, Greenbalm et Michael, commanda-t-elle. Cherche la rubrique : profession et loisirs.

— « Recherche en cours... Hawley Marianna, secrétaire administrative. Membre d'une troupe de théâtre amateur. Autres loisirs... »

— Stop ! Sujet suivant.

— « Greenbalm Sarabeth, danseuse... »

— Stop ! Et Donnie Ray était musicien. Calcule les probabilités pour que le tueur choisisse des personnes qui s'intéressent au théâtre ou au spectacle en général.

— « Analyse en cours... D'après les données en mémoire, le taux de probabilité est de quatre-vingt-treize pour cent. »

— J'en étais sûre !

Le bourdonnement de son communicateur la fit sursauter.

— Dallas, j'écoute !

— Lieutenant Dallas, ici le dispatching. On nous a signalé un incident au 341, 18ᵉ Rue Ouest. Il semble que cela ait un rapport avec l'enquête en cours sur les homicides.

— J'y vais !

Sans même prendre le temps d'interrompre la communication, Eve se rua vers la porte.

— Jacko s'affole toujours pour rien. C'était simplement un peu bizarre.

La femme qui parlait à Eve était aussi menue et délicate que les petites fées qui dansaient aux branches du sapin en verre blanc installé devant la baie vitrée du loft luxueusement restauré.

— Je sais ce que je dis, rétorqua-t-il en roulant des yeux. Ce n'était pas normal, Cissy.

Il resserra son bras autour des épaules de sa compagne. Il aurait pu la briser comme une allumette, pensa Eve. Il mesurait plus de deux mètres et pesait bien cent cinquante kilos. Il avait la morphologie d'un joueur de football, un visage qui paraissait taillé dans le roc. Des cicatrices zébraient ses mâchoires et son front.

La femme était d'une pâleur lunaire, alors que lui avait la peau tannée par le soleil. Ils formaient un couple vraiment bizarre.

Le loft qu'ils habitaient était divisé en trois parties. Derrière la cloison coulissante entrouverte, Eve apercevait un grand lit défait. Dans le salon trônait un long canapé en U où vingt personnes auraient pu s'installer confortablement – Jacko occupait d'ailleurs trois places à lui tout seul. Le décor raffiné suggérait que, dans cette maison, l'argent n'était pas un problème.

— Expliquez-moi ce qui s'est passé.

— Nous l'avons déjà fait hier soir, déclara Cissy en souriant, mais une note irritée vibrait dans sa voix. Ce n'était qu'une blague idiote.

— À d'autres ! tonna Jacko. Ce type était déguisé en Père Noël, il portait une grande boîte enveloppée dans du papier brillant.

Eve sentit son pouls s'accélérer, cependant, elle demanda d'un ton neutre :

— Qui lui a ouvert la porte ?

— Moi, répondit Cissy. Mon père vit dans le Wisconsin. Quand je ne peux pas y aller pour les fêtes, il m'envoie toujours un cadeau original. Or, cette année, il m'est impossible de me libérer. J'ai donc pensé que c'était lui qui avait loué les services d'un Père Noël pour me faire une surprise. Et je crois toujours que...

— Il n'était pas envoyé par ton père, coupa Jacko, catégorique. Elle l'a laissé entrer. Moi, j'étais dans la cuisine. Je l'ai entendue rire avec ce type...

— Je dois vous préciser que Jacko est d'une jalousie maladive.

— J'ai des raisons, Cissy. Pour que tu t'aperçoives qu'un mec te drague, il faut qu'il ait la main sous ta jupe.

Il secoua sa grosse tête d'un air écœuré.

— Enfin, bref, il allait se jeter sur elle quand je suis sorti de la cuisine.

— Se jeter sur elle ? répéta Eve.

— Ouais, il allait le faire. Il avait les yeux qui luisaient, il souriait d'une oreille à l'autre.

— Ses yeux pétillaient, corrigea Cissy. Et un Père Noël est censé sourire.

— N'empêche que, quand il m'a vu, il n'a plus du tout eu envie de rigoler. Il s'est pétrifié, je vous garantis qu'il crevait de trouille. Ensuite, il a détalé comme un lapin.

— Tu lui as aboyé dessus.

— Pas avant qu'il prenne la fuite. Alors là, c'est vrai que j'ai aboyé. Et je lui ai couru après. Je l'aurais rattrapé, si tu ne m'avais pas barré le passage. Le temps que j'arrive en bas, il avait disparu.

— Le policier qui est venu hier soir a emporté les disquettes de surveillance ?

— Oui, il a dit que c'était la routine.

— En effet. Et la voix de ce Père Noël, comment était-elle ?

— C'est-à-dire ? s'étonna Cissy.

— Comment la décririez-vous ?

— Elle était... joyeuse.

— Bon sang, Cissy, tu es stupide ou quoi ? Elle sonnait faux !

Vexée, Cissy se leva d'un bond et se mit à arpenter la pièce, son corps frêle frémissant d'indignation.

— Il avait une voix de gorge, on aurait cru qu'il roucoulait, enchaîna Jacko. « Tu as été une gentille petite fille ? Je t'apporte un cadeau. Rien que pour toi. » C'est là que je me suis montré. Il en est resté comme deux ronds de flan.

— Vous ne l'avez pas reconnu ? demanda Eve à Cissy. Malgré le costume, la barbe, vous n'avez rien noté de familier ? Un regard, un geste ?

— Non... vous savez, cela n'a duré que deux ou trois minutes.

— Il faudra visionner la vidéo de surveillance. Un détail vous frappera peut-être.

— Vous ne pensez pas que vous faites une montagne d'une taupinière ?

— Non, je suis même persuadée du contraire. Depuis combien de temps vivez-vous ensemble, tous les deux ?

— Deux ans, avec des périodes d'éloignement.

— Surtout ces derniers temps, grommela Jacko.

— Parce que tu es trop possessif ! accusa Cissy. Dès qu'un homme m'approche, tu l'expédies à l'hôpital.

— Quelle profession exercez-vous, Cissy ? lança Eve pour faire diversion.

— Je suis comédienne et, quand je n'ai pas d'engagement, j'enseigne l'art dramatique.

« Bingo », se dit Eve.

— Elle a un talent fou, déclara Jacko avec une fierté touchante, presque enfantine. Pour l'instant, elle répète une pièce qui se jouera à Broadway.

— Off-Broadway, corrigea Cissy d'un ton radouci. Tu exagères toujours.

— Ce sera un triomphe, mon petit chat. À l'audition, il y avait une vingtaine de candidates – des artistes réputées – et ils ont choisi ma Cissy. Ce rôle va la rendre célèbre.

— Je n'oublierai pas de venir l'applaudir. Cissy, avez-vous été en contact avec Amoureusement Vôtre ?

La jeune femme détourna les yeux.

— Je... non.

Eve prit un air sévère – son air de flic.

— Je vous rappelle que le faux témoignage est un délit puni par la loi.

— Mais je... je ne vois pas en quoi cela vous concerne.

— Amoureusement Vôtre ? articula Jacko, dérouté. C'est quoi ?

— Une agence de rendez-vous.

— Bon sang, Cissy !

Furibond, il se leva à son tour et, crispant ses énormes poings, s'approcha de sa compagne.

— Tu es vraiment inouïe!

— Nous avions rompu! s'écria-t-elle avec une telle virulence que le géant recula d'un pas. J'étais furieuse contre toi. Je me suis dit que ce serait amusant et que ça te servirait de leçon, espèce de gros bêta. Quand tu ne vis pas ici, j'ai le droit de fréquenter qui je veux.

— Je te conseille de ne pas en abuser, de ce droit.

— Vous voyez? riposta Cissy, prenant Eve à témoin. Voilà ce que je dois endurer!

— Calmez-vous, tous les deux, ordonna Eve, et asseyez-vous. Quand avez-vous consulté l'agence, Cissy?

— Il y a six semaines, environ, marmonna la comédienne. J'ai eu deux rendez-vous...

— Avec qui? vociféra Jacko.

— J'ai eu deux rendez-vous, répéta Cissy, ignorant la question de son compagnon. Et puis, Jacko est revenu. Il m'a offert des fleurs. Des pensées violettes. J'ai cédé, mais à présent, je me demande si je n'ai pas eu tort.

— Vous avez eu raison, croyez-moi, rétorqua Eve. Cette décision vous a sauvé la vie.

— Quoi?

D'instinct, Cissy se rapprocha de Jacko qui l'entoura de son bras.

— Votre visiteur d'hier soir avait probablement l'intention de vous tuer. Ses trois autres victimes vivaient seules. Heureusement pour vous, Jacko était là.

— Mon Dieu! Jacko...

— Ne t'affole pas, mon petit chat, ne t'affole pas. Je suis là. Je savais bien que ce type était bizarre. Qu'est-ce que c'est que cette histoire, lieutenant?

— Je vais vous expliquer, ensuite je vous demanderai de venir au Central visionner la vidéo de surveillance et faire une déposition. Vous, Cissy, il faudra me dire tout ce dont vous vous souvenez, concernant Amoureusement Vôtre. J'ai besoin de *tous* les détails, même les plus insignifiants.

— Les témoins sont décidés à coopérer pleinement.

Trop énervée pour s'asseoir, Eve se tenait debout face au commandant Whitney, les mains derrière le dos.

— La femme est sous le choc. Inutile de compter sur elle pour nous fournir un élément concret. Lui est plus lucide. Ils ne connaissent pas l'assassin. J'ai interrogé les deux hommes avec qui Cissy Peterman est sortie, chacun a un alibi solide pour au moins l'un des meurtres. Je pense que nous pouvons les rayer de la liste des suspects.

Whitney opina et parcourut d'un coup d'œil le rapport qu'Eve lui avait remis.

— Jacko Gonzales ? s'écria-t-il soudain. Le Gonzales des Brawlers ?

— Oui, il est footballeur professionnel.

Un sourire de gamin éclaira le visage du commandant.

— Vous voulez dire que c'est un as ! Lors du dernier match des Brawlers, il a marqué trois buts à lui tout seul. Il a pulvérisé la défense adverse.

Comme Eve le regardait d'un air perplexe, il toussota.

— Mon petit-fils est l'un de ses fans.

— Ah !

— Dommage que Gonzales n'ait pas pu mettre la main sur notre Père Noël. Je vous garantis qu'il en aurait fait de la chair à pâté.

— C'est l'impression que j'ai eue, commandant.

— Mlle Peterman a eu beaucoup de chance.

— Oui, Jacko Gonzales a chamboulé le planning du tueur. Il va frapper à nouveau. Ce soir. J'en ai discuté avec le Dr Mira. Selon elle, il doit être furieux, et déstabilisé. Je pense que, du coup, il sera moins prudent. McNab et Peabody ont trois rendez-vous prévus pour ce soir. Tout est en place.

Eve hésita un instant.

— Commandant, l'opération de ce soir est une étape nécessaire. Mais, pendant ce temps, il va bouger.

— Dallas, dans la mesure où vous n'avez pas de boule de cristal susceptible de vous révéler le nom de ce maniaque, vous êtes bien obligée d'avancer pas à pas.

— Je crois avoir trouvé un autre lien entre les victimes : le théâtre ou le spectacle en général. J'espère que cela permettra à Feeney de réduire le nombre des cibles possibles – dans l'immédiat, nous en avons plus de deux cents. Ces personnes doivent être protégées.

— Comment ? rétorqua Whitney en écartant les mains dans un geste d'impuissance. Vous savez pertinemment que nous n'avons pas assez de policiers pour en placer un derrière chaque victime potentielle.

— Mais si Feeney réussit à...

— Même s'il divise le nombre par quatre, c'est encore trop.

— Ce soir, quelqu'un va mourir. Il faut prévenir ces gens. Si on demande aux médias de diffuser un communiqué, on évitera peut-être le pire.

— Si nous recourons aux médias, nous allons déclencher la panique. Les New-Yorkais tomberont à bras raccourcis sur les pauvres bougres déguisés en Père Noël qui font la manche sur les trottoirs. Combien en enverront-ils à la morgue ? Dallas, vous n'êtes pas là pour décider qui mérite ou non de vivre.

Comme elle ouvrait la bouche pour protester, il lui intima le silence.

— En outre, si nous alertons les médias, nous allons effrayer le tueur. Il se terrera dans son coin, et nous risquons de ne jamais le pincer. Trois personnes ont été tuées, leur assassin doit être châtié.

Il avait raison, bien sûr, mais Eve ne se sentait pas soulagée pour autant.

— Si Feeney parvient à nous donner une liste relativement courte, je peux constituer une équipe qui se chargera de contacter ces personnes.

— L'affaire s'ébruitera, lieutenant.

— Il faut bien faire quelque chose ! S'il tue encore, nous serons responsables.

« *Je* serai responsable », pensa-t-elle.

— Si nous n'avons même pas tenté de mettre sa prochaine victime en garde, nous aurons sa mort sur la conscience, continua-t-elle. Ce salaud sait que nous avons compris sa manière d'opérer, que nous avons les noms des clients d'Amoureusement Vôtre. Il sait aussi que nous pataugeons et que nous en sommes réduits à attendre qu'il frappe à nouveau. Il jubile. Il a fait tout un numéro devant la caméra de surveillance, dans l'immeuble de Peterman. Hier soir, si Gonzales avait été au stade, Mlle Peterman aurait été assassinée. Ce qui aurait fait quatre meurtres en une semaine. C'est trop. Beaucoup trop.

Le commandant l'avait écoutée sans broncher.

— Lieutenant, vous imaginez sans doute que ma place est plus confortable que la vôtre. Détrompez-vous. La discussion est close. Je n'accéderai pas à votre requête.

— Vous redoutez que l'affaire ne s'ébruite, mais je crois que les journalistes sont déjà sur le sentier de la guerre. Un autre crime, et la bombe nous explosera à la figure.

— Qu'avez-vous dit à Nadine Furst, lieutenant ? rétorqua-t-il d'un ton glacial.

— Ce que j'étais autorisée à lui dire, et encore, sous le sceau du secret. Elle a tenu sa langue, mais elle n'est pas la seule à avoir du flair, et ses confrères n'ont pas tous son intégrité, loin de là.

— Je soumettrai le problème au chef de la police, c'est tout ce que je peux faire. Transmettez-moi la liste de Feeney dès que vous l'aurez, et je demanderai le feu vert pour contacter les personnes figurant sur cette liste. Dans l'immédiat, sans l'accord de la hiérarchie, il m'est impossible de débloquer des fonds.

Il planta son regard dans celui d'Eve.

— Débrouillez-vous pour que l'opération de ce soir soit fructueuse. Bouclez-moi cette affaire, Dallas.

Quand elle pénétra dans son bureau, Eve trouva Feeney assis devant l'ordinateur.

— Tu es là, tant mieux. Ça m'évitera de courir jusqu'à la DDE.

— Il paraît que tu as rencontré Jacko Gonzales ? Il est déjà reparti ?

— Toi aussi, tu es un fan ? railla-t-elle. Je sens que tu me vas me demander de t'avoir un autographe.

— Ça, ce serait chic de ta part.

— Dépêche-toi plutôt d'analyser toutes ces données et de me sortir une cinquantaine de noms. S'il n'y en a que cinquante à contacter, j'arriverai à convaincre Whitney. Pour les autres, on n'aura plus qu'à prier. Bon, j'ai besoin d'un remontant, décréta-t-elle en fouillant dans le tiroir de son bureau. Où est passée la barre de chocolat qui était là-dedans ?

— Je ne l'ai pas prise, j'ai mes amandes, se défendit Feeney. Mais NcNab était là tout à l'heure. Dès qu'il renifle une barre de chocolat quelque part, il la pique.

— Quel emmerdeur ! File-moi des amandes.

Elle plongea la main dans le sachet qu'il lui tendait, puis s'approcha de l'auto-chef pour se commander un café.

— Je voudrais que tu travailles sur la vidéo de surveillance qu'on a récupérée chez Peterman. Il faudrait que tu agrandisses au maximum l'image de notre bonhomme au moment où il est vraiment lui-même, à savoir quand il a la trouille et qu'il fiche le camp. Compare ce portrait avec toutes les photos que nous avons. Malgré le déguisement, la barbe, le maquillage, on repérera peut-être une vague ressemblance : la forme du visage, des yeux...

Elle avala une gorgée de café, pensive.

— Les oreilles ! s'exclama-t-elle brusquement. Est-ce qu'il se serait donné la peine de modifier la forme de ses oreilles ? On les voit, sur la vidéo ?

Elle se pencha vers l'écran, fit défiler le film.

— Merde, on ne les voit pas. Ah si ! Là, regarde ! Tu peux exploiter ça ?

Tout en mastiquant ses amandes, Feeney étudia l'image.

— Le bonnet couvre le haut des oreilles, mais je réussirai peut-être à en tirer quelque chose. Bravo, Dallas, bonne idée ! Je n'y aurais pas pensé. Je vais scanner tous les portraits que nous avons, les comparer trait par trait. Une analyse aussi complexe réclamera plusieurs jours de travail.

Eve se massa les tempes ; la migraine lui vrillait le crâne.

— Il faut que je sache à quoi ressemble ce salaud. On va reprendre la piste des broches, des cosmétiques, des tatouages. Ce fichu tatouage est un modèle unique. Une création.

— Dallas, les deux tiers des salons de beauté de cette ville emploient des artistes qui leur créent des tatouages.

— Avec un peu de chance, l'un d'eux reconnaîtra celui qui nous intéresse.

Elle inspira à fond.

— Écoute, il nous reste deux heures avant l'opération au Nova. Mettons-nous au boulot.

11

Peabody ne décolérait pas : McNab figurait sur la liste des partenaires sélectionnés pour elle par l'agence. Un comble ! Certes, cela semblait assez logique, dans la mesure où son profil et celui de McNab avaient été soigneusement élaborés pour correspondre à celui des victimes.

N'empêche qu'elle était furibonde.

Elle ne supportait pas cet individu, ses accoutrements ridicules, ses sourires impudents et son arrogance. Malgré toute l'admiration qu'elle avait pour Eve Dallas, elle considérait que le lieutenant surestimait l'enquêteur de la DDE. Hélas ! même les êtres les plus brillants commettaient des erreurs.

Pour l'heure, McNab bavardait avec l'une des filles choisies pour lui par Amoureusement Vôtre – une grande perche blonde. Il était pile dans le champ de vision de Peabody. Il l'avait fait exprès, évidemment, uniquement pour l'embêter.

Il lui gâchait le paysage. Le décor du club était pourtant raffiné. De superbes gravures représentant les rues de New York ornaient les murs dont le jaune s'harmonisait à merveille avec le bleu pâle des boxes conçus pour que les clients puissent y bavarder en toute intimité.

« Quelle classe ! » pensa Peabody en tournant le regard vers le bar surmonté de miroirs étincelants derrière lequel s'affairaient des serveurs en smoking. Mais un établissement appartenant à Connors ne pouvait évidemment pas être ordinaire.

On y servait des cocktails sublimes, chaque table était équipée d'une chaîne audio et vidéo, et d'un casque qui permettaient aux solitaires ou à ceux qui attendaient quelqu'un de se distraire.

Peabody avait bien envie d'utiliser le sien, pour ne plus entendre l'homme assis en face d'elle. Il était ennuyeux comme la pluie. Prénommé Oscar, il enseignait la physique. Depuis son arrivée, il avait ingurgité une quantité astronomique d'alcool et n'avait cessé de déblatérer contre son ex-femme. D'après lui, ce n'était qu'une garce égoïste et frigide.

Malgré son exaspération, Peabody jouait le jeu. Elle avait la conviction qu'Oscar n'était pas celui qu'ils cherchaient. Ce type était un alcoolique, or l'assassin, selon toute vraisemblance, ne buvait pas. Il était trop prudent, trop méthodique.

À l'autre bout de la salle, McNab éclata soudain d'un rire qui hérissa Peabody. Là-dessus, il se débrouilla pour lui faire un petit clin d'œil en douce. Elle faillit lui tirer la langue.

Ce fut avec soulagement qu'elle prit congé d'Oscar. Il bredouilla qu'il était enchanté d'avoir fait sa connaissance et qu'il espérait la revoir. Puis il s'éloigna d'un pas chancelant.

— On se reverra quand les poules auront des dents, marmonna-t-elle.

La voix d'Eve, dans son oreillette, la fit tressaillir.

— Un peu de tenue, Peabody.

Celle-ci toussota, consulta sa montre : son prochain rendez-vous n'arriverait pas avant dix minutes.

— Nom d'une pipe !

Cette fois, la voix d'Eve lui vrilla le tympan.

— Lieutenant ? chuchota-t-elle.

— Qu'est-ce qu'il fiche ici, bon sang ?

Décontenancée, Peabody jeta un coup d'œil circulaire, tout en avançant machinalement la main vers sa botte gauche, où était glissée son arme de service. À cet instant, elle aperçut Connors qui entrait dans la salle.

— Voilà le partenaire idéal, souffla-t-elle. Pourquoi on ne m'en propose pas un de cet acabit ?

— Ne lui adressez pas la parole, ordonna Eve d'un ton abrupt. Vous ne le connaissez pas.

— D'accord. Je me contente de saliver, comme toutes les femmes qui sont dans cette salle.

Elle ne put s'empêcher de pouffer en entendant Eve débiter un chapelet de jurons. Consciente que le couple installé un peu plus loin la regardait d'un air surpris, elle toussota, but une gorgée de son cocktail et s'adossa à la banquette pour admirer à loisir le mari du lieutenant.

Tels des soldats à l'approche de leur général, les serveurs s'étaient figés, une expression respectueuse sur le visage. Connors salua plusieurs personnes, embrassa une cliente sur la joue, puis gagna l'extrémité du bar. Il avait une démarche féline, souple et silencieuse.

Tout en lui respirait la sensualité. Ce devait être un amant fabuleux, songea Peabody. Cette idée la fit rougir jusqu'à la racine des cheveux. Heureusement que son micro n'enregistrait pas les pensées.

Dehors, dans la camionnette de surveillance, Eve dardait un œil noir sur l'écran où défilaient les images filmées par la caméra miniature dissimulée dans le bouton du col de Peabody. Elle regarda Connors déambuler dans la salle, avec sa nonchalance coutumière, et se promit de lui tordre le cou à la première occasion.

— Il n'a pas à intervenir dans cette opération ! dit-elle à Feeney.

— Le club lui appartient, fit remarquer ce dernier en rentrant la tête dans les épaules, comme s'il craignait de recevoir une balle perdue.

— Il vient vérifier le niveau des bouteilles et le contenu du tiroir-caisse, c'est ça ? Je me marre !

Voyant que Connors s'approchait de la table de Peabody, Eve émit un grondement féroce.

— Le cocktail est à votre goût, mademoiselle ?

— Euh... je... Oh, mince ! bafouilla Peabody.

Il sourit, se pencha pour murmurer :

— Dites à votre lieutenant d'arrêter de me traiter de tous les noms.

Peabody écouta la réponse d'Eve et réprima un gloussement.

— Elle vous suggère de débarrasser le plancher. Elle... euh... elle vous bottera les fesses plus tard.

— J'attends cela avec impatience.

Il prit la main de Peabody, lui baisa le bout des doigts.

— Vous êtes splendide, ma chère.

— On se calme, Peabody! grommela Eve. Le numéro 2 arrive.

— Je suis prête.

Elle tourna la tête vers la porte et reconnut immédiatement l'homme qui entrait. C'était l'Adonis qui l'avait fascinée lors de leur première visite à l'agence – celui qui s'admirait à tout bout de champ dans son miroir.

Au moins, celui-là serait agréable à contempler.

Il s'immobilisa sur le seuil, fouilla la salle du regard. Ses yeux – de la même teinte vieil or que ses cheveux, se posèrent sur Peabody. D'un mouvement soigneusement étudié, il rejeta sa chevelure en arrière et s'avança.

— Vous devez être Delilah.

— Oui, en effet. Et vous êtes Brent.

À l'autre bout de la salle, McNab grimaça. Le type qui parlait à Peabody n'était qu'un poupon en plastique. Il était refait de la tête aux pieds.

Une jalousie rampante s'insinua en lui. Cette cruche de Peabody frétillait, elle buvait littéralement les paroles qui tombaient des lèvres de ce bellâtre. «Des lèvres gonflées au collagène», pensa-t-il méchamment.

Les femmes n'avaient pas une once de cervelle.

McNab sursauta quand Connors, qui s'était approché sans bruit, lui dit:

— Elle est vraiment ravissante, n'est-ce pas?

— Il n'en faut pas beaucoup pour éblouir les hommes. Un décolleté plongeant et ils bavent comme des malades.

Connors esquissa un sourire amusé. Les yeux de McNab jetaient des éclairs, ses doigts tambourinaient sur la table.

— Mais vous, vous êtes au-dessus de ça.

— Hmm... J'aimerais bien, soupira-t-il tandis que Connors s'éloignait. L'ennui, c'est qu'elle a effectivement des seins magnifiques.

— Oubliez-les, ordonna Eve dans l'oreillette. Votre deuxième rendez-vous arrive.

— Je la vois. Je repars à l'attaque.

Dans le camion, Eve, penchée sur l'écran, scrutait le visage du partenaire de Peabody.

— Feeney, sors-moi le dossier de ce monsieur. Il a quelque chose qui me turlupine.

— Brent Holloway, mannequin spécialisé dans la publicité. Il travaille pour Cliburn-Willis Marketing. Trente-huit ans, deux fois divorcé, pas d'enfants.

— Un mannequin qui fait de la pub? On peut considérer qu'il est dans le spectacle, non?

— Tu ne dois pas souvent regarder la pub. Personnellement, je ne dirais pas que c'est du spectacle. Mais cette opinion n'engage que moi. Holloway est originaire de Morristown, New Jersey. Il s'est installé à New York en 2049, il habite dans Central Park Ouest. Il gagne bien sa vie. Pas d'arrestation à son actif. En revanche, il collectionne les contraventions.

— Peabody et moi l'avons croisé à Amoureusement Vôtre. Combien de fois a-t-il consulté l'agence?

— C'est la quatrième fois depuis le début de l'année.

— Pourquoi un type qui a ce physique-là, de l'argent, qui réussit bien dans son métier et habite un quartier chic deviendrait accro à une agence de rendez-vous? Quatre consultations en un an... Il a déjà rencontré vingt femmes, et ça n'a marché avec aucune. Qu'est-ce qui ne tourne pas rond chez lui?

Feeney plissa les lèvres.

— Il me donne l'impression d'être un imbécile prétentieux.

— Oui, mais il y a des filles que cela ne dérange pas. Il est beau, il a du fric. Il aurait dû réussir à se caser. Tu es sûr qu'il n'a pas eu de démêlés avec la justice ?

— Certain. Son casier judiciaire est vierge.

— Il y a un hic quelque part...

À cet instant, sur l'écran de contrôle, Eve vit son assistante assener un violent coup de poing à Brent Holloway dont le nez, modelé à la perfection, se mit à saigner.

— Bon Dieu ! Tu as vu ça, Feeney ?

— Elle ne l'a pas loupé, commenta ce dernier, placide.

— Mais quelle mouche l'a piquée ? Qu'est-ce qui se passe, Peabody ? Vous déraillez !

— Ce salaud m'a tripotée sous la table !

Rouge de colère, Peabody se redressa.

— Il me parle de la nouvelle pièce qui se joue à *L'Univers* et il me fourre la main entre les cuisses. Sale pervers ! Lève-toi, espèce de maniaque !

— McNab, restez où vous êtes ! hurla Eve, comme l'enquêteur bondissait sur ses pieds. Ne bougez pas, ou vous êtes viré. C'est un ordre, vous m'entendez ? Peabody, lâchez ce type !

Malheureusement, Peabody ne l'écoutait plus. Elle empoigna Holloway et lui balança un deuxième coup de poing. Elle l'aurait réduit en bouillie si Connors ne s'était pas interposé.

— Ce monsieur vous importune, mademoiselle ? demanda-t-il en écartant Holloway afin qu'il soit hors de portée. Je suis absolument navré. Permettez-moi de vous offrir un autre cocktail.

Il fit signe à un serveur qui accourut, puis, saisissant Holloway par le col, le poussa vers la sortie.

— Ne me touchez pas ! glapit Holloway. Cette garce m'a cassé le nez. Mon visage est mon outil de travail, mon gagne-pain. Je vais porter plainte, je vais...

Sitôt qu'ils furent sur le trottoir, Connors le plaqua contre le mur. Le crâne de Holloway heurta les briques avec un bruit sourd.

— Laisse-moi te mettre les points sur les i, articula Connors. Ce club m'appartient. Chez moi, on ne pelote pas les dames. Alors, si tu ne veux pas que je te coupe ce que je pense, tu déguerpis, et tu t'estimes heureux de t'en tirer avec un nez en compote.

— Cette salope m'a provoqué !

— Tu n'aurais pas dû dire ça. Franchement, tu n'aurais pas dû...

Dans le camion, Eve s'arrachait les cheveux. Feeney, lui, jubilait.

— Tu as remarqué, Dallas ? Quand il est en colère, ton mari retrouve son accent irlandais. J'adore cet accent. Pas toi ?

Atterrée, Eve vit Connors serrer les poings. L'instant d'après, Holloway s'effondrait, les mains crispées sur le bas-ventre. Connors se tourna vers le camion de surveillance, le sourire aux lèvres, puis retourna à l'intérieur du club.

— Joli travail, observa Feeney.

— Il ne reste plus qu'à appeler une voiture de patrouille, pour qu'on emmène ce crétin à l'hôpital, soupira Eve. McNab, Peabody, restez à vos places. Il faut impérativement continuer à jouer vos personnages respectifs. Quand cette petite sauterie sera terminée, je vous attends à mon domicile. On essaiera de sauver les meubles, en admettant que vous n'ayez pas tout bousillé. Exécution !

À 21 heures, Eve arpentait son bureau, tel un lion en cage. Personne ne pipait mot – ils n'étaient pas suicidaires –, mais Connors avait posé une main rassurante sur l'épaule de Peabody.

— Votre prochain rendez-vous est prévu pour demain midi. Peabody, dans la matinée, vous irez raconter à Piper cet... incident avec Holloway. Je veux que vous fassiez un scandale. La réaction des Hoffmann m'intéresse. Dès que ce debriefing sera terminé, McNab et vous rentrerez chez vous. Surtout, laissez vos communicateurs branchés. Feeney et moi, nous garderons un œil sur vous.

— Oui, lieutenant.

Rassemblant son courage, Peabody se leva.

— Je vous prie d'accepter mes excuses. Je suis consciente que mon attitude a peut-être compromis l'enquête.

— On s'en fout! explosa McNab. Vous auriez dû lui écrabouiller sa belle gueule et...

— McNab! coupa Eve d'un ton menaçant.

— Quoi? Ce fumier a eu ce qu'il méritait, il...

— McNab, il ne me semble pas vous avoir demandé votre opinion. Je vous suggère de réintégrer vos pénates et de vous calmer. Je vous attends demain, au Central, à 9 heures tapantes.

Bouillant de colère, le jeune enquêteur secoua la tête et sortit du bureau.

— Connors, Feeney, vous voulez bien me laisser seule avec mon assistante?

— Avec plaisir, répliqua Feeney, ravi de pouvoir quitter le champ de bataille. Vous n'auriez pas une goutte de whisky, Connors? La journée a été un peu longue.

— Je vais vous trouver ça, dit Connors en l'entraînant hors de la pièce.

Quand ils eurent disparu, Eve ordonna :

— Asseyez-vous, Peabody.

— Lieutenant, je regrette de vous avoir déçue. Je vous avais affirmé que j'étais capable d'accomplir ce travail et, au premier pépin, j'ai craqué. Je reconnais que vous êtes en droit de me retirer de cette enquête, en tout cas de l'opération d'infiltration. Néanmoins... je vous supplie de me donner une autre chance.

Eve l'observait en silence. Peabody était pâle comme un linge, cependant elle se tenait bien droite, le menton crânement pointé en avant.

— Je ne crois pas avoir dit que je vous retirais de cette opération, agent Peabody. En revanche, je vous ai ordonné de vous asseoir.

— J'ai agi sans réfléchir. Je n'ai pas su me maîtriser.

Eve déboucha une bouteille de vin et remplit deux verres.

— Vous n'aviez pas à tolérer que ce type vous tripote, déclara-t-elle d'un ton radouci. Tenez, buvez.

Peabody saisit le verre d'une main tremblante.

— On était là, en train de bavarder, et tout à coup il a glissé la main dans ma culotte. J'admets que je lui ai un peu trop montré mes seins, que je l'ai provoqué et...

— Arrêtez de vous culpabiliser, vous n'avez rien à vous reprocher. Nul n'a le droit d'agresser une femme de cette manière.

De la brutaliser, de prendre possession de son corps alors qu'elle l'implore d'arrêter, de la laisser tranquille. Parce que c'est atroce, que ça fait tellement mal...

À cette pensée, une violente nausée secoua Eve qui se détourna un instant.

— Non, murmura-t-elle. Pas maintenant.

— Lieutenant ?

Eve inspira à fond, redressa les épaules.

— Ce n'est rien, ne vous inquiétez pas. Je suis désolée de vous avoir exposée à ça. Dès que Holloway est arrivé, j'ai su qu'il n'était pas clair.

— Je ne comprends pas que l'agence n'ait pas rejeté sa candidature.

— On peut en conclure que leur sélection n'est pas aussi rigoureuse qu'ils le prétendent. Demain matin, vous exigerez de parler à Piper en personne. Ne lésinez pas, menacez-la de tout révéler à la presse, de la traîner devant un tribunal. Hurlez, trépignez, soyez hystérique. Vous vous sentez capable de jouer cette comédie ?

— Dans l'état où je suis, ce ne sera pas difficile.

— Surtout ne débranchez pas votre communicateur, je veux être en contact permanent avec vous. Maintenant, Feeney va vous ramener chez vous. D'accord ?

— D'accord.

— Au fait, je vous félicite : vous avez un sacré punch. Mais la prochaine fois, enchaînez par un coup au bas-ventre, histoire de mettre votre agresseur hors d'état de nuire.

Peabody ravala un sanglot.

— Merci, lieutenant.

Eve s'assit à son bureau et attendit que Connors la rejoigne, après avoir accompagné Feeney et Peabody jusqu'au perron. Elle comptait sur lui pour réconforter Peabody. Son sourire, son incomparable courtoisie feraient oublier à la jeune femme ce qu'elle venait de subir.

La violence, le sexe, la perversion... Cette affaire rappelait à Eve des souvenirs qu'elle s'acharnait à effacer de sa mémoire. Le visage des victimes, leur corps meurtri, violenté l'obsédaient. Elle avait l'impression de se revoir telle qu'elle était autrefois.

Et cette vision la révulsait.

« Ce n'est pas le moment de ruminer, se tança-t-elle. Débrouille-toi plutôt pour coincer ce salaud. »

Un bruit de pas lui fit relever la tête. Connors s'approcha, se servit un verre de vin et s'assit en face d'elle. Il prit une cigarette – quelques grammes de tabac qui valaient une fortune –, l'alluma et aspira une bouffée. Une fumée à l'odeur suave s'échappa en volutes bleutées de ses lèvres.

— Alors, lieutenant ?
— Je suppose que tu es content de toi ?
— À quel propos ?
— Ne fais pas le malin, Connors. Qu'est-ce que tu fabriquais dans ce club ?
— Excuse-moi, mais je suis le propriétaire de cet établissement, répondit-il d'une voix où vibrait une note de défi. Je m'y rends très souvent pour m'assurer que mes employés accomplissent correctement leur travail.
— À d'autres !
— Eve, cette affaire te rend malade. Tu crois que je ne le vois pas ? Tu ne dors plus, tu as une mine épouvantable. Je sais ce que tu endures.

« Feeney a raison, songea-t-elle. Quand il est en colère, il retrouve son accent irlandais, son adorable accent. »

— J'ai pour toi une admiration sans bornes, poursuivit-il avec véhémence. Mais ne me demande pas de rester sur la touche et de me croiser les bras. Je m'inquiète pour toi, je veux essayer de t'aider.

— Il ne s'agit pas de moi. Ce n'est pas le problème. Trois personnes sont mortes et...

— Et elles t'obsèdent.

Il se leva du fauteuil et vint s'asseoir près de sa femme, sur le bord du bureau.

— Voilà justement pourquoi tu es le meilleur flic que je connaisse. Pour toi, une victime n'est pas simplement un nom sur un dossier numéroté. C'est un être humain. Tu as la faculté d'imaginer ce qu'elle a ressenti pendant ses derniers instants de vie. Cela te torture. N'exige pas que je sois indifférent à ce que tu éprouves. Prends-moi tel que je suis, Eve. Moi, je t'accepte telle que tu es.

Immobile, elle scrutait son visage. Et comme chaque fois qu'elle contemplait ce visage si beau, qu'elle se perdait dans ces yeux si bleus, la rage la quitta. Il lui était encore parfois difficile d'accepter le fait qu'elle n'était plus seule désormais, que Connors et elle étaient indissociables. Pourtant, cette profonde intimité, cette fusion, la rendait libre. Elle pouvait tout lui dire.

— Oui, murmura-t-elle, je sais ce qu'ont subi les victimes quand il les a violées. La peur, la souffrance, l'humiliation. Je sais ce qu'elles ont ressenti dans leur corps, dans leur âme. Je voudrais ne pas me rappeler ce que cela fait d'être souillée, crucifiée, déchirée. Mais je m'en souviens. Et puis...

Elle s'interrompit, réalisant qu'elle n'était jamais allée aussi loin dans les confidences.

— Et puis, tu viens vers moi, Connors. Tu touches ma main, tu m'embrasses, et j'oublie tout. Les souvenirs s'effacent. C'est aussi simple que cela. C'est... magique.

— Je t'aime, Eve. Infiniment.

— Et tu négliges ton travail pour rester près de moi.

Comme il ouvrait la bouche pour protester, elle lui posa un doigt sur les lèvres.

— Tu étais là ce soir, parce que tu pensais que j'aurais besoin de toi. Tu savais que je serais furieuse et tu étais prêt à te bagarrer avec moi pour me distraire de mes obsessions. Je te connais. Je suis flic. Connaître les gens, c'est mon boulot.

Il lui sourit.

— Je suis découvert. Alors?

— Alors, merci. Mais il y a plus de dix ans que je fais ce métier, je suis capable d'assumer. D'un autre côté...

Elle but une gorgée de vin.

— ... j'ai apprécié que tu assommes cette petite ordure de Holloway. Je ne pouvais pas sortir de ce fichu camion, c'était trop risqué. Je te remercie de lui avoir réglé son compte.

— Ce fut un vrai plaisir. Peabody n'est pas trop ébranlée, à ton avis?

— La femme est ébranlée, le flic surmontera l'épreuve. Peabody est un bon flic.

— Grâce à toi.

— Je n'y suis pour rien.

Elle le dévisagea d'un air sévère.

— Je suppose que, tout à l'heure, tu ne t'es pas privé de la consoler? Tu lui as fait le coup du baisemain?

Une lueur malicieuse s'alluma dans les yeux de Connors.

— Ça t'ennuie?

— Pas du tout, bougonna-t-elle. Son petit cœur de midinette a dû battre la chamade. Pour elle, tu incarnes l'homme idéal.

— Vraiment? rétorqua-t-il avec un sourire éblouissant.

— Je te prierai de ne pas flirter avec mon assistante. Ce n'est pas le moment de la perturber, il faut qu'elle reste concentrée sur sa mission.

— Et toi, si j'essayais de te déconcentrer un peu?

— Tu auras du mal, je suis trop préoccupée.

— J'aime les tâches difficiles, dit-il en éteignant sa cigarette. J'ajoute que, en principe, rien ne me résiste.

Eve était couchée sur le grand lit, nue et comblée, quand son communicateur bourdonna. D'une main molle, elle s'en saisit et commanda le brouillage de l'image.

Trente secondes après, elle bondissait sur ses pieds et cherchait ses vêtements. On venait de l'informer que le Central avait reçu un appel anonyme signalant une dispute conjugale. Eve avait aussitôt reconnu l'adresse.

— C'est celle de Holloway. Je vais le trouver mort, j'en suis sûre.

Connors enfilait déjà son pantalon.

— Je t'accompagne.

— Non, tu... commença-t-elle, par réflexe. Oh! après tout, d'accord. Je dois prévenir Peabody, et elle risque de réagir mal. Tu la réconforteras, je compte sur toi. En ce qui me concerne, je vais devoir être dure avec elle pour qu'elle accomplisse sa mission.

— Je n'envie pas ton travail, lieutenant.

— Dans l'immédiat, je ne l'aime pas tellement non plus.

Soupirant, elle saisit le communicateur et appela Peabody.

12

Brent Holloway avait eu une vie agréable et une mort atroce. Le décor et le mobilier de son petit hôtel particulier indiquaient que le maître des lieux avait le goût du confort, et des plaisirs plus ou moins avouables. Un grand canapé trônait dans le salon, garni de coussins triangulaires qui, au toucher, évoquaient une fourrure humide. Un écran vidéo était dissimulé dans le plafond. Un cabinet, dont la forme rappelait un plantureux corps féminin, abritait une collection de disquettes pornos, dont certaines étaient interdites à la vente.

Un long bar chromé, qui occupait tout un pan de mur, renfermait des alcools coûteux et des drogues illicites. La cuisine était entièrement automatisée, sans âme. À l'évidence, elle servait peu. Holloway disposait également d'un bureau équipé d'un ordinateur dernier cri, et d'une salle de détente pourvue d'un système de réalité virtuelle. Un droïde serviteur se tenait dans un coin de la pièce, le regard éteint.

Holloway était dans la chambre, étendu sur le matelas à eau. Paré d'une guirlande argentée, il semblait contempler son reflet dans le miroir du plafond. Un tatouage était peint sur son ventre, et une chaîne en argent ornée de quatre oiseaux aux ailes déployées brillait à son cou.

— Je suppose qu'il a dû aller à l'hôpital faire soigner son nez, dit Eve.

En tout cas, il n'y avait plus de trace d'hématome sur son visage soigneusement fardé.

Connors demeura sur le seuil de la chambre, sachant qu'il n'était pas autorisé à y pénétrer. Ce n'était pas la première fois qu'il regardait Eve travailler. Comme toujours, il était frappé par son efficacité et la douceur de ses gestes, lorsqu'elle touchait le mort.

En attendant l'arrivée de Peabody et des techniciens du labo, elle procéda au test pour déterminer l'heure de la mort et enregistra ses premières constatations.

— Meurtrissures aux poignets, aux chevilles et au cou. La victime a été ligotée et étranglée. La mort a dû se produire aux environs de 23 heures.

On sonnait à la porte.

— Je la fais entrer ? demanda Connors.

— Oui. Dis, tu pourrais réactiver le droïde ?

— Ça ne devrait pas me poser de problème.

Forcer un système de sécurité ne lui posait que rarement un problème.

— Hmm... Ne t'en vante pas, s'il te plaît.

Elle lui lança l'aérosol de Seal-It.

— Protège-toi les mains, j'aimerais autant que tu ne laisses pas tes empreintes.

Un instant après, Peabody apparaissait sur le seuil. Elle avait remis son uniforme et recoiffé ses cheveux comme avant. Elle était livide.

— Dallas... balbutia-t-elle. Oh, merde !

— Si c'est trop dur pour vous, dites-le-moi tout de suite.

Peabody s'était déjà posé la question, et elle n'avait pas de réponse.

— Il y a un droïde, déclara Eve, émue par son désarroi. Vous n'avez qu'à vous en occuper. Vérifiez les communications, les disquettes de surveillance. Il faut aussi interroger les voisins.

Peabody eut une brève hésitation, puis s'avança.

— Non, je préfère travailler avec vous.

Eve la dévisagea longuement, hocha la tête.

— Très bien, branchez votre enregistreur, on recommence. Holloway Brent. Premières constatations effectuées par le lieutenant Dallas assistée de l'agent

Peabody. Heure et cause apparente de la mort déterminées.

— C'est comme pour les autres, murmura Peabody qui, l'estomac noué, s'était approchée du lit.

— Apparemment. Il semble que le corps ait été aspergé de désinfectant. Vous sentez cette odeur ?

Eve prit des lunettes à infrarouge dans sa mallette et en régla la puissance.

— Extinction des lumières, ordonna-t-elle. Oui, il y a des particules brillantes. C'est bien du désinfectant. Le tatouage est identique aux précédents. Peint à la main, un travail d'artiste. Attendez... donnez-moi une pince. Je vois un cheveu ou une fibre textile. Il y en a même plusieurs.

Délicatement, elle saisit un mince filament, l'étudia avec attention.

— C'est blanc... J'ai l'impression que notre Père Noël perd les poils de sa barbe. Il vient de commettre sa première erreur. Peabody, inspectez la salle de bains, de fond en comble. Son échec avec Cissy l'a secoué. Il devient négligent.

Lorsque l'équipe du labo arriva, Eve avait trouvé plus d'une dizaine de poils, ainsi que des fragments de fibres. Une détermination farouche se lisait sur son visage, quand elle rejoignit Connors dans la salle de détente.

— Tu as réactivé le droïde ?
— Bien sûr, répondit-il.

Il tourna la tête vers le serviteur.

— Rodney, je vous présente le lieutenant Dallas.
— Enchanté, lieutenant.

Le droïde était petit et trapu, avec une figure sans charme et une voix métallique. Manifestement, Holloway s'entourait de créatures qui ne risquaient pas de l'éclipser. Il tenait à être, toujours et partout, le plus beau.

— À quelle heure avez-vous cessé votre service, ce soir ?

— À 22 heures, peu après le retour de M. Holloway. Quand il n'a pas besoin de moi, il préfère me désactiver.

— Et ce soir, il n'a pas eu besoin de vous.

— Je suppose que non.

— A-t-il reçu de la visite, entre le moment où il est rentré et celui où il vous a désactivé ?

— Non. Si vous me permettez cette remarque, M. Holloway ne semblait pas d'humeur sociable.

— C'est-à-dire ?

— Il paraissait bouleversé.

Gêné, le droïde pinça les lèvres.

— Rodney, il s'agit d'une enquête officielle. Vous devez répondre à mes questions.

— Je ne comprends pas. L'appartement a-t-il été cambriolé ?

— Votre employeur est mort. Est-ce que quelqu'un est venu ici avant le retour de Holloway ?

— Oh ! je vois...

Rodney se tut, le temps peut-être que ses circuits électroniques assimilent la nouvelle.

— Non, je n'ai accueilli aucun visiteur, déclara-t-il. M. Holloway avait un rendez-vous à l'extérieur. Il est rentré à 21 h 50. Il était en colère. Il m'a insulté. J'ai noté qu'il avait des hématomes au visage et je lui ai demandé si je pouvais l'aider. Il m'a dit : « Va te faire foutre. » Je ne suis pas programmé pour exécuter cet ordre. Ensuite, il m'a ordonné d'aller au diable, ce qui m'est également impossible, et puis, il m'a commandé de rester ici, dans cette pièce, et d'y passer la nuit. Je devais reprendre mon service à 7 heures.

Du coin de l'œil, Eve vit que Connors souriait, amusé par les explications du droïde.

— Votre employeur a en sa possession des drogues et des disquettes pornos illicites.

— Je ne suis pas programmé pour parler de ces sujets.

— Lui arrivait-il de recevoir ici des personnes avec qui il avait des relations sexuelles ?

— Oui.

— Des femmes ? Des hommes ?
— Les deux, quelquefois en même temps.
— C'est un homme que je cherche. Environ un mètre quatre-vingts, probablement de race blanche. Il a sans doute des mains assez fortes, de longs doigts. Il a entre trente et cinquante ans. Il s'intéresse au théâtre, il a des dons artistiques.
— Je suis désolé, rétorqua Rodney en inclinant poliment la tête. Ces informations sont insuffisantes.
— Je ne vous le fais pas dire, grommela Eve.

Quand on eut emporté le corps à la morgue, Eve demeura seule avec Connors dans l'appartement.
— Ce type est une énigme. Il avait de l'argent, il dépensait des fortunes en soins de beauté. Il était complètement narcissique : regarde-moi ça, il y a des miroirs partout. Il prétendait être un hétéro pur et dur, mais son droïde affirme qu'il était bisexuel. Il rencontre Peabody, il discute cinq minutes avec elle, et il se met à la tripoter. S'il s'est comporté de cette façon avec elle, il a dû le faire avec d'autres. Les clients d'Amoureusement Vôtre subissent des tests destinés à écarter les brebis galeuses, pourtant Holloway est passé à travers les mailles du filet.

Les mains dans les poches, Eve arpentait le salon tout en réfléchissant à voix haute.
— Il avait peut-être une relation particulière avec Rudy ou Piper. Une relation sexuelle. Ou alors il les faisait chanter. Holloway était un pervers. Les Hoffmannn ne pouvaient pas l'ignorer. L'un d'eux, en tout cas, le savait.

Elle s'immobilisa près du cabinet, d'où l'on avait retiré les vidéos pornos qui constituaient des pièces à conviction.
— Certaines de ces vidéos ont été tournées par Holloway. Je suis curieuse de découvrir qui il a filmé.

Elle s'interrompit, dévisagea longuement Connors. Il lui sourit avec tendresse.

— Tu n'aurais pas besoin d'un coup de main par hasard ? Surtout, ne te sens pas obligée de le dire carrément, je peux comprendre à demi-mot.

Elle soupira.

— Je ne suis quand même pas aussi hypocrite. J'aimerais que tu me donnes tous les renseignements possibles sur Holloway. Il cachait quelque chose de pas très propre, et je veux savoir quoi. Avec le matériel que nous avons, cette recherche demanderait à Feeney plusieurs jours de boulot. Je n'ai pas le temps de patienter. Le tueur, lui, n'attendra pas.

Connors s'approcha et lui effleura les lèvres d'un baiser.

— Compte sur moi. Je suis heureux de pouvoir t'aider.

— J'ai besoin de la voiture pour aller au Central. Il faudra que tu rentres par tes propres moyens.

— Ne t'inquiète pas pour moi.

Il l'embrassa de nouveau, puis se dirigea vers la porte.

— Au fait, lieutenant, tu as rendez-vous avec Trina à 18 heures. Mavis et elle viendront à la maison pour que tu n'aies pas à te déplacer.

— Oh non !

— Si tu es en retard, je les distrairai, lança-t-il, avant de s'éclipser.

Pestant entre ses dents, Eve rangea ses affaires.

— Peabody ! appela-t-elle. On s'en va d'ici et on file au labo en quatrième vitesse. Je tiens à ce que Dickhead examine les indices prélevés sur le corps. Prévenez le légiste qu'il me faut les résultats de l'autopsie d'ici à demain matin. Ça ne nous apprendra sans doute pas grand-chose, mais il vaut mieux ne rien négliger.

Tandis qu'elles fonçaient vers le Central, Eve lança un regard de biais à son assistante.

— La journée sera longue, Peabody. Je vous conseille vivement de prendre un stimulant.

— Non, je tiendrai le coup.

— N'oubliez pas que vous devez voir Piper à 9 heures. Vous aurez intérêt à être en pleine forme pour jouer la comédie de façon convaincante.

— Oui, je sais.

Peabody se tut, contemplant les façades obscures qui défilaient derrière les vitres de la voiture. Au coin de la 9e Rue, un vendeur ambulant frigorifié dansait d'un pied sur l'autre pour se réchauffer.

— Je ne regrette pas de lui avoir mis mon poing sur la figure, dit-elle tout à trac. Je pensais que j'aurais des remords, mais je n'en ai pas. J'avais peur d'entrer dans cette chambre, je redoutais d'être bouleversée. Je ne l'ai pas été.

— Cela prouve que vous êtes un bon flic.

— Je refuse de devenir un flic indifférent, insensible. Vous, lieutenant, vous n'êtes pas comme ça. À vos yeux, une victime n'est pas simplement un cadavre. C'est un être humain.

— Pour vous aussi. S'il en était autrement, vous ne seriez pas mon assistante.

Peabody réprima un soupir de soulagement.

— Merci, lieutenant.

— Au lieu de me remercier, appelez plutôt Dickhead. Dites-lui que je l'attends au labo séance tenante.

— Aïe !

— S'il râle, passez-le-moi. Dickie a un faible pour la bière irlandaise de Connors.

Eve dut promettre à Dickie deux caisses de bière et menacer de lui arracher les yeux pour le persuader de quitter son lit.

À 3 heures du matin, elle faisait les cent pas dans le labo et, son communicateur à la main, enguirlandait copieusement l'assistant du légiste.

— Comment ça, vous avez pris du retard à cause des fêtes ? aboyait-elle. Je vous conseille de vous grouiller, sinon je préviens le commandant Whitney. Il va vous souffler dans les bronches, je vous le garantis.

— Écoutez, Dallas, je suis débordé. J'ai des macchabées qui s'entassent dans tous les coins.

— Je vous suggère de mettre le mien sur une table et de l'autopsier dare-dare. Si je n'ai pas votre rapport à 6 heures tapantes, c'est moi qui vous découperai en morceaux.

Elle interrompit la communication et s'adressa à Dickie :

— Où en êtes-vous ?

— Ne me bousculez pas, Dallas. Vous ne me faites pas peur. Et, à moins que je n'aie la berlue, il n'y a pas d'étiquette « Priorité absolue » sur cette pièce à conviction.

Elle s'approcha, lui assena une tape sur le crâne.

— Attention, j'ai les nerfs en pelote. Je n'ai pas bu mon café.

— Servez-vous et fichez-moi la paix, rétorqua-t-il en levant vers elle des yeux qui, derrière les lunettes grossissantes, évoquaient ceux d'un hibou. Vous voulez que je travaille vite ou que je travaille bien ?

— Les deux.

Résignée, elle se commanda une tasse du breuvage infâme qui passait pour être du café. Elle avala une gorgée et grimaça.

— Nous y voilà ! s'exclama soudain Dickie. C'est un cheveu humain. Traité avec un fixateur. Il porte des traces d'un désinfectant aux plantes.

— Un fixateur ? Ça sert à quoi ?

— À préserver la couleur et la texture. Le blanc ne jaunit pas, et le cheveu reste souple. Il y a de l'adhésif à l'extrémité de deux des échantillons. Ils proviennent sans doute d'une perruque d'excellente qualité, confectionnée avec de véritables cheveux humains, donc coûteuse. Je dois faire des analyses supplémentaires pour déterminer quel type d'adhésif et de fixateur on a utilisé.

— Et les fibres que Peabody a trouvées dans le siphon du lavabo et de la baignoire ?

— Je ne les ai pas encore examinées. Je ne suis pas une machine, bon sang !

Elle soupira et lui posa la main sur l'épaule.

— Dickie, il me faut ces renseignements au plus vite. Ce type a tué quatre personnes, et il se cherche déjà une cinquième proie.

— J'irais plus vite si vous n'étiez pas sans arrêt sur mon dos.

— D'accord. Peabody !

La jeune femme qui sommeillait sur une chaise sauta au plafond.

— Lieutenant ?

— On lève l'ancre. Dickie, je compte sur vous.

— Ouais, ouais. À propos, il ne me semble pas avoir reçu une invitation pour votre fête de demain soir. Elle a dû s'égarer, ajouta-t-il avec un sourire matois.

— Je veillerai à ce qu'on la retrouve. Quand vous aurez fini votre boulot.

— Considérez qu'il est déjà terminé, ricana-t-il.

— Espèce de vieux renard ! Tenez, Peabody, buvez ce café. Si ça ne vous empoisonne pas, ça vous réveillera.

Elles quittèrent le labo pour se rendre à la morgue, où Eve houspilla l'assistant du légiste jusqu'à ce qu'il lui confirme ce qu'elle savait déjà : Holloway était mort par strangulation et on lui avait injecté un tranquillisant.

De retour au Central, elle ordonna à Peabody d'aller dans la salle de repos, une petite pièce aveugle meublée de couchettes superposées, et de dormir.

Elle gagna son bureau, rédigea son rapport et transmit les copies à qui de droit. L'aube pointait, lorsque son communicateur bourdonna. Le visage de Connors apparut sur l'écran.

— Lieutenant, tu as l'air d'un zombie. J'ai quelque chose pour toi.

Connors ne pouvait pas en dire davantage, au cas où leur conversation serait écoutée. Eve sentit son cœur battre plus vite.

— Je vais passer à la maison. Peabody se repose, elle ne se réveillera pas avant deux ou trois heures.

— Toi aussi, tu as besoin de sommeil.

— Je n'ai pas le temps. J'arrive.

— Je t'attends.

Elle laissa un mémo à Peabody, au cas où elle se lèverait avant son retour, puis rejoignit sa voiture. Tout en roulant, elle rappela le labo.

— Vous avez du nouveau ?

— Mais c'est de la persécution ! Enfin, bon, j'ai examiné la fibre textile. De la laine synthétique, vendue sous la marque Wulstrong, utilisée pour confectionner des manteaux et des pulls. Celle-ci était teinte en rouge.

— Elle pourrait provenir d'une houppelande de Père Noël ?

— Oui, mais pas de celle que portent les Pères Noël qui mendient devant les magasins. Ces pauvres bougres n'ont pas les moyens de se payer un tissu de cette qualité. Les fabricants prétendent que c'est encore mieux que de la vraie laine – plus chaud, plus solide, bla-bla-bla. Bref, ça coûte bonbon. Comme la perruque en cheveux naturels, d'ailleurs. Votre bonhomme ne regarde pas à la dépense.

— Beau travail, Dickie.

— Vous avez retrouvé mon invitation, Dallas ?

— Oui, figurez-vous qu'elle était tombée derrière mon bureau. Incroyable, non ?

— Bah, ce sont des choses qui arrivent.

— Donnez-moi d'autres informations, Dickie, et je vous la ferai porter par coursier.

Elle savait où trouver Connors. Dans une salle qui n'aurait pas dû exister et qui était pourvue d'un équipement dont un policier aurait dû ignorer l'existence. Eve fit cependant taire ses scrupules de flic – elle y parvint sans trop de peine – et appuya sa paume sur le scanner fixé près de la porte.

— Lieutenant Dallas.

Le système analysa ses empreintes digitales et vocale, puis la porte coulissa.

Connors n'avait pas tiré les rideaux qui masquaient l'immense baie vitrée ; les verres étaient traités afin qu'on ne puisse pas voir ce qui se passait à l'intérieur.

La pièce était vaste, dallée de marbre. Des œuvres d'art ornaient trois murs, plusieurs écrans occupaient le quatrième. Pour l'instant, tous étaient éteints, à l'exception d'un seul sur lequel Connors, assis à sa console en forme de U, faisait défiler les cours de la Bourse.

— Tu as été plus rapide que je ne le pensais, dit-elle.
— L'opération n'était pas très compliquée. Viens là, ajouta-t-il, désignant un fauteuil à côté de lui.
— Si ce n'était pas compliqué, j'aurais peut-être pu me débrouiller seule, fit-elle. L'idée de trafiquer mon rapport ne m'enchante pas.

Il lui sourit. Son lieutenant bien-aimé était toujours tellement à cheval sur la légalité, songea-t-il avec tendresse.

— Il suffisait de savoir où chercher – et pour cela, il t'aurait fallu vingt-quatre ou quarante-huit heures de plus. Installe-toi.

Il avait attaché ses cheveux avec une fine cordelette en cuir et remonté les manches de son pull noir. Hébétée, Eve contemplait les mains de son mari. Des mains racées, belles et habiles.

Soudain, elle se sentit vaciller. Elle serait tombée si Connors ne l'avait pas agrippée par le bras et forcée à s'asseoir.

— Tu dors debout.
— Non, je... je réfléchissais.
— Ben voyons. Voilà ce que je te propose, lieutenant. Je te livre le résultat de mes recherches et, en échange, tu me promets d'être là ce soir à 18 heures. Tu prendras un décontractant...
— Tu marchandes, maintenant ?
— Tu seras là à 18 heures, répéta-t-il, imperturbable. Tu prendras un décontractant, et tu laisseras Trina s'occuper de toi.
— Je n'ai pas de temps pour une fichue coupe de cheveux.

Il ne pensait pas à une nouvelle coiffure, mais à une séance de relaxation. Eve en avait besoin.

— Tu acceptes le marché ou j'efface toutes les informations.

— J'ai quatre meurtres à élucider, bon Dieu !

— Même si tu en avais quatre cents, cela ne changerait rien. Chacun ses priorités. Or, dans l'immédiat, tu es ma priorité. Tu les veux, ces renseignements ?

— Tu es aussi emmerdant que Dickhead !

— Pardon ?

Son air outré la fit rire. Elle se frotta les yeux, soupira. Force lui était de reconnaître qu'il avait raison : à ce rythme-là, elle ne tiendrait plus le coup très longtemps.

— Très bien, je m'incline. Qu'est-ce que tu as trouvé ?

Il scruta un moment son visage, arquant les sourcils d'un air sceptique, puis se tourna vers le mur d'écrans.

— Affiche le dossier Holloway. Il y a quatre ans, notre ami s'est offert un changement d'identité, ce qui lui a coûté une fortune. Auparavant, il s'appelait... John B. Boyd.

Elle se leva et s'approcha des écrans pour déchiffrer les rapports de police.

— Arrêté pour viol. Dénoncé par sa victime, jugé et condamné à six mois de traitement psychiatrique et de travail obligatoire au service de la collectivité. Deuxième arrestation pour perversion sexuelle, sadisme et possession d'accessoires illicites. Nouveau traitement psychiatrique. Merde ! Ce type était complètement détraqué et on l'a laissé en liberté.

— Il avait de l'argent. Quand on a écopé de condamnations légères, ce n'est pas difficile de s'acheter une virginité. Il s'en est tiré, tout ça pour finir violé et étranglé. Ironie du sort ou justice immanente ?

— Moi, je m'intéresse uniquement à la justice qui est rendue dans les tribunaux, rétorqua-t-elle d'un ton sévère. Est-ce qu'Amoureusement Vôtre avait connaissance de son passé ?

— Tout dépend du matériel dont ils disposent. S'ils ont un système performant, ils ont fatalement déterré son casier judiciaire.

— Tu as ses relevés bancaires ?

— Naturellement. Situation financière, écran six. Comme tu vois, son travail lui rapportait gros. Il avait un courtier avisé qui plaçait intelligemment ses revenus. Il était dépensier, mais il pouvait se le permettre. Néanmoins, tu noteras que des sommes importantes étaient régulièrement versées sur son compte. Dix mille dollars tous les trois mois, et ce pendant deux ans.

— Mmm... Tu as réussi à savoir d'où elles venaient ?

— À force de mettre mes capacités en doute, tu vas finir par me vexer.

Comme elle lui décochait un regard noir, il esquissa un sourire suave.

— Bien sûr que je le sais. Il s'agit de virements électroniques qui ont transité par différentes banques afin de brouiller les pistes. Ils proviennent évidemment de la même source.

— Amoureusement Vôtre.

— Excellente déduction, lieutenant.

— Donc, il faisait chanter les Hoffmann. Tous les deux, ou seulement l'un d'entre eux. Tu as l'identité du titulaire du compte débiteur ?

— C'est un compte joint numéroté. Les opérations s'effectuent avec un code, et non une signature. J'ignore si c'était Rudy ou Piper qui payait.

— Parfait. J'ai suffisamment d'éléments pour les cuisiner. Peabody commencera par faire un scandale, histoire de les mettre sur les dents. Ensuite, je prendrai le relais.

— N'oublie pas que tu dois être ici à 18 heures.

Irritée, elle se tourna vers lui. Les premières lueurs de l'aube, qui filtraient par la baie vitrée, accentuaient sa pâleur et teintaient de mauve les cernes qui creusaient ses yeux.

— J'ai accepté le marché, dit-elle d'un ton sec. Je tiendrai parole.

— Je n'en doute pas, répondit-il posément.

Sinon, il irait lui-même la chercher au Central et la ramènerait à la maison par la peau du cou.

13

Eve avait décidé de frapper un grand coup. Si Peabody jouait correctement son rôle, Rudy et Piper seraient ébranlés et s'emploieraient fiévreusement à éviter une mauvaise publicité et un éventuel procès.
C'est à ce moment-là qu'Eve leur porterait l'estocade.
À 9 h 30, elle pénétrait dans le hall de Sublimissime et montrait la photo de Holloway à la réceptionniste. Si tout se déroulait comme prévu, elle aurait terminé lorsque Peabody la rejoindrait et lui donnerait le signal de passer à l'action.

— Oui, je connais M. Holloway, déclara Yvette qui, à présent, se montrait étonnamment amicale et serviable. C'est l'un de nos plus fidèles clients, il vient toutes les semaines.

— Pour faire quoi ?

— Nettoyage de peau, manucure, massage et bain relaxant aux huiles essentielles. Il a un corps superbe, et je vous garantis qu'il sait l'entretenir. Une fois par mois, il passe toute la journée ici pour un traitement complet.

— Avec la même personne ?

— Oh oui! il ne veut avoir affaire qu'à Simon. Voici quelques mois, il a piqué une crise parce que Simon était parti en vacances. Pour le calmer, nous lui avons offert notre formule O.

— C'est-à-dire ?

— O pour orgasme. Un salon privé et un droïde prostitué. Nous ne sommes pas autorisés à employer des humains licenciés, mais nos droïdes soutiennent aisément la comparaison. La formule O coûte cinq cents dollars, cependant, nous l'avons offerte à M. Holloway de bon cœur. Nous ne tenions pas à ce qu'il soit mécontent. Il nous laisse au minimum cinq mille dollars par mois, sans compter les cosmétiques qu'il nous achète. J'espère qu'il n'a pas de problèmes ?

— Rassurez-vous, il n'en aura plus. Simon est dans le coin ?

— Oui, dans le studio 3. Mais vous ne pouvez pas...
— Oh si, je peux !

Eve longea un couloir percé de portes vitrées derrière lesquelles on devinait des silhouettes, des tables de massage et tout un assortiment d'appareils sophistiqués. On se serait presque cru dans un hôpital, à ceci près que l'atmosphère qui régnait ici était conçue pour la détente et le bien-être. Dans l'air qui embaumait la rose, le musc et l'eucalyptus, flottait une douce musique : chants d'oiseaux et bruit de cascades.

Une porte s'ouvrit, livrant passage à un homme en tenue blanche et à une femme couverte des pieds à la tête d'une épaisse boue verdâtre. Eve réprima une grimace de dégoût.

— Le studio 3 ?
— À gauche.

Eve poursuivit son chemin et traversa un vaste espace occupé par plusieurs bassins entourés de petits cerisiers en fleur. Dans l'un d'eux, rempli d'une bouillonnante mixture rose, trois femmes se prélassaient en papotant joyeusement.

Parvenue au studio 3, Eve frappa à la porte. Sans attendre de réponse, elle entra... et ravala une exclamation de stupéfaction. McNab, allongé dans un fauteuil inclinable, la regardait avec des yeux ronds. Il avait la figure tartinée d'argile noire.

Simon se précipita, agitant les mains comme pour chasser une mouche.

— Vous êtes dans une salle de soins ! Personne n'est autorisé à pénétrer ici.

— J'ai quelques questions à vous poser. Je ne vous retiendrai pas longtemps.

— Mais je travaille !

— Deux minutes.

Elle se mordait les lèvres pour ne pas rire, tant la mine effarée de McNab était cocasse.

— Alors, sortons.

Simon saisit une serviette pour s'essuyer les mains.

— Excusez-moi, dit-il à McNab. Relaxez-vous, essayez de vous vider l'esprit. Je reviens tout de suite.

— Pas de problème, articula McNab.

— Chut, susurra Simon avec un sourire indulgent. On ferme les yeux, on se détend, on ne pense plus à rien.

Il poussa Eve dans le couloir, referma la porte. Son sourire s'effaça.

— Vous n'avez pas le droit de déranger mes clients.

— Figurez-vous que, cette nuit, l'un de vos clients a été sérieusement dérangé. Vous pouvez d'ailleurs le rayer de vos tablettes.

— Mais de quoi parlez-vous ?

— De Brent Holloway. Il est mort.

— Brent est mort ?

Simon chancela et s'adossa au mur, pressant sur son cœur une main encore gluante d'argile.

— Je l'ai vu il y a quelques jours. Vous devez vous tromper.

— Moi, je l'ai vu ce matin. À la morgue.

— Pardonnez-moi, je ne... peux plus respirer...

Titubant, Simon s'en fut à l'aveuglette dans le couloir. Eve lui emboîta le pas. Elle le retrouva un peu plus loin, effondré sur un divan, la tête entre les genoux.

— J'ignorais que vous étiez si proches, s'étonna-t-elle.

— Je suis... j'étais son consultant. Cela crée des liens, une profonde intimité.

Eve essaya de s'imaginer nouant des liens intimes avec Trina. Cette idée la fit frémir.

— Je suis navrée, Simon. Vous voulez un verre d'eau ?

— Oui... non. Ô mon Dieu !

Il releva la tête. Son visage, encadré par une chevelure d'un rouge éclatant, était cendreux. Il activa l'écran encastré dans la table, devant lui.

— J'ai besoin d'un calmant. Une camomille glacée. Qu'est-ce qui s'est passé ?

— Nous enquêtons. Parlez-moi de lui.

— Il était exigeant. C'est une qualité que je respecte. Il était très soucieux de son apparence, il... Mon Dieu ! Excusez-moi, il faut que je me ressaisisse.

D'une main tremblante, il saisit le verre que lui apportait un droïde et but avidement.

— Il n'a jamais manqué un rendez-vous, reprit-il d'une voix plus ferme. Il m'a envoyé beaucoup de ses amis, il appréciait énormément mon travail.

— Savez-vous s'il fréquentait quelqu'un de chez vous ? Des stylistes, des consultants ? Ou même des clients de votre établissement ?

— Notre personnel n'est pas autorisé à avoir des relations personnelles avec la clientèle. Je sais qu'il aimait les femmes. Il avait une vie sexuelle bien remplie et très satisfaisante.

— Vous en discutiez ensemble ?

Simon reposa son verre.

— Ce qui se raconte entre un consultant et son client est strictement confidentiel.

— Il aimait aussi les hommes ?

— Je l'ignore, répondit-il, les lèvres pincées. Je trouve vos questions déplaisantes, lieutenant. Et indiscrètes.

— Là où il est, Holloway se fiche pas mal que vous soyez discret ou non.

Eve se tut un instant, le regard rivé sur Simon. Il hocha la tête.

— Bien sûr, vous avez raison. Ne m'en veuillez pas, je suis encore sous le choc.

— L'un de vos employés de sexe masculin lui témoignait-il un intérêt particulier ?

— Non, pas à ma connaissance. Je vous le répète, notre personnel obéit à des consignes strictes. Nous sommes des professionnels, vous comprenez.

— Je comprends. Vous avez un spécialiste du tatouage, dans l'équipe ?

Il poussa un lourd soupir.

— Nous en avons plusieurs. Des artistes de talent.

— Il me faut des noms.

— Demandez à Yvette, elle vous fournira les renseignements que vous souhaitez. J'ai un client qui m'attend. Lieutenant... Brent n'avait pas de famille. Que va-t-il advenir de son... de lui ?

— La ville prendra les obsèques en charge.

— Quelle tristesse !

Il se leva, hésita.

— Je pourrais peut-être m'occuper de l'enterrement ? Il me semble que ce serait mieux. Vous pensez qu'on me donnera l'autorisation ?

— Il n'y a aucune raison de vous la refuser. Mais vous devrez aller à la morgue remplir les documents nécessaires pour qu'on vous remette le corps.

— À la mor...

Il s'interrompit, les lèvres tremblantes. Puis il prit une inspiration.

— Bien, j'irai à la morgue.

— Je préviendrai la direction. Vous ne serez pas obligé de voir le cadavre, ajouta-t-elle pour le rasséréner. Nous avons déjà procédé aux formalités d'identification. Vous n'aurez qu'à signer les papiers et on le fera transporter jusqu'au centre funéraire de votre choix.

— Merci. Pardonnez-moi, mon client m'attend, répéta-t-il d'une voix atone. Celui-là s'est toujours négligé. Heureusement qu'il est jeune, j'espère parvenir à réparer les dégâts. J'estime que nous avons le devoir de soigner notre apparence. Dans ce monde impitoyable, la beauté est une consolation.

— Sans doute. Au revoir, Simon. Je reprendrai contact avec vous.

Eve rejoignit la réception et réclama à Yvette les noms des spécialistes du tatouage qu'employait Sublimissime. Elle empochait la liste, lorsque Peabody apparut. Eve remarqua qu'elle avait les yeux cernés, l'air fiévreux.

— Je viens de la part de l'agence Amoureusement Vôtre, déclara-t-elle. On m'offre le forfait Diamant.

— Vous avez beaucoup de chance, rétorqua Yvette avec un large sourire. Et vous ne serez pas déçue, je vous l'assure. J'ai l'impression que vous êtes un peu fatiguée, soit dit sans vous offenser. Nos soins vous remettront d'aplomb. On va s'occuper de vous dans un instant.

— Merci.

Peabody se dirigea vers une vitrine regorgeant de flacons multicolores qui garantissaient, si on les utilisait régulièrement, beauté et vitalité. À voix basse, elle fit son rapport à Eve qui s'était approchée.

— Ils ont eu un choc, même s'ils ont essayé de le dissimuler. Ils ont commencé par me dire que j'exagérais, que j'avais mal interprété un geste innocent. Ensuite, ils ont cherché à me calmer, comme prévu. Ils m'ont promis de régler cette histoire, et ils m'ont offert une deuxième consultation chez eux ainsi qu'une séance de soins ici. J'ai vu la brochure. Le forfait Diamant coûte cinq mille dollars. Je n'ai pas baissé pavillon. Je leur ai déclaré que j'allais m'accorder une journée de réflexion avant de contacter mon avocat.

— Parfait. Pendant qu'on vous bichonnera, débrouillez-vous pour papoter avec les employés. Mentionnez le nom de Holloway dans la conversation. Notez bien les réactions, les commentaires, les ragots. Et arrangez-vous pour vous mettre entre les mains de consultants.

— Je suis prête à tout pour accomplir mon devoir, lieutenant.

— Mademoiselle Peabody? lança soudain une voix masculine.

La jeune femme se retourna et manqua tomber à la renverse en découvrant le superbe blond qui l'avait apostrophée.

— Je... Oui?

— Je suis Anton. Voulez-vous me suivre, je vous prie ?

— Avec joie, répliqua Peabody d'une voix mourante.

Eve la regarda s'éloigner, puis gagna l'étage d'Amoureusement Vôtre.

— Rudy et Piper ne sont pas disponibles, lui annonça la réceptionniste d'un petit air pincé.

— Ça m'étonnerait, riposta Eve en exhibant son insigne.

— Je sais très bien qui vous êtes, lieutenant, et je vous répète que Rudy et Piper ne sont pas disponibles. Si vous désirez les voir, je me ferai un plaisir de vous fixer un rendez-vous.

Eve se pencha vers elle.

— Vous êtes une fille instruite, vous devez connaître cette expression : obstruction à la justice.

— Mais...

— Je vous résume la situation : vous prévenez vos patrons, tout de suite, ou je vous embarque au Central et je vous fais inculper pour outrage à un officier de police. Je vous laisse dix secondes de réflexion.

— Excusez-moi...

La réceptionniste se détourna, murmura quelques mots dans le micro relié à ses écouteurs. Puis elle articula :

— Vous pouvez entrer, lieutenant.

— Vous voyez, avec un peu de bonne volonté, on arrive à tout !

Eve poussa les portes vitrées donnant accès au couloir qui conduisait au bureau des Hoffmann. Ces derniers se tenaient sur le seuil.

— Était-il vraiment indispensable de rudoyer notre réceptionniste ? s'insurgea Rudy.

— Absolument. Et vous, aviez-vous une raison valable de refuser de me recevoir ?

— Nous sommes très occupés.

— Eh bien, ça ne va pas s'arranger. Vous venez avec moi.

Piper enfonça ses ongles dans le bras de Rudy.

— Où ? balbutia-t-elle.

— Au Central. Brent Holloway a été assassiné cette nuit et nous avons beaucoup de choses à nous raconter.

Piper chancela. Elle se serait effondrée si Rudy ne l'avait pas soutenue.

— Il est mort? Mon Dieu!... Il est mort... comme les autres?

— Calme-toi, ma chérie.

Les yeux rivés sur Eve, Rudy serra sa sœur contre lui.

— Je ne vois pas la nécessité d'aller au Central.

— C'est là que nos opinions divergent, mon vieux. Soit vous m'accompagnez de votre plein gré, soit vous sortez d'ici entre deux policiers en uniforme.

— Vous ne pouvez pas nous arrêter.

— Pour l'instant, vous n'êtes pas en état d'arrestation. Je vous demande simplement de me suivre afin que nous procédions à un interrogatoire en bonne et due forme.

— Je veux contacter nos avocats.

— Vous aurez tout le loisir de le faire au Central.

— On les garde séparés, dit Eve à Feeney, tout en observant Piper à travers le miroir sans tain de la salle A.

Piper était recroquevillée sur son siège, tel un petit animal apeuré. À son côté, un avocat lui parlait à voix basse.

— On pourrait se mettre à deux pour les interroger, poursuivit Eve, mais je ne crois pas que ce soit la bonne méthode. Lequel tu prends? Elle ou Rudy?

Feeney eut une moue pensive.

— Je commence avec lui, ensuite, tu me relaies. On attaque, on les déstabilise, et dès que l'un d'eux perd les pédales, on achève le travail ensemble.

— Entendu. McNab a donné de ses nouvelles?

— Oui. Il est encore au salon de beauté. Dès qu'on aura fini de le pomponner, il reviendra ici.

— Tu lui diras de rester dans les parages. Si les Hoffmann crachent le morceau, on aura de quoi obtenir un mandat pour passer leur système informatique au crible. Cela permettra peut-être à McNab de trouver quelque chose.

Sinon, songea Eve, elle devrait une fois de plus demander à Connors de jouer les magiciens.

— Tu me bipes quand tu veux que je prenne le relais, conclut-elle.

— Pareil pour toi.

Eve poussa la porte et pénétra dans la salle d'interrogatoire. L'avocat se leva d'un bond. Bombant le torse, il s'écria :

— Lieutenant, je suis révolté ! Ma cliente est bouleversée, à bout de nerfs. Vous n'avez aucun motif sérieux pour l'interroger.

— Adressez donc une requête au juge. Enregistrement, enchaîna Eve. Interrogatoire mené par le lieutenant Dallas, ID 5347 BQ, en présence de l'avocat de la prévenue. Mademoiselle Hoffmannn, je vous ai lu vos droits et vos obligations. Les avez-vous bien compris ?

Piper coula un regard vers son défenseur qui lui fit signe de répondre.

— Oui.

— Connaissiez-vous Brent Holloway ?

Elle hocha la tête.

— Mlle Hoffmann acquiesce, commenta Eve. Était-il client de votre agence ?

— Oui.

— Par conséquent, vous lui avez proposé une sélection de partenaires féminines.

— Eh bien, je... c'est la raison d'être de notre société : réunir des personnes qui ont des goûts communs, leur offrir l'occasion de se rencontrer et de nouer une relation.

— Une relation sentimentale ou sexuelle ?

— C'est à chaque couple d'en décider.

— Vous testez vos clients avant de retenir leur candidature et de leur réclamer le paiement de vos honoraires.

— Nous les soumettons à des tests rigoureux.

Piper semblait reprendre du poil de la bête, les questions d'Eve la rassuraient. Elle se redressa sur son siège, rejeta en arrière ses cheveux argentés.

— Nous veillons à ce que nos clients correspondent à certaines normes.

— Les individus condamnés pour des agressions sexuelles correspondent-ils à ces normes ?

— Certainement pas, répondit Piper d'un ton ferme.

— Vous avez donc des principes très stricts.

— Et nous n'y dérogeons pas.

— Vous avez pourtant fait une exception pour Brent Holloway.

Les mains de Piper étaient jointes sur la table. Ses longs doigts fuselés se crispèrent.

— Je… je ne comprends pas de quoi vous…

Elle s'interrompit et regarda son avocat.

— Lieutenant, intervint celui-ci, ma cliente vous a expliqué la déontologie de son agence. Passons à la suite, s'il vous plaît.

— J'y viens, maître. Brent Holloway avait été reconnu coupable à plusieurs reprises de viol et de harcèlement. Je vous demande donc pour quelle raison vous avez retenu sa candidature.

Piper devint blanche comme un linge.

— Mais je… nous n'étions pas au courant. Cela ne figurait pas dans notre dossier sur M. Holloway.

— Alias John B. Boyd. Ce nom vous rappelle quelque chose ?

Eve vit passer une ombre dans les yeux de Piper.

— Vous m'avez affirmé, enchaîna-t-elle, que vous possédiez un système informatique extrêmement sophistiqué. J'en déduis que vous aviez les moyens d'effectuer toutes les recherches nécessaires. À moins qu'il n'y ait des failles dans votre organisation ?

— Je n'aime pas vos insinuations, lieutenant ! protesta l'avocat.

— Je le note. Qu'avez-vous à répondre, mademoiselle Hoffmann ?

— Je… je ne sais pas ce qui s'est passé, répliqua Piper d'une voix hachée.

« Oh si, tu le sais ! pensa Eve. Et tu as une trouille bleue. »

— Quatre clients de votre agence sont morts. Ils ont été violés et étranglés.

Piper se mit à trembler de tous ses membres.

— C'est une épouvantable coïncidence. Rudy me le répète sans arrêt, ce n'est qu'une atroce coïncidence.

— Mais vous n'y croyez pas. Vous ne pouvez pas y croire.

D'un geste brusque, Eve posa sur la table les photos prises sur les lieux des crimes. Des clichés horribles, insoutenables.

— Regardez ! Pensez-vous réellement que ces personnes aient été les victimes du hasard ?

— Mon Dieu ! gémit Piper en se cachant la figure dans ses mains. S'il vous plaît... je crois que je vais vomir.

L'avocat se redressa comme un ressort.

— C'est inadmissible !

— Je suis d'accord avec vous, maître. Je considère aussi que le meurtre est inadmissible.

Eve se leva à son tour et se dirigea vers la porte.

— J'accorde à votre cliente quelques minutes de répit. Profitez-en pour la réconforter.

Dès qu'elle fut sortie, elle appela Feeney.

— Je l'ai poussée à bout, lui dit-elle lorsqu'il la rejoignit. Tu n'as plus qu'à lui donner une pichenette, et elle s'écroulera. À ta place, j'emploierais la méthode douce.

— C'est toujours toi qui joues les flics vachards, se plaignit-il.

— Parce que c'est le rôle qui me convient le mieux. Tapote-lui la main, console-la, ensuite, demande-lui pourquoi ils versaient de l'argent à Holloway. Je n'ai pas encore abordé le sujet.

— D'accord. Rudy tient le coup. Il est coriace, il prend ça de haut. Si tu veux mon opinion, ce type n'est qu'un paon bouffi d'orgueil.

— Ça tombe bien, je me sens d'humeur à bouffer du paon. Sa sœur prétend qu'ils ignoraient le passé de

Holloway. Elle ment, évidemment, ce qui nous donne un motif valable pour mettre le nez dans leur système informatique. Je vais essayer d'obtenir un mandat.

Elle prit le temps de s'occuper des formalités pour l'obtention du mandat et de se servir un petit café avant de gagner la salle B. Elle s'assit à la table, sourit à Rudy et à son avocat.

— Allons-y, messieurs.

Elle répéta les questions qu'elle avait posées à Piper. Rudy, à l'inverse de sa sœur, ne manifestait aucun signe de désarroi. Au contraire, à mesure qu'Eve parlait, l'expression de son visage se durcissait.

Tout à coup, il déclara :

— J'exige de voir ma sœur.

— On est en train de l'interroger.

— Elle est émotionnellement fragile. Cette affreuse affaire risque de l'anéantir.

— Je connais quatre personnes qui, elles, sont définitivement anéanties. Mais je dois admettre que Piper ne va pas très bien. Plus vite vous parlerez, plus vite elle se remettra.

Il serra les poings. Ses yeux émeraude luisaient comme ceux d'un chat.

— Laissez-la se reposer, prendre un calmant, insista-t-il.

— Ici, voyez-vous, nous ne sommes pas très portés sur les calmants. Et je vous rassure, elle n'est pas seule. Elle a son avocat, de même que vous avez le vôtre. Je présume que, dans la mesure où vous êtes jumeaux, vous êtes intimement liés, tous les deux ?

— Naturellement.

— Holloway lui a-t-il jamais fait des avances ?

— Bien sûr que non.

— Et à vous ?

— Non plus.

Il saisit le verre d'eau posé devant lui ; sa main ne tremblait pas.

— Pourquoi lui versiez-vous de l'argent ?

Le verre tressauta.

— J'ignore de quoi vous parlez.

— Pendant deux ans, vous lui avez régulièrement versé des sommes importantes, dix mille dollars chaque fois. Que savait-il sur vous qui valait ce prix-là ?

Le regard de Rudy s'assombrit.

— Ils n'ont pas le droit de contrôler mes comptes bancaires, n'est-ce pas ? demanda-t-il à son avocat.

— Certainement pas. Lieutenant, si vous avez procédé à ce contrôle sans motif valable et sans le mandat qui...

— Ai-je dit une chose pareille ? coupa-t-elle avec un sourire féroce. Je n'ai pas à vous expliquer comment je détiens certaines informations ayant trait à cet homicide. Cherchez-vous un autre os à ronger, maître, vous ne trouverez aucun vice de forme.

Elle s'adossa à son siège.

— Holloway vous faisait chanter, Rudy. Vous saviez que c'était un pervers, mais il vous obligeait à lui présenter des partenaires féminines. Combien de clientes vous a-t-il fallu amadouer, payer ou intimider pour étouffer cette histoire ?

— J'ignore de quoi vous parlez, répéta-t-il.

Il saisit de nouveau son verre ; cette fois, un imperceptible tremblement agitait ses doigts. Une vilaine rougeur colorait son cou d'albâtre.

— Vous mentez, dit Eve tranquillement. Il me sera facile de convaincre certaines de vos clientes d'avouer que Holloway leur a sauté dessus dès la première rencontre. Dès que j'aurai leur témoignage, je vous ferai inculper, vous et votre sœur. Fraude et complicité de crime sexuel. Les journalistes se jetteront sur vous, et je vous garantis que votre agence coulera à pic.

— Nous ne pouvons pas être tenus pour responsables. Piper n'est pas responsable des actes de ce... maniaque.

— J'aimerais m'entretenir avec mon client, lieutenant, intervint l'avocat.

— Pas de problème. Vous avez cinq minutes.

Eve sortit, se posta derrière le miroir sans tain et alluma son communicateur.

— McNab?

Elle se balançait sur ses talons, les yeux rivés sur les deux hommes à l'intérieur de la salle. Rudy avait les bras croisés, il crispait les doigts sur ses biceps. L'avocat, le dos voûté, lui parlait à voix basse, avec véhémence.

— McNab, j'écoute.

— Dépêchez-vous de rappliquer. J'attends d'une minute à l'autre l'autorisation de perquisitionner le système informatique d'Amoureusement Vôtre.

— Je peux prendre une pause casse-croûte?

— Vous achèterez quelque chose à grignoter en chemin. Je veux que vous soyez à pied d'œuvre quand le mandat arrivera.

Elle l'entendit pousser un soupir à fendre l'âme.

— Au fait, railla-t-elle, on vous a bien bichonné au salon de beauté?

— J'ai les joues aussi roses que des fesses de bébé. Et j'ai vu Peabody toute nue. Enfin, presque. Elle était enduite d'une espèce de bouillie verte, mais j'ai pu me faire une idée de la marchandise.

— Effacez donc ce charmant tableau de votre cervelle, et préparez-vous à bosser.

— L'un n'empêche pas l'autre. Peabody était mignonne comme un cœur et vexée comme un pou.

Eve préféra interrompre la communication avant d'éclater de rire.

— À nous deux, mon vieux, murmura-t-elle en poussant la porte de la salle d'interrogatoire.

Elle se rassit à la table, face à Rudy. Muette, elle le dévisagea. Parfois, le silence était plus efficace que des accusations.

— Lieutenant, commença l'avocat en s'agitant sur son siège, M. Hoffmann désire faire une déposition.

— Parfait. Qu'avez-vous à nous dire, Rudy?

— Brent Holloway m'extorquait de l'argent. Je m'efforçais de protéger mes clientes, mais il me faisait chanter. Il exigeait notamment des consultations régulières et des listes de partenaires à rencontrer. Certes, il était odieux, cependant, il ne me paraissait pas dangereux pour les femmes avec qui nous le mettions en contact.

— C'est votre opinion de professionnel?

— En effet. Nous recommandons toujours à nos clientes d'avoir leur premier rendez-vous dans un lieu public. Celles qui désirent aller plus loin assument leur décision. Nous leur demandons de signer un document dégageant notre responsabilité.

— Mmm... une manière habile de protéger vos arrières. Je ne suis pas sûre qu'un juge partage votre point de vue. Mais revenons à nos moutons. Pourquoi vous faisait-il chanter?

— Je ne suis pas tenu de répondre à cette question.

— Oh que si!

— Cela concerne ma vie privée.

— Cela concerne un meurtre, Rudy. Mais si vous refusez d'en parler, je questionnerai votre sœur.

Elle fit mine de se lever; il l'arrêta d'un geste.

— Non, laissez-la tranquille! Elle est fragile.

— Il faudra bien que l'un d'entre vous crache le morceau. Vous ou elle.

Il resta un instant silencieux, puis:

— Piper et moi, nous avons une relation très particulière... Nous sommes jumeaux. Nous sommes les deux moitiés d'un même fruit.

— Vous couchez ensemble.

— Vous n'avez pas à nous juger! riposta-t-il. Je ne vous demande pas de comprendre la nature du lien qui nous unit. Personne ne peut comprendre. Même si ce que nous vivons n'est pas puni par la loi, la société le réprouve.

— L'inceste n'a rien de glorieux, Rudy.

Le souvenir de son père, de son visage grimaçant, de son regard implacable, la transperça. Elle cacha ses mains sous la table, enfonça ses ongles dans ses paumes. La douleur dissipa la nausée qui menaçait de la suffoquer.

— Nous sommes les deux moitiés d'un même fruit, répéta-t-il, têtu. Pendant des années, nous avons lutté.

Nous avons essayé de fréquenter d'autres amis, de nous écarter l'un de l'autre. Nous étions désespérés. Faut-il que nous soyons éternellement malheureux et frustrés, parce que des gens comme vous considèrent que notre amour est condamnable ?

— Mon avis importe peu. Comment Holloway a-t-il découvert la vérité ?

— Piper et moi étions en vacances aux Antilles. Normalement, nous sommes très discrets. Sinon, nous perdrions notre clientèle. Cette année-là, nous avions décidé de partir loin pour être libres de vivre comme n'importe quel couple. Holloway était là-bas. Nous ne le connaissions pas, et il ignorait qui nous étions. À l'hôtel où nous étions descendus, nous nous étions inscrits sous un faux nom.

Il s'interrompit, but une gorgée d'eau.

— Quelques mois plus tard, il est venu à l'agence pour une consultation. Je ne l'ai même pas reconnu. Mais après les tests, lorsque nous avons refusé sa candidature, il s'est empressé de nous rappeler dans quelles circonstances nous nous étions rencontrés.

Il marqua une nouvelle pause, les yeux baissés sur son verre.

— Il nous a exposé très clairement ses exigences. Piper était atterrée. Tous les deux, nous sommes profondément convaincus du bien-fondé des services que nous offrons. Nous sommes bien placés pour savoir à quel point il est essentiel d'avoir auprès de soi un être qui vous rend heureux. Nous nous sommes donné pour mission d'aider les autres à trouver ce trésor que nous avons la chance de posséder.

— Une mission qui vous rapporte une coquette fortune.

— Gagner de l'argent n'entame en rien la qualité de notre travail. Vous vivez dans le luxe, lieutenant, ajouta-t-il posément. Cela signifie-t-il que votre mariage est méprisable ?

« Un point pour toi », pensa Eve qui se borna cependant à hausser un sourcil sévère.

— Parlons plutôt de la façon dont vous avez réagi quand Holloway a commencé à jouer les maîtres chanteurs.

— J'étais résolu à porter plainte contre lui, mais Piper n'en a pas eu le courage.

Il ferma les yeux.

— Il a réussi à la voir en tête à tête, il l'a menacée. Il a même essayé de la forcer à...

Il rouvrit les paupières. Une lueur farouche brûlait dans ses prunelles.

— Il la voulait. Les types dans son genre veulent toujours ce qui ne leur appartient pas. Alors, nous avons payé, nous avons fait tout ce qu'il demandait. Cela n'empêchait pas que, chaque fois qu'il venait à l'agence, il se débrouillait pour harceler Piper.

— Vous deviez le haïr.

— En effet, je le haïssais.

— Assez pour le tuer, Rudy?

— Oui, répondit-il avant que son avocat eût pu intervenir. Oui, assez pour le tuer.

14

— Nous n'avons pas de quoi l'inculper.

Eve en était consciente, mais elle n'en éprouvait pas moins l'envie irrésistible de boxer l'assistante du procureur.

— Il était en mesure de tuer Holloway, et Dieu sait qu'il avait un mobile! insista-t-elle. De plus, il possédait les produits de la marque Idéal Naturel qui ont servi à maquiller les victimes. Enfin, il connaissait toutes les victimes.

— Vous n'avez pas l'ombre d'une preuve tangible contre lui.

Carla Rollins ne cédait pas un pouce de terrain. Petite – à peine un mètre soixante malgré les hauts talons sur lesquels elle était juchée –, elle avait des yeux bridés, couleur de jais. Des cheveux noirs et raides, coupés à hauteur des épaules, encadraient son visage rond au teint crémeux.

Elle avait l'air d'une étudiante et on l'imaginait aisément s'occupant de jeunes enfants dans un centre de loisirs. Mais cette apparence était trompeuse: en réalité, elle était aussi inébranlable qu'un roc. Elle aimait gagner, or elle ne voyait pas de victoire possible dans le dossier «Ministère public contre Hoffmann».

— Vous voulez que je le prenne en flagrant délit quand il étranglera sa prochaine proie? fulmina Eve.

— Ce serait mieux, rétorqua Rollins, placide. À défaut, obtenez-moi des aveux complets.

L'entretien se déroulait dans le bureau du commandant Whitney. Eve, comme à son habitude, faisait les cent pas dans la pièce.

— Jamais il ne se mettra à table si on le relâche !
— Jusqu'ici, son seul tort est de coucher avec sa sœur, rétorqua Rollins de sa voix suave, et de s'être soumis à un chantage. Nous pourrions éventuellement l'accuser de fraude professionnelle et de proxénétisme, puisqu'il connaissait le passé et les tendances perverses de Holloway, mais je doute que cela tienne devant un tribunal. Sans éléments tangibles, sans aveux, il m'est impossible de vous aider.
— Dans ce cas, il faut que je continue à le cuisiner.
— Nous sommes contraints de le libérer. Vous reprendrez l'interrogatoire demain, lorsque le délai réglementaire de douze heures sera écoulé.
— Je veux qu'on lui mette un bracelet électronique.
— Dallas, soupira Rollins, dans l'immédiat je n'ai aucun motif valable de le placer sous surveillance électronique. Ce n'est qu'un simple suspect. La loi l'autorise à jouir de sa liberté de mouvement.
— Bon Dieu, donnez-moi un petit quelque chose !

Eve fourragea rageusement dans ses cheveux.

— Je veux que Mira le voie et établisse son profil.
— Encore faudra-t-il qu'il y consente.

Comme Eve ouvrait la bouche, Rollins l'interrompit en levant la main. Elle était habituée à ce que les policiers l'abreuvent d'insultes, et cela ne la perturbait pas outre mesure. En revanche, elle ne tolérait pas qu'on l'interrompît.

— Je parviendrai peut-être à convaincre l'avocat que c'est dans l'intérêt de son client. Je lui dirai que, s'il coopère, le procureur abandonnera certains chefs d'accusation, notamment le proxénétisme.

Satisfaite, Rollins se leva.

— Arrangez-vous avec Mira, de mon côté, je négocierai avec le défenseur de Hoffmann. Mais n'oubliez pas, Dallas, j'exige que vous le relâchiez séance tenante.

Sitôt que l'assistant du procureur fut sortie, Whitney grommela :

— Asseyez-vous, lieutenant.
— Commandant, je...
— Asseyez-vous, répéta-t-il d'un ton impérieux. Je suis inquiet.
— J'ai besoin d'un peu de temps pour le coincer. McNab travaille sur la banque de donnés d'Amoureusement Vôtre. On aura peut-être quelque chose d'ici ce soir.
— C'est vous qui m'inquiétez, lieutenant. Vous êtes sur le pont vingt-quatre heures sur vingt-quatre, ou quasiment, et ce depuis plus d'une semaine.
— Le tueur aussi.
— Mais lui est vraisemblablement en pleine forme. Tandis que vous n'êtes pas encore tout à fait remise d'une blessure qui a failli vous expédier au cimetière.
— Mon bilan de santé est excellent! riposta-t-elle.
Elle se mordit les lèvres. Si elle ne réussissait pas à garder son calme face à Whitney, cela lui prouverait qu'il avait raison.
— Votre inquiétude me touche, reprit-elle, mais je vous assure qu'elle n'est pas fondée.
— Vraiment? Dans ce cas, vous ne verrez pas d'inconvénient à subir un examen médical?
Eve se raidit, submergée par un sentiment de révolte qu'elle eut bien du mal à contenir.
— C'est un ordre, commandant?
— Je vous laisse le choix, Dallas. Soit vous passez cet examen, soit vous levez le pied jusqu'à demain matin 9 heures.
— Vu la situation, il ne me semble pas que l'une ou l'autre de ces options soient judicieuses.
— Je vous demande pourtant d'en choisir une, sinon je vous retire cette affaire.
Il eut l'impression qu'une décharge électrique la transperçait et, durant une fraction de seconde, craignit qu'elle ne lui sautât à la gorge. Elle réussit néanmoins à juguler sa fureur.
— Il a déjà tué quatre fois, articula-t-elle, et je suis la seule à avoir une chance de l'arrêter. Si vous me des-

saisissez du dossier, vous perdrez du temps et d'autres personnes mourront.

— J'en déduis que vous désirez poursuivre votre enquête. Rentrez donc chez vous, Dallas, ajouta-t-il d'un ton radouci. Offrez-vous un bon repas et dormez.

— Pendant ce temps, Rudy sortira d'ici libre comme l'air.

— Je ne peux pas le maintenir en garde en vue ni le placer sous surveillance électronique. En revanche, rien ne m'empêche de le faire filer.

Whitney esquissa un petit sourire.

— Ne vous tracassez pas, on ne le quittera pas d'une semelle. Et demain, nous tiendrons une conférence de presse. Vous l'avez demandée, vous l'aurez. Le maire et le chef de la police vont passer un sale quart d'heure, mais vous ne serez pas non plus à la fête.

— Ça ne me fait pas peur.

— Je sais. Nous révélerons certains détails, ceux qui ne risquent pas de compromettre l'enquête, pour mettre les gens en garde. Maintenant, lieutenant, débarrassez-moi le plancher. Je veux vous voir fraîche et dispose demain matin.

Eve était bien forcée d'obéir. Elle refusait qu'on lui retire l'affaire, et elle ne pouvait pas se permettre de subir un nouvel examen médical. Elle craignait trop qu'on ne la déclare inapte au travail.

Elle avait mal partout. Tout juste si elle était en état de conduire. Des mouches dansaient devant ses yeux, elle avait la sensation bizarre que sa tête était détachée de son corps et flottait dans les airs.

Sur Madison, elle faillit tamponner un vendeur ambulant, l'évita de justesse et se résigna à passer en pilotage automatique, ce dont elle avait horreur. Il ne manquerait plus qu'elle ait un accident !

Bon d'accord, elle avait peut-être besoin d'un somme et d'un remontant mais cela ne signifiait pas pour autant qu'elle était hors service. Dès qu'elle serait à la maison, elle mangerait un morceau et se remettrait au boulot.

Elle eut à peine conscience que sa voiture franchissait les grilles du domaine.

Les lumières qui ruisselaient des fenêtres lui firent rouvrir les yeux. Il lui sembla qu'on jouait du tambour sous son crâne. Des élancements cuisants lui taraudaient l'épaule.

Elle s'extirpa péniblement du véhicule. Ses jambes flageolaient. Comme chaque fois qu'elle se sentait physiquement affaiblie, la colère la prit.

Jurant entre ses dents, elle poussa la porte d'entrée... et tomba nez à nez avec Summerset.

— Vos invités sont déjà arrivés, annonça-t-il. Vous avez vingt minutes de retard.

— Allez vous faire foutre, lança-t-elle en jetant sa veste sur la rampe d'escalier.

— Non, merci, je n'en ai aucune envie. Pouvez-vous m'accorder un instant, lieutenant ?

— La vie est trop courte pour vous consacrer ne fût-ce qu'une seconde. Écartez-vous de mon chemin, vieux corbeau, ou je vous plume.

Mine de rien, il scrutait son visage. Elle paraissait exténuée, malade, et sa voix n'avait pas son mordant habituel.

— On a trouvé l'ouvrage que vous souhaitez offrir à Connors, dit-il d'un ton guindé.

— Oh ! très bien.

— Dois-je demander qu'on vous l'envoie ?

— Oui... évidemment.

— Il faudra que vous régliez la facture, ainsi que les frais d'expédition, par virement bancaire. Dans la mesure où le vendeur me connaît, il a accepté de vous faire parvenir le livre dans les plus brefs délais, à condition d'être payé d'ici à demain. Je vous ai noté son numéro de compte sur votre agenda électronique.

— Parfait.

Ravalant son orgueil, elle murmura :

— Merci.

Puis elle se tourna vers l'escalier, leva la tête. Jamais elle n'aurait la force d'escalader cette montagne. Mais il n'était pas question qu'elle prenne l'ascenseur. Son amour-propre était déjà passablement écorné, elle ne s'humilierait pas davantage devant Summerset.

Le majordome la regarda gravir les premières marches, puis se dirigea vers l'interphone.

— Connors, le lieutenant monte vous rejoindre.

Il hésita, réprima un soupir.

— Elle semble souffrante.

Quand Eve entra dans la chambre, Connors l'y attendait.

— Tu es en retard.

— Il y avait des embouteillages, marmonna-t-elle en se débarrassant de son holster.

— Déshabille-toi.

— Écoute, tu es gentil, mais...

— Déshabille-toi, insista-t-il en saisissant un peignoir, et enfile ça. Tu as rendez-vous avec Trina au bord de la piscine.

— Oh, non! Tu crois que je suis d'humeur à supporter des soins de beauté?

— Je crois plutôt que tu es bonne pour un séjour à l'hôpital. Et c'est là que tu te retrouveras si tu continues à te surmener.

— Ne pousse pas trop loin le bouchon! Tu es mon mari, pas mon tuteur.

— Une gamine irresponsable a justement besoin d'un tuteur.

Profitant de ce qu'elle était trop faible pour se débattre, il l'empoigna par le bras et l'assit de force dans un fauteuil.

— Ne bouge pas, ordonna-t-il d'une voix vibrante de colère, ou je t'attache.

— Non mais qu'est-ce qui te prend?

Il se dirigea vers l'auto-chef.

— Tu t'es regardée dans un miroir? Tu es livide, tu as les yeux tellement cernés qu'ils te mangent la figure. Et je sais que tu souffres.

Il revint vers elle, lui tendit un grand verre rempli d'un liquide ambré.

— Bois!

— Pas question d'avaler un tranquillisant.
— Tu boiras ça, de gré ou de force.

Il se pencha vers elle. La fureur qui flambait dans ses yeux bleus la fit tressaillir.

— Je t'empêcherai de tomber malade. Je te conseille vivement de m'obéir, Eve. De toute façon, tu es trop épuisée pour lutter.

Elle saisit le verre, envisagea un instant de le balancer à travers la pièce, mais elle n'était pas en état d'affronter les conséquences de son geste. Avec une grimace de dégoût, elle ingurgita le breuvage.

— Voilà! Tu es content?

Sans répondre, il s'agenouilla pour lui ôter ses bottes.

— Je peux me déshabiller toute seule!
— Tais-toi, Eve.
— Je vais prendre une douche, manger un peu et, ensuite, je te demanderai de me ficher la paix.

Toujours muet, il lui déboutonna sa chemise.

— Tu m'entends, Connors? Je veux que tu me laisses tranquille.
— N'y compte pas.
— Je déteste qu'on me dorlote. Ça me met en pétard.
— Eh bien, tu risques d'être en pétard un bon moment.
— Je le suis depuis que je t'ai rencontré!

Elle avait de la peine à garder les yeux ouverts, cependant, elle crut discerner sur les lèvres de Connors une ombre de sourire.

Il acheva de la dévêtir prestement, et l'enveloppa dans le peignoir. Il sentait que les muscles de sa femme se relâchaient peu à peu sous l'effet de l'antalgique et du léger sédatif qu'il avait ajoutés au breuvage vitaminé.

Néanmoins, lorsqu'il la souleva dans ses bras, elle trouva encore l'énergie de protester d'une voix pâteuse:

— Tu n'as pas besoin de me porter, je peux marcher.
— Je n'aime pas me répéter, Eve, mais je te prie de la boucler.

— J'ai horreur qu'on me traite comme un bébé, bredouilla-t-elle, tandis qu'ils pénétraient dans l'ascenseur. Qu'est-ce que tu as mis dans cette mixture ?

— Un tas de choses. Détends-toi.

— Tu sais que je déteste les tranquillisants.

— Je sais, répliqua-t-il en lui baisant le front. Demain, tu auras tout le loisir de m'accabler de reproches.

— Je ne m'en priverai pas. Maintenant... je crois que... je vais dormir... un peu.

— Ce n'est pas trop tôt.

Lorsqu'il sortit de l'ascenseur, Mavis se précipita, affolée.

— Mon Dieu ! Elle est malade ?

— Je lui ai administré un sédatif.

Serrant sa femme endormie contre sa poitrine, il contourna la piscine bordée de luxuriants palmiers pour s'approcher de la table de massage que Trina avait installée au bord de l'eau miroitante.

— Aïe, aïe ! s'exclama Mavis. Quand elle se réveillera, elle va tout casser !

— C'est probable.

Avec une infinie douceur, Connors caressa les cheveux en bataille de son épouse.

— Trina, oubliez les soins de beauté. Pour l'instant, elle a surtout besoin d'une séance de relaxation.

— Mouais...

Vêtue d'une combinaison couleur chair sous un long et transparent manteau pourpre, Trina se frotta les mains.

— ... mais puisqu'elle est comateuse, autant en profiter pour s'occuper un peu de son esthétique, non ? Elle renâcle toujours. Cette fois, au moins, elle sera docile.

Connors frémit en voyant luire les yeux de l'esthéticienne.

— Vous savez qu'elle aime la simplicité, dit-il d'un ton hésitant.

Il s'éclaircit la voix. Si Eve se retrouvait avec une chevelure teinte en rose fuchsia, jamais elle ne le lui pardonnerait.

— Et si je demandais à Summerset de nous préparer un bon petit repas ? Cela me ferait plaisir de dîner avec vous.

Elle entendait des voix, des rires, loin, très loin. Elle avait la tête pleine de brouillard. Connors l'avait droguée. Il le lui paierait cher.

Elle aurait voulu qu'il la serre dans ses bras, très fort, jusqu'à ce qu'elle sente tous ses nerfs vibrer de désir.

Quelqu'un lui massait le dos. C'était bon...

Ce parfum qui flottait dans l'air, elle le connaissait. Connors était là, tout près.

Puis on l'immergea dans une eau délicieusement chaude et bouillonnante. Une indicible sensation de bien-être l'inonda. Son corps ne pesait plus rien, elle était aussi légère qu'une plume à la surface des vagues.

On lui touchait l'épaule. Ça brûlait. On lui murmurait des mots qu'elle ne comprenait pas. Un liquide frais, apaisant, coulait sur sa peau, à l'endroit de la blessure.

Elle n'avait plus mal. Elle s'abandonnait, tombait doucement dans cet abîme liquide et bienfaisant, dans le sommeil.

Lorsqu'elle rouvrit les yeux, il faisait sombre. Il lui fallut un moment pour comprendre qu'elle était nue, couchée à plat ventre dans son lit.

Elle se tourna sur le côté.

— Tu es réveillée ?

La voix de Connors était claire. Il avait, entre autres talents, l'irritante faculté de passer sans transition du sommeil à l'état de veille.

— Quelle heu...

— Bientôt l'aube. Comment vas-tu ?

Elle ne savait pas trop. Elle se sentait toute molle et alanguie.

— Bien, répondit-elle machinalement.

— Tant mieux. Tu es donc prête pour la dernière phase de ton programme de relaxation.

Du bout de la langue, il lui caressa les lèvres.

— Laisse-moi te goûter...

Il promena sa bouche sur la gorge de sa femme.

— Te mordre...

Ses doigts se glissèrent entre les cuisses d'Eve.

— Te prendre...

Elle était déjà prête pour lui, chaude et humide. Dans l'obscurité de la chambre, elle ne distinguait pas ses traits. Elle ne voyait qu'une ombre qui pesait sur elle, une force magnifique qui l'envahissait, lui redonnait souffle et vie.

Le plaisir fut violent, éblouissant. Puis Connors, haletant, lui effleura la joue d'un baiser.

— Je crois que tu vas beaucoup mieux.

Elle réprima un sourire.

— Toi, tu peux numéroter tes abattis !

Hilare, il la serra contre lui et roula sur le dos. Elle se retrouva affalée sur lui.

— Ça t'amuse ? bougonna-t-elle en se dégageant pour s'asseoir au bord du lit. Pas moi, figure-toi ! Tu m'as forcée à ingurgiter un tranquillisant.

— Je n'aurais pas pu te contraindre à quoi que ce soit si tu n'avais pas été sur le point de t'effondrer. Lumière tamisée, commanda-t-il.

Il étudia longuement le visage d'Eve.

— Tu as une mine radieuse. Malgré ses goûts extrêmement personnels, Trina sait comment t'embellir.

Comme Eve écarquillait des yeux effarés, il éclata de nouveau de rire.

— Tu l'as laissée me pomponner pendant que j'étais dans les vapes ? Espèce de sadique, sale traître ! fulmina-t-elle en bondissant hors du lit pour se précipiter vers le miroir.

Elle fut soulagée de constater qu'elle n'était pas métamorphosée. Mais cela ne calma pas pour autant sa fureur.

— Je devrais te faire arrêter pour ça, te jeter en prison !

— Mavis était aussi dans le coup, rétorqua-t-il gaiement. De même que Summerset.

Ces mots lui coupèrent les jambes. Atterrée, elle tituba jusqu'au lit.

— Summerset ? bredouilla-t-elle d'une voix éraillée.

— Il a une formation médicale, tu ne l'ignores pas. Il s'est contenté de soigner ton épaule. Les muscles étaient enflammés. Tu as encore mal ?

À vrai dire, c'était la première fois depuis des jours qu'elle n'éprouvait aucun élancement douloureux. Elle se sentait reposée, débordante d'énergie. Toutefois, les méthodes de Connors n'en restaient pas moins inacceptables.

D'un geste brusque, elle enfila son peignoir.

— Je vais te réduire en bouillie.

— D'accord, rétorqua-t-il aimablement.

Il se leva, revêtit lui aussi son peignoir.

— Le match sera plus équilibré qu'hier soir. Tu veux qu'on se batte ici ou tu préfères la salle de gym ?

Il n'avait pas achevé sa phrase qu'elle lui sautait dessus. Un coup bas, qu'il ne réussit pas à esquiver totalement. Il tomba comme une masse sur le lit.

— Ah ! je retrouve le lieutenant que je connais.

— Je devrais te couper ce que je pense !

— Pourquoi pas ? Mais avant, je suggère que nous l'utilisions une dernière fois.

D'une détente du bras, il l'agrippa et la déséquilibra. Puis il la plaqua sur le lit.

— Maintenant, écoute-moi, dit-il, et il ne souriait plus. Chaque fois qu'il faudra que j'intervienne pour t'empêcher de te détruire, je le ferai. Je ne te demande pas ton accord. Tu devras t'y habituer.

Voyant que les yeux d'Eve jetaient des éclairs, il soupira, la repoussa et se redressa.

— Je t'aime, bon Dieu !

Il y avait dans sa voix tant de frustration qu'Eve sentit son cœur se fendre. Il était devant elle, immobile, les cheveux ébouriffés. Le chagrin, l'amour qu'elle lisait dans son regard eurent raison de sa colère, de ses démons.

— Je suis désolée, murmura-t-elle. J'ai eu tort.

Ces mots le firent tressaillir d'étonnement.

— C'est vrai que tes méthodes me déplaisent, mais je reconnais que j'ai eu tort. J'ai trop tiré sur la corde. Tu me disais sans cesse de me reposer et je refusais de t'écouter.

— Pourquoi ?

— J'avais peur.

Cet aveu lui fut pénible, même si elle savait qu'elle pouvait tout confier à Connors.

Il se rassit auprès d'elle, lui prit la main.

— Peur de quoi ?

— D'être incapable de faire mon boulot, de ne plus avoir assez de force, de lucidité.

Elle se mordit les lèvres.

— Je suis un flic. Si je ne peux plus l'être, je suis perdue.

— Tu aurais dû m'en parler.

— Je n'osais même pas me l'avouer.

Elle se frotta les yeux, agacée par les larmes qui lui brouillaient la vue.

— Depuis que j'ai repris le collier, je me suis coltiné la paperasserie, les auditions au tribunal. C'est ma première affaire criminelle depuis que j'ai été blessée. Si je n'arrive pas à la résoudre…

— Tu la résoudras.

— Hier soir, Whitney m'a ordonné de rentrer à la maison si je ne voulais pas qu'il me retire le dossier. Je débarque ici, et tu me drogues.

Il lui pressa doucement les doigts.

— Disons que ce n'était pas ton jour. Mais le commandant et moi, nous souhaitions simplement que tu te détendes un peu. Ne considère pas ça comme une attaque personnelle. Ni lui ni moi ne mettons en doute tes capacités.

Il s'interrompit, effleura l'adorable fossette qui creusait le menton de sa femme.

— Par moments, tu as la faculté sidérante de t'oublier complètement. Quand tu as une enquête à mener, tu te jettes corps et âme dans le travail. Mais, lorsque celle-ci a commencé, tu étais physiquement amoindrie. Eve, je te jure que tu es toujours le flic remarquable que j'ai rencontré l'hiver dernier. D'ailleurs, ce n'est pas fait pour me rassurer.

Elle baissa la tête, contempla leurs doigts entrelacés.

— Je ne suis pourtant plus la même personne que l'hiver dernier. Je ne veux plus l'être. J'aime ce que je suis à présent. Ce que nous sommes.

Il se pencha.

— Heureusement, souffla-t-il contre sa bouche, parce que nous sommes enchaînés l'un à l'autre.

— Et je m'en félicite. Néanmoins...

Elle lui mordit la lèvre inférieure, si fort qu'il laissa échapper un cri.

— ... si jamais tu laisses à nouveau Summerset poser les mains sur moi quand je ne suis pas en état de me défendre...

Elle se redressa d'un bond. Elle se sentait divinement bien.

— ... je te tondrai pendant ton sommeil. Tu te réveilleras chauve comme un œuf.

Par réflexe, il tâta ses longs cheveux noirs.

— Que dirais-tu d'un solide petit déjeuner? ajouta-t-elle, goguenarde.

15

Serrant sous son bras les résultats du calcul des probabilités concernant Rudy, Eve arpentait la salle d'attente du Dr Mira. Il lui fallait coûte que coûte le profil établi par la psychiatre pour placer Hoffmann en garde à vue et, avec un peu de chance, obtenir un mandat d'arrêt.

Les minutes s'égrenaient.

— Elle sait que je suis là ? demanda Eve à l'assistante.

Celle-ci ne daigna pas lever le nez. Elle était accoutumée à ce que des policiers impatients tournent autour d'elle comme des frelons.

— Le Dr Mira est en entretien. Elle vous recevra dans un instant.

Eve, à qui sa nuit de repos avait rendu son punch, se remit à faire les cent pas. Elle s'arrêta devant une aquarelle représentant une cité balnéaire noyée dans une brume mélancolique, puis alla se planter devant l'auto-chef qu'elle considéra d'un œil critique. Inutile d'espérer boire un café ; Mira imposait à ses patients et à ses collaborateurs son infâme thé à la saveur fleurie.

Soudain, la porte du cabinet s'ouvrit. Eve se retourna... Elle fut stupéfaite de voir apparaître Nadine Furst.

La journaliste piqua un fard, mais soutint sans flancher le regard suspicieux qu'Eve dardait sur elle.

— Si vous tentez de soutirer des renseignements au Dr Mira, je vous garantis que vous n'obtiendrez plus jamais aucun tuyau du département de police. Et je n'hésiterai pas à vous traîner en justice !

— Je suis ici pour une affaire personnelle, riposta Nadine avec raideur.

— Gardez ces sornettes pour le tribunal !

Comme Mira allait intervenir, Nadine l'interrompit d'un geste.

— Je vous répète que je suis là à titre personnel. Je consulte le Dr Mira depuis... l'incident du printemps dernier. Vous m'avez sauvé la vie, Dallas, le docteur s'occupe de ma santé mentale. De temps à autre, j'ai besoin d'un peu... d'aide. Maintenant, je vous prie de me laisser passer.

— Je suis désolée, rétorqua Eve, honteuse. Vous avez subi une dure épreuve, et je suis bien placée pour savoir que les mauvais souvenirs ne s'effacent pas facilement. Je suis vraiment navrée.

— Oublions cela, répliqua Nadine qui s'éloigna d'un pas pressé, ses hauts talons claquant sur le carrelage.

— Voulez-vous entrer ? dit Mira, impassible.

Elle referma doucement la porte. Eve, qui sentait la réprobation de la psychiatre, enfonça les mains dans les poches de sa veste.

— J'admets que j'ai été brutale, grommela-t-elle, mais elle n'arrête pas de me harceler, et nous donnons une conférence de presse dans deux heures. J'ai cru qu'elle...

— Vous avez du mal à accorder votre confiance aux gens, même quand vous les connaissez bien.

Mira s'assit à sa table, lissa les plis de sa jupe.

— Vous montez tout de suite sur vos grands chevaux et, ensuite, vous présentez des excuses. Vous êtes pétrie de contradictions, Eve.

— Nous ne sommes pas là pour parler de moi. Je... Nadine va bien ?

— C'est une femme solide et volontaire – des traits de caractère que vous avez en commun, toutes les deux. Je ne peux pas vous parler d'elle, le secret professionnel me l'interdit.

— Bien sûr... Je suppose que j'ai dû la vexer. Je lui donnerai une interview en exclusivité, ça la calmera.

— Elle attache beaucoup d'importance à votre amitié, plus qu'aux informations que vous lui fournissez. Vous ne voulez pas vous asseoir ? Je ne vais pas vous psychanalyser, rassurez-vous.

Eve grimaça un sourire, et posa sur le bureau le dossier qu'elle tenait.

— Voici l'étude de probabilités concernant Rudy Hoffmann. Avec les éléments dont nous disposons pour l'instant, on arrive à quatre-vingt-six pour cent. Ce n'est pas rien, mais ça ne suffit pas. J'espère que les tests psychologiques feront pencher la balance dans le bon sens. Rollins m'a dit que Rudy avait écouté son avocat et accepté de vous voir.

— En effet, je le recevrai cet après-midi.

— J'ai besoin de savoir comment il fonctionne, s'il a des tendances à la violence. Il faudrait que je puisse le mettre à l'ombre, le temps de réunir des preuves tangibles contre lui. Je serais surprise qu'il craque. Par contre, si sa sœur sait quelque chose, je parviendrai peut-être à lui extorquer des aveux.

— Je vous communiquerai mes conclusions dès que possible. Je n'ignore pas que vous et vos collaborateurs subissez une terrible pression. Néanmoins, ajouta Mira en penchant la tête de côté pour mieux étudier le visage d'Eve, vous me semblez en meilleure forme. Lors de votre dernière visite, vous m'avez inquiétée. Je persiste à penser que vous avez repris le travail trop tôt.

— Vous n'êtes pas la seule, soupira Eve. Mais vous avez raison, je me sens mieux. Hier soir, j'ai eu droit à une séance de relaxation de derrière les fagots, et à dix heures de sommeil.

— Vraiment ? s'étonna Mira avec un sourire malicieux. Comment Connors a-t-il réussi ce tour de force ?

— Il m'a droguée. C'est ça, riez... Je me doutais que vous l'approuveriez.

— Je l'applaudis ! Cet homme vous fait tellement de bien, Eve. Vous formez un couple merveilleux. J'ai hâte de vous revoir tous les deux ce soir.
 — Ah oui, la fameuse fête !
 « Super ! » maugréa Eve silencieusement. Comme Mira éclatait de nouveau de rire, elle grommela :
 — Dressez-moi le profil que je vous demande et, ce soir, je serai peut-être d'humeur à m'amuser.

 Lorsqu'elle pénétra dans son bureau, elle découvrit McNab en train de fouiller dans ses tiroirs.
 — Si vous cherchez ma réserve de chocolat, je l'ai planquée ailleurs !
 Il se redressa si brusquement que sa hanche heurta le tiroir, lequel se referma sur ses doigts.
 — Ouille ! gémit-il. Lieutenant, vous m'avez fait une de ces frousses…
 — Je devrais vous coller un blâme. Voler les sucreries d'un supérieur hiérarchique peut être considéré comme une faute grave, mon vieux.
 — Je ne recommencerai plus, répliqua-t-il avec un sourire faussement contrit. Vous avez l'air en forme, ce matin.
 — Épargnez-moi vos flagorneries, McNab.
 Eve se laissa tomber dans son fauteuil et étendit les jambes.
 — Si vous voulez remonter dans mon estime, annoncez-moi des bonnes nouvelles.
 — J'ai vérifié les relevés bancaires des Hoffmann. J'ai aussi déniché dans le système un fichier codé où ils stockent tous les trucs emmerdants dont ils ont à s'occuper. J'y ai trouvé huit plaintes contre Holloway. À chacune des huit plaignantes, comme à Peabody, on a offert des compensations : consultations gratuites, soins de beauté ou crédits dans diverses boutiques.
 — Qui décidait de ces compensations ?
 — Lui ou elle, ça dépendait. Ce qui signifie qu'elle était au courant de ce qui se passait.

— Bien, ça me donnera de quoi faire pression sur elle.

— Je suis tombé sur un autre truc intéressant. Un mémo à propos de Donnie Ray, qui date de six mois et qui a été réactualisé le 1er décembre.

Eve sursauta.

— Quel genre de mémo ?

— Rudy l'a adressé à l'équipe de consultants. Il leur notifie qu'il se chargera des entretiens avec Donnie Ray ou les supervisera, et que ce client ne doit pas être en relation avec Piper. Dans le second document, il reprend le texte du premier et ajoute qu'il a constaté des négligences. En l'occurrence, Piper a eu Donnie Ray en ligne à cause d'un membre du personnel qui n'a pas filtré l'appel.

— Voilà qui est intéressant, en effet. Il ne voulait donc pas que Donnie Ray tourne autour de Piper. Ça me sera utile. Et sur les autres victimes, vous avez quelque chose ?

— Rien.

Pensive, Eve tambourinait sur la table.

— Vous avez vérifié le dossier médical des Hoffmann ?

— Ils sont tous les deux stérilisés, répondit McNab avec un frisson, car il imaginait la morsure glacée du laser sur la partie la plus intime de sa personne. Ils ont sacrifié leur capacité à procréer voici cinq ans.

— C'est raisonnable de leur part.

— Piper consulte un psychiatre depuis des lustres, au moins une fois par semaine. L'an dernier, elle a passé un mois sur Optima II, dans un centre spécialisé. Il paraît que les patients ont droit à des purges, des cures de sommeil et qu'ils se nourrissent exclusivement de grains de blé.

— Charmant programme. Et lui ?

— Que dalle !

— Eh bien, cet après-midi, lui aussi aura sa séance de psychanalyse. Bon boulot, McNab.

La porte s'ouvrit à cet instant, livrant passage à Peabody.

— Quel timing ! commenta Eve. Tous les deux, vous allez vous mettre sur la piste des quatre merles siffleurs. Je veux savoir où le tueur les a achetés. Lors de son dernier exploit, il s'est montré moins précautionneux qu'auparavant. Quand il s'est procuré le collier, il n'a peut-être pas pris la peine de brouiller complètement ses traces.

Peabody, qui déployait des efforts considérables pour ne pas poser les yeux sur McNab, protesta :

— Mais, lieutenant...

— Je file voir Piper, je ne peux pas vous emmener avec moi. Si l'un de vous deux doit quitter ce bâtiment, l'autre l'accompagne. Notre assassin est à l'affût. Je vous ordonne de rester ensemble.

Sur ces mots, Eve se leva et sortit. Elle refermait la porte, quand elle entendit McNab lancer d'un ton narquois :

— Du calme, ma jolie, je suis un professionnel.

— Tu parles, Charles !

Eve avait bien calculé son coup. Si l'avocat de Rudy n'était pas totalement crétin, il devait être en train de préparer son client aux tests qu'il subirait au cours de l'après-midi. Eve avait donc une heure devant elle avant de retourner au Central pour la conférence de presse.

Cette fois, la réceptionniste d'Amoureusement Vôtre ne s'aventura pas à lui barrer la route. Elle se borna à lui indiquer les portes vitrées, sans un mot.

Piper l'attendait sur le seuil du bureau. Pâle, les yeux cernés.

— Bonjour, lieutenant. Mon avocat m'a dit que je n'étais pas obligée de vous parler. Il m'a déconseillé de répondre à vos questions, à moins qu'il ne s'agisse d'un interrogatoire officiel, auquel cas, il exige d'y assister.

— À vous de décider, Piper. Nous pouvons procéder de cette façon ou rester ici, où nous serons installées plus confortablement. J'aimerais que vous m'expliquiez pourquoi Rudy refusait que vous ayez affaire à Donnie Ray Michael.

Piper joignit les mains et les serra si fort que les jointures de ses doigts blanchirent.

— C'est ridicule, balbutia-t-elle d'une voix tremblante. Vous vous focalisez sur des détails dénués d'importance.

— Dans ce cas, ce sera vite réglé.

Sans attendre d'y être invitée, Eve entra dans le bureau et s'assit. Elle se tourna à demi, dévisagea Piper en silence. Celle-ci poussa un soupir.

— Donnie Ray avait un petit faible pour moi. Rien de sérieux. C'était insignifiant.

— Pourquoi Rudy a-t-il adressé ces mémos au personnel ?

— Simple précaution pour éviter certains... désagréments.

— Ces désagréments se produisaient-ils souvent ?

— Non.

Le sang affluait aux joues de Piper. Ce jour-là, elle avait tiré en arrière sa longue chevelure argentée. Coiffée ainsi, elle paraissait à la fois sophistiquée et vulnérable. Un contraste saisissant.

— Non, pas du tout, insista-t-elle en allant s'asseoir à son tour. Notre rôle est d'aider les gens à trouver le bien-être grâce à une vie sentimentale harmonieuse. Je pourrais vous faire lire des dizaines de témoignages de clients satisfaits, des gens à qui nous avons permis de se rencontrer et de s'aimer.

— Vous croyez à l'amour, Piper ?

— De toute mon âme.

— Jusqu'où iriez-vous pour garder celui que vous aimez ?

— Je ne reculerais devant rien.

— Parlez-moi de Donnie Ray.

— Il m'a invitée à deux ou trois reprises. Il souhaitait que j'aille l'écouter jouer.

Piper soupira de nouveau et sembla se tasser dans son fauteuil.

— Ce n'était qu'un gamin, lieutenant. Il n'avait rien à voir avec... avec Holloway. Mais Rudy a estimé – à juste titre – que pour remplir nos obligations envers ce client, il était préférable qu'il n'y ait aucun contact entre lui et moi.

— Cela vous aurait plu d'aller l'écouter jouer ?

Un petit sourire mélancolique étira les lèvres de Piper.

— Peut-être... s'il s'en était contenté. Malheureusement, il espérait autre chose, c'était évident. Pour rien au monde je n'aurais voulu le blesser. L'idée de faire du mal à quelqu'un m'est intolérable.

— Et vous ? Votre relation avec votre frère ne vous fait pas du mal ?

Piper se raidit.

— Je... je n'en discuterai pas avec vous.

— Qui a décidé que vous seriez stérilisée ?

— Vous outrepassez vos droits !

— Vous avez vingt-huit ans. Vous avez renoncé à la possibilité d'avoir des enfants, car ils auraient eu pour père votre frère jumeau. Vous êtes en thérapie depuis des années. On vous a empêchée de nouer une relation avec un autre homme. Vous menez une existence clandestine, vous avez versé de l'argent à un maître chanteur pour préserver votre secret, parce que l'inceste est condamné.

— Vous ne pouvez pas comprendre.

— Oh si !

« Quoique moi, pensa Eve, j'aie été une enfant martyrisée par son père. Je n'avais pas le choix. »

— Je sais ce que vous vivez, ajouta-t-elle.

— Je l'aime ! Tant pis si c'est une honte, un péché. Pour moi, il est toute ma vie.

— Alors de quoi avez-vous peur ? Pourquoi avez-vous laissé Holloway s'en prendre à vos clientes ? Vous lui avez servi de rabatteurs, vous êtes passibles d'une inculpation pour proxénétisme.

— Ce serait une injustice ! Nous nous sommes efforcés de lui trouver des femmes qui avaient des affinités avec lui.

— Et quand elles se plaignaient, vous les dédommagiez. Était-ce votre idée ou celle de Rudy ?

— Il fallait songer à l'avenir de notre société. Rudy possède un sens des affaires que je n'ai pas.

— C'est la justification que vous vous donnez ? Rudy était-il avec vous le soir où Donnie Ray a été assassiné ? Regardez-moi droit dans les yeux et jurez-moi qu'il est resté avec vous toute la nuit.

— Rudy ne ferait pas de mal à une mouche. Il en est incapable.

— En êtes-vous absolument certaine ? Au point de courir le risque qu'une autre personne soit tuée, aujourd'hui ou demain ?

— Le meurtrier que vous cherchez est un fou cruel et pervers. Si je soupçonnais Rudy, ne fût-ce qu'une fraction de seconde, j'en mourrais. Nous ne formons qu'un seul être, et si le mal était en lui, il serait aussi en moi. Je n'y survivrais pas.

Piper enfouit son visage dans ses mains.

— Je n'en peux plus. Je ne dirai plus rien. Si vous accusez Rudy, c'est moi que vous accusez. Vous ne m'arracherez plus un mot.

Eve se leva.

— Vous n'êtes pas enchaînée à lui, Piper, malgré ce qu'il vous raconte. Si vous souhaitez vous libérer, je connais quelqu'un qui vous y aidera.

Elle prit l'une de ses cartes de visite, nota au dos les coordonnées du Dr Mira, et la posa sur l'accoudoir du fauteuil. Puis elle sortit.

Elle avait le cœur serré lorsqu'elle rejoignit sa voiture. Il lui fallut quelques instants pour se ressaisir. Ensuite elle prit son communicateur personnel et appela Nadine.

— Qu'est-ce que vous voulez, Dallas ? Je suis en plein coup de feu, la conférence de presse a lieu dans une heure.

— Retrouvez-moi chez Crack, amenez votre cameraman.

— Je ne peux pas vous...

— Mais si, vous pouvez. Je vous attends dans quinze minutes.

Eve interrompit la communication et accéléra.

Elle avait choisi ce lieu de rendez-vous par sentimentalisme et aussi parce qu'il était peu fréquenté durant la journée. En outre, le propriétaire était un ami ; il veillerait à ce qu'elle ne soit pas dérangée.

— Quel bon vent t'amène, ma blanche colombe ? lui lança Crack, du haut de son mètre quatre-vingt-quinze, quand elle entra.

Il souriait de toutes ses dents qui étincelaient dans sa large figure noire. Son crâne rasé luisait, tel un miroir. Comme à l'accoutumée, il arborait une tenue spectaculaire : veste en plumes de paon, pantalon de cuir tellement moulant qu'on se demandait comment il réussissait à s'asseoir, et bottes cerise.

— J'ai un rancard, répondit-elle en fouillant la salle des yeux.

Il n'y avait que quelques danseurs en train de répéter leur numéro sur la scène, et une poignée de clients qui, à en juger par leur mine accablée, avaient déjà deviné qu'elle appartenait à la police.

Ils n'allaient pas tarder à foncer aux toilettes et, bientôt, des drogues illicites finiraient dans les égouts new-yorkais.

— Avec des flics ? rétorqua Crack en lançant un coup d'œil en direction de deux dealers maigrichons qui, effectivement, se précipitaient vers les toilettes. Gâcher de la bonne marchandise, soupira-t-il, quel scandale !

— Ils ont tort de s'affoler. J'attends une journaliste. Tu as un coin tranquille pour nous ?

— C'est Nadine qui vient ? Je l'adore. Tu n'as qu'à t'installer dans le salon particulier, là-bas. Je ferai le guet, tu seras tranquille.

— Merci, tu es sympa.

Elle s'éloignait, quand la porte s'ouvrit. Nadine apparut, suivi d'un cameraman.

— Par ici, ordonna Eve.

Tous trois pénétrèrent dans une minuscule pièce aux murs crasseux, meublée d'un lit défoncé qui occupait presque tout l'espace. Nadine fronça le nez d'un air dégoûté.

— Vous fréquentez de drôles d'endroits, Dallas.

— Vous devenez snob. Si je me souviens bien, c'est ici même qu'un soir vous vous êtes déshabillée pour danser sur la scène en petite culotte.

— J'étais un tantinet éméchée, rétorqua Nadine en se drapant dans sa dignité. La ferme, Mike! ajouta-t-elle comme le cameraman ricanait.

Eve s'assit sur le lit.

— J'ai cinq minutes à vous accorder. Soit vous me posez des questions, soit vous me laissez parler. Je n'ai pas de scoop à vous livrer, tout ce que je vous dirai sera repris au cours de la conférence de presse, mais vous aurez ces informations vingt minutes avant vos confrères. Je vous donne aussi le feu vert pour utiliser les éléments dont nous avons déjà discuté.

— Pourquoi?

— Parce que nous sommes amies, répliqua posément Eve.

— Tu veux sortir une seconde, Mike?

Nadine attendit que le cameraman eût refermé la porte en râlant pour lâcher d'un ton sec:

— Ne vous croyez pas obligée de me faire une fleur. Je ne supporte pas la pitié.

— Il ne s'agit pas de cela. Vous aviez promis de ne rien révéler au public tant que je ne vous n'y autoriserais pas, vous avez tenu votre parole. À présent, je respecte la mienne. Je sais que vous ne déformerez pas la vérité. Tout cela est purement professionnel. Je vous aime bien, même quand vous m'énervez – cela, en revanche, c'est personnel.

Eve s'interrompit, regarda Nadine droit dans les yeux.

— Vous la voulez, cette interview, oui ou non?

Un sourire flotta sur les lèvres de la journaliste.

— D'accord. Moi aussi, je vous aime bien, Dallas, pourtant vous m'énervez en permanence.

— Expliquez-moi rapidement ce que vous avez trouvé sur Rudy et Piper.

— Ils sont parfaits, ces deux-là. Des publicités vivantes pour leur agence. J'ai essayé de les coincer, ils ont toujours eu la bonne réaction. De vrais robots.

— Qui est aux manettes ?

— Lui, indubitablement. Si vous me demandez mon avis, je le trouve un peu trop protecteur à l'égard de sa sœur. Et cette façon qu'ils ont de mettre en avant leur ressemblance physique, depuis les chaussures jusqu'au fard à paupières... beurk !

— Vous avez interrogé des membres du personnel ?

— J'ai parlé avec quelques consultants, au hasard. Ils sont tous fiers de travailler pour Amoureusement Vôtre.

— Que disent-ils de leurs patrons ?

— Ils leur tressent des louanges. Je n'ai pas entendu un seul commentaire perfide. C'est ce que vous cherchiez ? Des ragots, des vacheries ?

— Je cherche un assassin, répliqua Eve d'un ton las. Bien, rappelez votre cameraman.

Nadine frappa à la porte.

— Mike, tu peux venir ! On commence par votre exposé, Dallas, ensuite je vous pose des questions.

— Ce sera fromage ou dessert, pas les deux.

— Ce que vous êtes bornée, parfois... Bon, allez-y, je suis tout ouïe.

Nadine jeta un coup d'œil au lit. La vue des taches qui maculaient la couverture lui arrachèrent une grimace. Pour rien au monde, elle ne s'assiérait là-dessus.

Une heure plus tard, Eve écoutait Tibble, le chef de la police, répéter presque mot pour mot ce qu'elle avait déclaré à Nadine. Malgré le froid, il avait décidé de s'adresser à la presse au pied de la tour au sommet de laquelle se trouvaient ses bureaux.

Pour la circonstance, le trafic aérien avait été détourné durant une demi-heure. Seuls quelques hélicoptères de surveillance patrouillaient dans le ciel gris.

Tibble savait certainement qu'Eve avait déjà accordé une interview à une chaîne de télévision. Il pouvait lui infliger un blâme pour lui avoir coupé l'herbe sous le pied. Mais dans la mesure où il ne lui avait pas officiellement interdit de parler avant lui, elle aurait de quoi se justifier et ce serait une perte de temps pour tous les deux.

Or, Tibble n'était pas du genre à gaspiller son énergie et celle de ses collaborateurs.

Eve le respectait pour cela, de même qu'elle admirait l'aisance avec laquelle il distillait les informations sans révéler les éléments concrets qui risqueraient, lors du procès de l'assassin, de fournir des armes à la défense.

Comme les reporters massés sur les marches commençaient à le bombarder de questions, il leva les mains.

— C'est le lieutenant Eve Dallas, l'officier chargé de l'enquête, qui va vous répondre !

Il se tourna vers Eve et lui chuchota à l'oreille :

— Cinq minutes, et n'entrez pas dans les détails. Vous êtes frigorifiée, lieutenant, vous devriez vous acheter un manteau.

Frissonnant dans sa veste de cuir, Eve fit face à la forêt de micros et de caméras. « Quelle corvée ! » songea-t-elle en étouffant un soupir.

— Avez-vous des suspects ? lança un journaliste.

— Nous interrogeons plusieurs personnes.

— Les victimes ont-elles été violentées ?

— Il s'agit en effet de crimes sexuels.

— Est-ce que les victimes se connaissaient ?

— Il m'est impossible de répondre à cette question. Nous considérons néanmoins que ces différentes affaires sont liées. Ainsi que le chef de la police vous l'a expliqué, il semblerait que nous ayons un seul et unique meurtrier.

— Le Père Noël ! s'exclama un petit malin.

Les autres s'esclaffèrent. La colère enflamma les joues d'Eve et lui fit momentanément oublier le vent glacial.

— Ne plaisantez pas, vous n'avez pas vu le carnage qu'il laisse chaque fois derrière lui. Ce n'est pas vous qui devez annoncer la terrible nouvelle aux parents et aux amis des victimes.

Les journalistes se turent. Eve poursuivit :

— Le coupable sera, j'imagine, enchanté d'être au centre de l'attention des médias. Vous voulez le flatter dans le sens du poil ? Allez-y ! Faites-en une star, tournez en ridicule la mort des quatre personnes qu'il a massacrées, traitez-la comme un fait divers sans importance. Mais nous, au Central, nous savons ce qu'il est. Un individu lamentable, encore plus lamentable que vous. Et maintenant, vous pouvez vous en aller, je n'ai plus rien à dire.

Ignorant les cris et les protestations, elle se détourna... et heurta Tibble. La prenant par le bras, il l'entraîna à l'intérieur de la tour, protégée par des portes blindées.

— Bravo, lieutenant. À présent que nous en avons terminé avec cette pitoyable pantomime, je vais rejoindre le maire et jouer les politiciens. De votre côté, Dallas, remettez-vous au travail. Je veux que vous arrêtiez ce salaud.

— Entendu.

— Et pour l'amour du ciel, payez-vous une paire de gants avant d'attraper des engelures !

Fourrant une main dans sa poche pour tenter de la réchauffer – et la cacher –, Eve brancha son communicateur. Elle appela d'abord Mira, en vain. La psychiatre était toujours en entretien, lui annonça-t-on. Ensuite, elle contacta Peabody.

— Du nouveau pour le collier ?

— Nous avons un début de piste. Baubles et Bangles sur la 5e Avenue. Leur designer a créé le collier. Une pièce unique faite sur commande. Ils sont en train de vérifier leurs fichiers mais, d'après la vendeuse, le client est venu lui-même chercher le bijou. Le magasin est équipé de caméras de surveillance.

— Rendez-vous là-bas. Je pars tout de suite.

Soudain, une voix masculine l'interpella :

— Lieutenant ?

Eve se retourna et découvrit Jerry Vandoren.

— Que faites-vous ici, Jerry ?

— J'ai appris que vous donniez une conférence de presse. Je voulais...

Il ébaucha un geste puis laissa retomber son bras.

— Je voulais entendre ce que vous aviez à dire. Vous avez bien parlé. Je vous remercie de les avoir...

À nouveau il n'acheva pas sa phrase. Il regarda autour de lui d'un air désorienté, comme s'il venait d'atterrir sur une planète inconnue.

Le prenant par le bras, elle l'entraîna à l'écart, de crainte que les journalistes – attirés par l'odeur d'un gibier de choix – ne fondent sur lui.

— Jerry, vous devriez rentrer chez vous.

— Je ne peux plus dormir. Je la vois toutes les nuits. Quand je rêve d'elle, Marianna est vivante.

Il poussa un soupir.

— Et puis je me réveille, et elle est morte. On me répète que j'ai besoin d'une thérapie. Mais je refuse qu'on me prive de mon chagrin, lieutenant Dallas. Je veux continuer à l'aimer.

Réconforter les êtres en détresse n'entrait pas dans ses attributions de policier, pourtant, elle ne se sentait pas le droit de se dérober.

— Elle ne souhaiterait pas que vous sombriez dans le désespoir. Elle vous aimait trop.

— Quand je cesserai de la pleurer, elle aura définitivement disparu.

Il baissa la tête.

— Je désirais simplement vous dire que j'ai apprécié votre attitude avec les journalistes. C'est vrai qu'ils seraient bien capables de présenter cette tragédie comme un banal fait divers...

Il releva les yeux, fixa sur elle un regard implorant.

— Vous arrêterez l'assassin de Marianna, n'est-ce pas ?

— Je vous le promets. Par ici, ajouta-t-elle en le poussant vers une sortie de secours, on va vous conduire chez votre mère.

— Ma mère ? répéta-t-il d'une voix blanche.

— Oui... il vaut mieux vous installer chez elle quelque temps.

Il cligna des paupières, ébloui par la lumière du dehors.

— Ce sera bientôt Noël, balbutia-t-il.

Eve adressa un signe à un policier en uniforme, immobile près de sa voiture de patrouille.

— Ne restez pas seul, Jerry. Passez les fêtes auprès de votre famille. C'est ce que Marianna aurait voulu.

Dès que le véhicule de police eut disparu, Eve se força à chasser Jeremy Vandoren de son esprit et s'engouffra dans sa propre voiture. Quelques minutes plus tard, sans se soucier du panneau de stationnement interdit, elle se garait devant la bijouterie. Jouant des coudes pour se frayer un chemin parmi les passants qui déferlaient sur le trottoir, elle pénétra dans le magasin.

Connors s'y serait probablement senti comme un poisson dans l'eau, pensa-t-elle. Il y aurait même volontiers dépensé plusieurs milliers de dollars.

Le décor, rose et or, évoquait un coquillage nacré. De superbes bouquets de fleurs fraîches, disposés çà et là, exhalaient un parfum délicat qui se mêlait aux échos d'une suave musique.

Un vigile discrètement armé lui barra le passage. Comme il examinait d'un air dédaigneux sa veste et ses bottes éraflées, elle lui colla son insigne sous le nez. Il changea aussitôt de mine, ce qui procura à Eve un certain plaisir.

Elle s'avança, jeta un regard circulaire. Une femme en vison, assise dans un fauteuil capitonné, hésitait entre des diamants et des rubis ; un homme grand, aux cheveux poivre et sel, son pardessus soigneusement plié sur le bras, examinait des montres en or; une ravissante idiote se pavanait en gloussant devant un type ventripotent qui aurait pu être son grand-père et qui avait, de toute évidence, plus d'argent que de jugeote.

Eve leva les yeux vers les caméras dont on apercevait les objectifs, dissimulés dans les moulures du plafond. Sur la droite s'élevait un magnifique escalier en spirale. Un ascenseur pourvu d'une grille en cuivre pouvait également emmener à l'étage les dames fatiguées de trimballer à leur cou des kilos d'or et de pierreries.

D'un geste machinal, Eve palpa le diamant caché sous sa chemise. Elle pouvait se moquer des autres... Dire que Connors avait les moyens d'acheter ce magasin et tout ce qu'il contenait!

Elle s'approcha d'une vitrine où étaient savamment disposés des bracelets ornés de pierres colorées. Le vendeur l'accueillit avec une politesse que démentaient ses lèvres pincées, son regard où brillait une lueur de mépris.

— Puis-je vous aider, madame?
— Oui, je veux parler au directeur.

Il renifla et pencha la tête de côté.

— Y aurait-il un problème?
— Il n'y en aura pas si vous allez me chercher le directeur en vitesse.

Il grimaça comme s'il avait un bout de viande avariée fiché entre les dents.

— Un instant, je vous prie. Soyez aimable de ne pas toucher la vitrine. On vient juste de la nettoyer.

«Petit con», pensa Eve qui s'empressa de presser les deux mains sur le verre étincelant. Elle admirait le résultat – dix empreintes de doigts joliment déployées en éventail – lorsque le vendeur reparut avec une séduisante femme brune à la silhouette élancée.

— Bonjour, je suis Mme Kates, la directrice de ce magasin. En quoi puis-je vous être utile?

— Lieutenant Dallas. Mon assistante vous a appelée ce matin à propos d'un collier.

— En effet. Voulez-vous que nous en discutions dans mon bureau ?

— Ce sera très bien.

Jetant un coup d'œil par-dessus son épaule, Eve vit Peabody et McNab entrer. Elle leur fit signe de la rejoindre, et tous trois emboîtèrent le pas à Mme Kates qui les conduisit jusqu'à une pièce de dimensions modestes, au décor raffiné.

— Je me souviens parfaitement de ce collier. Mon mari l'a créé sur commande. Il est absent, je n'ai pas pu le joindre, mais je pense être en mesure de vous donner les renseignements que vous souhaitez.

— Vous avez le double de la commande ?

— Oui, je l'ai retrouvé, et je vous en ai fait une copie que voici, dit Mme Kates en tendant le document à Eve. Une chaîne à maillons en or de quatorze carats, ornée de quatre oiseaux stylisés. Un bel objet.

Un « bel objet » qui, autour du cou meurtri de Holloway, était parfaitement hideux, songea Eve.

— Nicolas Noël, murmura-t-elle, déchiffrant le nom de l'acheteur.

L'assassin devait trouver ça malin...

— Vous lui avez demandé une pièce d'identité ?

— Ce n'était pas nécessaire. Il a payé en liquide, vingt pour cent à la commande et le solde à la livraison.

Mme Kates s'interrompit pour dévisager Eve.

— Je vous reconnais, lieutenant. Dois-je en déduire que ce bijou est un élément de votre enquête ?

— Excellente déduction. Ce M. Noël est-il venu ici ?

— Trois fois, si je ne m'abuse. Lors de sa première visite, c'est moi qui l'ai reçu. Un homme d'une taille légèrement au-dessus de la moyenne. Mince, mais pas trop. Élégant et soigné. Les cheveux noirs, plutôt longs, avec des mèches argentées. J'ai été frappée par sa façon de bouger, ajouta Mme Kates après réflexion. Il était... gracieux. Il s'est montré très courtois. Il savait exactement ce qu'il voulait.

— Décrivez-moi sa voix.

— Sa voix ? répéta Mme Kates, déroutée. Eh bien... je dirais qu'il est cultivé. Il a une pointe d'accent. Un accent européen, selon moi. Je suis sûre que, si je l'entendais à nouveau, je le reconnaîtrais. Je me souviens de l'avoir eu en ligne, un jour, et j'ai su qui il était à l'instant même où il m'a dit bonjour.

— Il a appelé ?

— Une ou deux fois, pour demander où en était la fabrication du collier.

— J'aurai besoin des enregistrements de vos communications et des disquettes de vidéo surveillance.

Mme Kates se leva aussitôt.

— J'espère que vous n'êtes pas trop pressée. Cela risque de prendre un moment.

— McNab, allez aider Mme Kates.

— Bien, lieutenant.

Dès qu'elle fut seule avec Peabody, Eve se mit à tourniquer dans la pièce.

— Il devait se douter qu'on retrouverait la trace de ce fichu collier. Il l'a fait fabriquer exprès, et il l'a laissé sur le lieu du crime. Il savait qu'on remonterait la piste jusqu'à ce magasin.

— Il n'imaginait peut-être pas qu'on y arriverait si vite, ni que Mme Kates aurait une aussi bonne mémoire.

— Non, il savait. Il a tout manigancé. Il s'est composé un autre personnage. Je suis persuadée qu'il ne ressemble pas du tout à l'homme que nous allons voir sur les vidéos de surveillance, pas plus qu'il ne ressemble au Père Noël.

Eve s'immobilisa, les yeux rivés sur Peabody.

— Il a utilisé des accessoires et un costume différents, mais c'est encore et toujours du spectacle. Seulement, il n'est pas aussi futé qu'il le croit. Son empreinte vocale nous permettra de le coincer.

16

— Lâche-moi un peu, Dallas! maugréa Feeney en repoussant Eve penchée sur son épaule.
— Combien de temps il te faut pour analyser cette empreinte vocale?
— Des plombes, si tu restes dans mes pattes.
À contrecœur, Eve s'écarta et se dirigea vers la fenêtre.
— Il tombe de la neige fondue, remarqua-t-elle. Cela nous promet de sacrés embouteillages pour ce soir.
— De toute façon, à cette époque de l'année, la circulation est épouvantable. C'est la faute des touristes, ils nous envahissent. Hier en fin d'après-midi, j'ai voulu faire un peu de shopping. Ma femme a envie d'un pull-over, figure-toi. Eh bien, dans les magasins, les gens se jetaient sur les rayons comme des loups affamés sur un malheureux agneau. Une galère inimaginable!
— Personnellement, je préfère de loin le commerce en ligne.
— Ouais, mais les serveurs sont complètement encombrés. Tout le monde marchande, c'est l'horreur. Et moi, je suis dans la mélasse. Si je n'ai pas une dizaine de paquets à mettre sous le sapin, ma femme m'obligera à dormir au salon jusqu'au printemps.
— Une dizaine? s'écria Eve, effarée. Tu lui offres plusieurs cadeaux?

— Ma pauvre Dallas, on voit qu'en matière de vie conjugale, tu es une débutante. Un seul cadeau ne suffit pas, ma vieille. La quantité, c'est ça qui compte.

— Génial ! Dans ces conditions, je suis fichue.

— Tu as encore deux jours devant toi. Ah ! nous y voilà.

Eve se précipita.

— Vas-y, déroule la bande.

« Pourrais-je parler à M. ou Mme Kates ? »

— J'ai coupé les autres voix, expliqua Feeney. On passe directement à la suite.

« Bonjour, madame Kates. Ici Nicolas Noël. J'aimerais savoir où vous en êtes de la fabrication du collier que je vous ai commandé. »

— On pourrait continuer, mais ces quelques phrases me suffisent pour procéder à une comparaison.

— L'accent est vraiment léger, rétorqua pensivement Eve. Il n'en fait pas des tonnes, c'est habile. Tu as la voix de Rudy ?

— Ça vient. Un extrait de son interrogatoire : « Nous recommandons toujours à nos clientes d'avoir leur premier rendez-vous dans un lieu public. »

— Et maintenant, au travail, dit Feeney en tapotant affectueusement sa machine. Cette petite merveille analyse tous les éléments constitutifs d'une voix : l'inflexion, le rythme, les graves et les aigus, la façon d'accentuer les syllabes, etc. C'est aussi fiable qu'une empreinte ADN. Tu peux déguiser ta voix, jamais tu ne réussiras à tromper cet appareil. Bon, à présent, on compare les deux courbes.

Eve se pencha pour étudier les graphiques qui s'inscrivaient sur l'écran, puis se tourna vers Feeney. En le voyant grimacer, elle sentit son cœur manquer un battement.

— Tes conclusions ?

— Regarde ces points-là, soupira-t-il. Ça ne colle pas, Dallas. Il n'y a même aucune similitude. Rudy n'est pas Nicolas Noël.

— Merde ! pesta-t-elle en passant une main nerveuse dans ses cheveux. Attends, laisse-moi réfléchir...

Et s'il avait équipé son communicateur d'un système de brouillage?

— Ça ne changerait pas grand-chose. Je peux scanner les enregistrements, si tu y tiens, mais je te garantis que nous avons là deux individus différents.

Il poussa un nouveau soupir.

— Je suis désolé, Dallas. Nous revoilà à la case départ.

— Ouais... Où en est l'analyse morphologique?

— Ça vient – une chose après l'autre. Je vais comparer les oreilles et les yeux de Rudy avec ceux de notre Père Noël.

— D'accord. Moi, je rappelle Mira pour savoir si elle a terminé le profil.

La secrétaire lui répondit que la psychiatre était absente pour la journée, mais qu'elle avait fait transmettre son rapport préliminaire à Eve.

Celle-ci regagna son bureau, plongée dans ses réflexions. L'assassin était vraiment rusé. Sans doute avait-il prévu qu'on analyserait son empreinte vocale. Il avait trouvé une parade. Avait-il demandé à quelqu'un – et si oui, à qui? – d'appeler la bijouterie?

C'était peu vraisemblable, mais pas impossible. Pour ne pas perdre espoir, Eve se raccrochait au moindre détail.

En poussant la porte de son antre, elle entendit un rire flûté. Elle eut la stupéfaction de découvrir Peabody en train de deviser aimablement avec Charles Monroe.

— Peabody?

Celle-ci se redressa, rouge comme un coquelicot.

— Lieutenant... Charles... enfin, M. Monroe a eu... il voudrait...

— Cessez de bégayer, je ne comprends rien à ce que vous racontez. Charles?

— Salut, Dallas. Je vous attends depuis un moment, et votre assistante me tenait gentiment compagnie.

— Je vois ça. Qu'est-ce qui vous amène?

— Ce n'est peut-être rien, néanmoins...

Il haussa négligemment les épaules.

— L'une des femmes sélectionnées pour moi par Amoureusement Vôtre m'a appelé tout à l'heure. Elle avait prévu de passer le week-end à la campagne avec un monsieur, mais l'affaire était tombée dans le lac. Elle m'a proposé de le remplacer, bien que ça n'ait pas vraiment marché entre nous lors de notre rencontre.

— Voilà qui est passionnant, grommela Eve, énervée, car elle avait hâte de se mettre au travail. Malheureusement, je ne suis pas qualifiée pour vous donner des conseils en ce qui concerne votre vie mondaine.

— Je n'ai pas besoin de vous pour ça, rétorqua-t-il en adressant un clin d'œil à Peabody qui rougit de plus belle. Bref, je me suis dit qu'une petite escapade ne serait pas désagréable. Seulement, vous connaissez le dicton : Chat échaudé craint l'eau froide. J'ai donc tâté un peu le terrain...

— Vous pouvez en venir au fait ? coupa Eve, excédée.

Il se pencha vers elle, lui décocha un sourire éclatant.

— Ne me gâchez pas mes effets, mon petit lieutenant en sucre.

Ces mots firent sursauter Peabody. Eve la foudroya du regard pour la dissuader d'émettre le moindre commentaire.

— Je lui ai posé quelques questions insidieuses, et elle a vidé son sac. Elle en avait gros sur le cœur. Elle venait de rompre avec le type qu'elle fréquentait. Il la trompait avec une rousse, et elle l'a pris la main dans le sac, si j'ose dire. Là-dessus, elle me raconte que, pour se faire pardonner, il a eu l'idée de lui envoyer – hier soir – un Père Noël avec un cadeau.

Eve se figea.

— Continuez !

— Je pensais bien que ça vous intéresserait. On a sonné à sa porte vers 22 heures, et elle a vu par le judas un bonhomme en houppelande rouge qui portait une grande boîte enveloppée de papier argent.

Il secoua la tête.

— Je vous avoue qu'en entendant ça, j'ai failli m'évanouir. Mais elle m'a expliqué qu'elle n'était pas de celles qu'on amadoue avec un cadeau, et qu'elle n'avait pas ouvert sa porte.

— Elle ne l'a pas laissé entrer, murmura Eve.

— Je suppose que ça l'a sauvée.

— Savez-vous quel est son métier ?

— Elle est danseuse de ballet.

— Oui, évidemment. Il me faut son nom et son adresse.

— Cheryl Zapatta, 28e Rue Ouest. Je ne connais pas le numéro de son immeuble.

— Nous le trouverons.

— Écoutez, je ne sais pas si j'ai eu raison, mais je lui ai craché le morceau. On venait de diffuser votre entretien avec Nadine Furst, j'ai donc estimé que ce n'était plus un secret d'État. Elle a sacrément paniqué. Elle m'a dit qu'elle partait se mettre au vert.

— Si elle a pris la fuite, nous lancerons un avis de recherche. Vous avez fait ce qu'il fallait, Charles. S'il était revenu à la charge, elle aurait pu lui ouvrir sa porte. Je vous remercie.

— De rien, mon petit lieutenant en sucre. Vous me tiendrez au courant ?

— Vous n'aurez qu'à regarder les infos.

— D'accord.

Il se tourna vers Peabody, la gratifia d'un sourire dévastateur.

— Ça vous ennuierait de me montrer le chemin ? En arrivant, j'ai failli me perdre dans les couloirs.

— Lieutenant ?

— Allez-y, marmonna Eve en les chassant d'un geste de la main.

Lorsque la porte se ferma, elle se plongea dans la lecture du rapport de Mira. Elle était tellement concentrée et frustrée qu'elle ne prêta pas attention au fait que Peabody avait mis plus de vingt minutes pour raccompagner Charles jusqu'à l'ascenseur.

— Mira innocente cette ordure, déclara-t-elle à son assistante, la mine sombre. Je n'ai rien pour l'épingler.

— Vous parlez de Rudy ?

— Il ne correspond pas au profil de l'assassin. Il est quasiment incapable de violence physique. Il est intelligent, rusé, possessif, obsessionnel, sexuellement limité, mais la psychiatre estime qu'il n'est pas notre meurtrier. Bon sang ! Son avocat aura une copie de ce rapport, il m'empêchera de l'approcher.

— Vous voulez continuer à chercher dans cette direction ?

— Si seulement je savais ce que je cherche ! s'exclama Eve, furibonde.

Elle inspira à fond : s'énerver ne la mènerait nulle part.

— Bon, on reprend tout depuis le début, décréta-t-elle. On commence par la première victime.

À 20 h 45, Eve grimpait quatre à quatre l'escalier menant à sa chambre. Elle fulminait à cause de Summerset qui l'avait accueillie avec un sourire et un commentaire fielleux : elle avait exactement quinze minutes pour se rendre présentable avant l'arrivée des invités.

Naturellement, Connors était déjà fin prêt.

— J'y arriverai, clama-t-elle en se ruant dans la cabine de douche.

— C'est une fête, ma chérie, pas un marathon. Prends ton temps.

— Pas question d'être en retard et de donner à ce vieux corbeau une raison supplémentaire de me critiquer.

— Ne te sens pas obligée d'avoir l'approbation de Summerset.

Nonchalant, il s'adossa au mur pour mieux contempler sa femme. Il adorait l'observer dans ces moments de leur vie intime, il était toujours frappé par la vivacité et l'énergie qui émanaient d'elle.

— De toute façon, ajouta-t-il, tu n'as pas à t'inquiéter. Quand ils sont conviés à une réception, les gens ne sont jamais ponctuels.

— J'ai des excuses, marmonna-t-elle en se shampouinant furieusement. Je viens de perdre mon principal suspect, je reprends l'enquête de zéro.

Elle fonça vers la cabine de séchage, s'arrêta net.

— Zut! j'ai oublié comment on se sert de cette fichue pommade. Je la mets sur les cheveux secs ou mouillés?

Devinant de quoi elle parlait, Connors saisit un flacon sur l'étagère et versa un peu de gel dans le creux de sa paume. Puis il massa doucement le cuir chevelu d'Eve qui en soupira d'aise.

— Arrête ce manège, gronda-t-elle pour la forme.

— Je ne vois pas du tout ce que tu veux dire.

Ravi, il prit un autre flacon – du lait pour le corps délicieusement parfumé – et l'étala sur les épaules et la poitrine de la jeune femme.

— Je t'aide à te préparer, murmura-t-il, pour que tu ne te fatigues pas trop.

— Hmm, ronronna-t-elle en fermant les yeux pour mieux savourer la caresse des mains de Connors sur sa taille, ses hanches, ses cuisses. Oh! je crois que tu oublies un endroit.

— Dieu que je suis négligent.

Il se pencha, lui mordilla le cou.

— Tu as envie d'être très, très en retard?

— Oui, mais je résisterai à la tentation.

Se dégageant, elle pénétra dans la cabine.

— Tâche de ne pas oublier où tu en es resté! le taquina-t-elle.

Connors se détourna.

— Il n'y a aucun danger que j'oublie. Je ne pense même qu'à cela...

Quand elle fut sèche, Eve se posta devant le miroir et entreprit de se farder les cils.

— Je vais avoir l'air d'un clown, ronchonna-t-elle. Tu as une idée de ce qu'on porte pour ce genre de circonstance?

— J'ai ce qu'il te faut.

— Est-ce que je t'habille, moi ?

— Tu ne détestes pas me déshabiller.

— C'est ça, fais le malin.

Étudiant son reflet d'un œil critique, elle glissa les doigts dans ses courtes boucles brunes. Voilà, elle était coiffée. Puis elle se retourna vers Connors qui tenait ce qu'il considérait comme une robe.

— Ah non ! Je ne mettrai pas ce truc-là.

— Mavis a apporté cette splendeur l'autre soir. Leonardo l'a dessinée spécialement pour toi. Elle t'ira à merveille.

Les sourcils froncés, elle examina la toilette constituée de deux pans de lamé argent réunis sur les côtés par de fines chaînettes en brillants qui servaient aussi de bretelles. Le décolleté était plongeant, le dos échancré jusqu'au creux des reins.

— Autant me balader toute nue, ce sera plus pratique !

— Voyons de quoi tu as l'air là-dedans.

— Qu'est-ce que je mets dessous ?

— Rien, répondit-il avec un sourire enjôleur.

— De mieux en mieux !

Pestant entre ses dents, elle enfila le vêtement. Elle eut l'impression qu'un nuage glissait sur sa peau. Connors lui prit la main, pressa ses lèvres sur sa paume, geste qui avait le don de la bouleverser.

— Eve chérie, murmura-t-il, certains jours, ta beauté me coupe le souffle.

Il choisit sur la coiffeuse des boucles d'oreilles en diamant.

— Elles sont à moi ? s'inquiéta-t-elle. Je les avais déjà ?

— Depuis des mois, rétorqua-t-il en riant. Non, mais que crois-tu ? Tu n'auras plus aucun cadeau d'ici à Noël.

Résignée, elle mit les boucles, puis les chaussures qu'il avait sorties de la penderie.

— Cette robe n'a même pas de poche. Où est-ce que je range mon communicateur ? Je te signale que je suis de service.

— Tiens, répliqua-t-il en lui tendant une pochette ridiculement petite.

— Il ne manque rien d'autre, tu en es sûr ? ironisa-t-elle.

— Tu es parfaite.

À cet instant, un bip résonna, annonçant que la première voiture franchissait les grilles du domaine.

— Descendons, dit-il. Je veux montrer ma femme au monde entier.

— Je ne suis pas une attraction de fête foraine, riposta-t-elle, ce qui le fit éclater de rire.

Une heure plus tard, la demeure bruissait de voix joyeuses et de musique. Embrassant du regard l'immense salle de bal ruisselante de lumière, Eve se félicita que Connors ne lui ait pas demandé de participer aux préparatifs de la fête. Jamais elle n'aurait été à la hauteur de la tâche.

Le buffet était somptueux : jambon au miel de Virginie, magret de canard en provenance de France, bœuf du Montana, homard, saumon, huîtres de Silas, légumes frais disposés de façon à former une mosaïque de couleurs. Des desserts à damner un saint entouraient un arbre en massepain, haut d'un mètre, aux branches duquel pendaient des dattes luisantes.

L'homme qu'elle avait épousé, songea Eve, ne cesserait de la surprendre. C'était un magicien capable d'accomplir des prodiges.

À l'autre bout de la salle se dressait un majestueux sapin orné de milliers d'étoiles argentées et de bougies. Dehors tombait une pluie glacée, mais on avait masqué les hautes fenêtres avec des hologrammes représentant un paysage enneigé idyllique, où des couples patinaient sur un étang gelé tandis que des enfants, sur des luges rouges, dévalaient une colline immaculée.

Connors avait le goût de la perfection et un incomparable sens du détail.

Soudain, une main baladeuse se posa sur les reins d'Eve.

— Salut, ma belle! Vous êtes toute seule?

Reconnaissant la voix de McNab, elle pivota lentement. Le jeune policier passa par toutes les couleurs de l'arc-en-ciel.

— Oh! je... je... lieutenant...

— Que fait votre grosse patte sur mon postérieur, McNab?

Il retira sa main comme s'il s'était brûlé au troisième degré.

— Oh! je... bafouilla-t-il. Je vous demande pardon, je ne me doutais pas que c'était vous. Je pensais que... vous êtes tellement...

— Il me semble que l'inspecteur McNab essaie de te complimenter, Eve, dit Connors qui s'était approché sans bruit.

Feignant de prendre un air sévère, voire un brin menaçant, il scruta le jeune homme qui paraissait au bord de l'apoplexie.

— N'est-ce pas, Ian?

— Oui, je...

— Il ne s'est pas rendu compte, je suppose, que sa main s'égarait, enchaîna Connors, implacable – la tentation de martyriser le pauvre McNab était trop forte. Il mérite cependant un châtiment.

— Je crois qu'il l'a eu, rétorqua Eve d'un ton railleur. Vous êtes verdâtre, McNab, j'ai l'impression qu'un remontant vous ferait du bien.

— Oui, lieutenant. Ça me ferait un bien fou.

— Connors, tu t'occupes de lui? J'aperçois Mira, j'aimerais lui parler.

— Je me charge de notre ami, déclara Connors en entourant de son bras les épaules du jeune homme, pour le pousser, avec une certaine rudesse, vers le buffet.

Eve, quant à elle, se dirigea vers l'autre extrémité de la salle. Cette traversée ne fut pas une mince affaire. Elle ne comprendrait décidément jamais pourquoi les gens, lorsqu'ils assistaient à une réception, devenaient plus bavards que des pies. Tous l'arrêtaient au passage pour lui débiter des platitudes. Quelle plaie !

Tandis qu'elle poursuivait son chemin cahin-caha, elle avisa brusquement Peabody, vêtue d'un ample pantalon vieil or et d'une tunique sans manches, qui se pavanait au bras de Charles Monroe.

Mira attendrait.

— Peabody ?
— Bonsoir, Dallas. Dites donc, c'est superbe !
— Oui, répliqua Eve d'un ton froid. Charles...
— Vous avez une magnifique demeure, lieutenant.
— Je ne me rappelle pas avoir vu votre nom sur la liste des invités.

Peabody se raidit, ses joues s'empourprèrent.

— Sur le carton d'invitation, il était écrit que je pouvais venir accompagnée.
— Voilà donc votre chevalier servant ? articula Eve en fixant Charles.
— Absolument, répondit-il avec aplomb, mais une lueur peinée assombrit son regard. Je vous signale, ajouta-t-il à voix basse, que votre assistante n'ignore pas quelle profession j'exerce.
— Vous lui faites une remise ?
— Dallas ! s'exclama Peabody, révoltée.
— Ce n'est pas grave, lui dit Charles. J'espérais passer une soirée agréable avec une femme charmante que j'apprécie beaucoup. Néanmoins, lieutenant, si vous préférez que je parte... je m'en vais.
— Peabody est libre de décider, c'est une grande fille.
— Je suis même adulte et vaccinée, marmonna Peabody. Un instant, Charles.

Agrippant Eve par le bras, elle l'entraîna à l'écart.

— Mais qu'est-ce que...
— Taisez-vous, Dallas, et écoutez-moi bien. Je ne vous permets pas de vous mêler de ma vie privée, et encore moins de m'humilier en public.
— Mais je...
— Je n'ai pas terminé !

Eve blêmit, cependant Peabody était trop furieuse pour y prêter attention.

— Ce que je fais en dehors des heures de travail ne concerne que moi. Si j'ai envie d'aller me soûler dans un bar et de danser toute nue sur les tables, c'est mon affaire. Si je veux me payer dix prostitués pour le week-end, c'est encore mon affaire. Et si je désire sortir avec un homme séduisant et cultivé qui se montre délicieusement courtois à mon égard, ça ne regarde que moi !

— Attendez, je...

— Je n'ai toujours pas terminé ! coupa Peabody d'une voix sifflante. Au boulot, c'est vous qui commandez. Mais quand je ne suis plus en service, vous n'avez pas d'ordres à me donner. Et maintenant, nous nous en allons.

Comme Peabody tournait les talons, Eve la retint.

— Je ne veux pas que vous partiez, dit-elle calmement. Vous avez raison, je n'ai pas à m'immiscer dans votre vie privée. J'espère ne pas avoir gâché votre soirée et je vous prie d'accepter mes excuses.

La gorge nouée, elle s'éloigna et se hâta de rejoindre Mira.

— Si cela ne vous ennuie pas trop, j'aimerais vous parler. En tête en tête.

— Bien sûr, rétorqua la psychiatre, alarmée par sa pâleur. Qu'y a-t-il, Eve ?

— Suivez-moi. Dans la bibliothèque, nous serons tranquilles.

En pénétrant dans la pièce, Mira écarquilla les yeux, émerveillée.

— Mon Dieu, que de trésors ! De nos jours, rares sont les personnes capables de savourer le bonheur d'avoir un vrai livre dans les mains.

— Connors adore ça, répliqua Eve d'un ton bref.

Elle referma la porte.

— Je souhaitais discuter de Rudy avec vous. Vos conclusions me chiffonnent.

— Je m'en doutais.

Mira s'installa sur un sofa en cuir, lissa d'un geste gracieux les plis de sa robe bois de rose.

— Ce n'est pas le tueur que vous traquez, Eve. Ce n'est pas non plus un monstre, contrairement à ce que vous pensez.

— La question n'est pas là.

— Ses liens avec sa sœur vous perturbent profondément. Mais vous oubliez qu'elle n'a rien à voir avec vous. Ce n'est pas une enfant sans défense et, quoiqu'il ait indiscutablement du pouvoir sur elle, Piper a librement choisi cette relation.

— Il se sert d'elle.

— Oui, et elle de lui. Ils sont sur un pied d'égalité. Je vous accorde qu'il est obsédé par elle. En outre, il est sexuellement immature. Je suis convaincue – et ce fait même doit l'éliminer de votre liste de suspects – qu'avec une autre femme que sa sœur, il est impuissant.

— Il versait de l'argent à un maître chanteur, lequel a été assassiné. Un client de l'agence courtisait Piper, il a été tué.

— Je reconnais que, compte tenu de ces éléments, il me paraissait *a priori* capable d'avoir commis ces meurtres. En réalité, il ne l'est pas. Il peut être violent quand il se sent menacé, acculé. Mais il s'agit d'un simple réflexe, d'une réaction passagère. Il n'a pas la personnalité qu'il faut pour préméditer et perpétrer les crimes sur lesquels vous enquêtez.

— Alors, on le laisse filer ?

— L'inceste est puni par la loi, à condition qu'il y ait une victime et qu'elle porte plainte. Ce n'est pas le cas. Je comprends cependant que vous ressentiez inconsciemment le besoin de le châtier et, d'une manière symbolique, de délivrer Piper de l'emprise de son frère.

— Il n'est pas question de moi.

— Mais si, Eve. Cessez donc de vous fustiger, de vous torturer.

Accablée, Eve s'assit au côté de Mira. Une amère nausée lui tordit l'estomac.

— Je me suis focalisée sur lui à cause de... tout ça. Je le sais bien. Et du coup, j'ai peut-être négligé un détail qui m'aurait conduite jusqu'à l'assassin.

— Vous avez procédé de façon logique. Il fallait s'assurer que Rudy n'était pas le coupable.

— Cela m'a pris trop de temps. Mon instinct me soufflait pourtant que je me trompais de cible. Je l'ai fait taire, parce que je m'identifiais à Piper. Je la regardais, et je me disais : « Je pourrais être comme elle. Si je n'avais pas tué mon... bourreau, je serais comme elle. »

Elle enfouit son visage dans ses mains.

— Nom d'un chien, je ne suis vraiment bonne à rien !

— Pourquoi ?

— Je suis ridicule.

— Pourquoi ? insista Mira en lui caressant doucement les cheveux.

— Ces fêtes de fin d'année me donnent la chair de poule. C'est grotesque. Je ne sais pas ce qu'il faut faire, acheter...

— Oh, ma chère Eve ! s'exclama Mira en riant. Tout le monde réagit comme vous, rassurez-vous. C'est parfaitement normal.

— Pas pour moi. Jusqu'ici, je ne m'en souciais pas. Je n'avais quasiment personne dans ma vie.

— Maintenant vous n'êtes plus seule, rétorqua Mira qui s'autorisa à lui caresser de nouveau les cheveux. Vous êtes sûre qu'il n'y a pas autre chose qui vous tourmente ?

— Je crois que je viens de me fâcher avec Peabody.

Nerveuse, Eve se redressa.

— Elle est arrivée ici au bras d'un prostitué. Un type charmant, plein d'humour, mais... un prostitué tout de même.

— Un homme que vous appréciez et que, parallèlement, vous méprisez à cause de son métier.

— Il ne s'agit pas de moi, mais de Peabody. Il prétend vouloir trouver l'amour, elle a des étoiles plein les yeux quand elle le regarde, et elle est furieuse contre moi parce que j'ai émis quelques objections.

— La vie est compliquée, Eve, elle engendre des conflits, des malentendus, des blessures. Il faut l'accepter. Votre assistante est fâchée contre vous, parce que vous êtes la personne qu'elle respecte et admire le plus au monde.

— Seigneur!

— Nous sommes responsables de ceux qui nous aiment. Or, Peabody compte beaucoup pour vous.

— Je commence à penser qu'il y a autour de moi trop de gens qui comptent.

À cet instant, l'écran de l'interphone s'alluma. La triste figure de Summerset apparut.

— Lieutenant, vos invités vous réclament.

— La ferme, vieux corbeau! le rabroua Eve, ravie d'entendre Mira étouffer un petit rire. En voilà au moins un avec qui il n'est pas question de sentiments. N'empêche qu'il n'a pas tort, je n'aurais pas dû vous retenir si longtemps.

— Au contraire, j'ai été enchantée de bavarder avec vous.

— Je... Vous voulez bien m'attendre ici une seconde? Je vais chercher quelque chose dans mon bureau.

— D'accord. Puis-je regarder les livres?

— Naturellement.

Pour gagner du temps, Eve emprunta l'ascenseur. Lorsqu'elle revint, Mira, pelotonnée dans un fauteuil, feuilletait un volume relié.

— *Jane Eyre*... soupira la psychiatre. Je n'ai pas relu ce roman depuis ma jeunesse. L'histoire est tellement romantique.

— Vous n'avez qu'à le prendre. Connors sera heureux de vous le prêter.

— J'ai mon propre exemplaire. C'est le temps qui me manque.

— Comme je ne vous reverrai peut-être pas avant Noël, je... euh... je voulais vous donner ça.

Gauchement, Eve lui tendit l'élégant paquet cadeau portant la griffe de Sublimissime.

— Oh, merci ! Vous m'autorisez à l'ouvrir tout de suite ?

— Ben, oui. C'est la coutume, non ?

Mira entreprit de défaire le nœud et de déplier le papier en ayant soin de ne pas le déchirer. Eve rongeait son frein.

— Je sais que c'est insupportable, dit gaiement Mira. Chaque année, ma famille me reproche ma maniaquerie. Figurez-vous que j'ai un placard plein de papier cadeau et de rubans. Je me promets toujours de les réutiliser, mais...

Elle ouvrit l'écrin, contempla longuement le flacon couché sur un lit de satin.

— C'est ravissant, Eve... Et mon prénom est gravé dessus.

— Le fabricant m'a demandé comment vous étiez physiquement et moralement pour composer ce parfum rien que pour vous. Il est censé refléter votre personnalité.

— Charlotte... murmura Mira. Je ne me doutais pas que vous connaissiez mon vrai prénom.

— J'ai dû l'entendre prononcer ici ou là.

Les yeux embués, la psychiatre entoura Eve de ses bras.

— Je suis infiniment touchée par cette délicate attention. Merci.

Émue et gênée, Eve se laissa embrasser.

— Je suis contente que ça vous plaise. Je ne suis pas très douée pour faire des cadeaux.

— Au contraire, vous vous en tirez à merveille.

Mira prit le visage de la jeune femme entre ses mains.

— Je vous aime beaucoup, Eve. Et maintenant, il faut que j'aille me repoudrer le nez. J'adore verser quelques larmes sur mes cadeaux de Noël, c'est pour moi une tradition sacrée. Ne vous donnez pas la peine de me montrer le chemin de la salle de bains, je le trouverai toute seule.

Elle tapota affectueusement la joue d'Eve.

— Rejoignez votre mari, grisez-vous de champagne. Ne pensez plus à rien, le monde attendra bien jusqu'à demain.
— Il faut que j'arrête ce tueur.
— Vous l'arrêterez. Mais ce soir, profitez de la vie.

17

Eve observa à la lettre les prescriptions du Dr Mira. Elle ne le regretta pas. C'était divin de siroter du champagne et de danser dans les bras de Connors au son d'une musique langoureuse.

— Je m'y habitue plutôt bien, murmura-t-elle.
— Hmm ?

Elle effleura les lèvres de son mari.

— Je m'habitue à tout cela. Le monde de Connors.
— Tant mieux, répliqua-t-il en caressant son dos nu. Je suis heureux de l'apprendre.
— J'ai du mérite, parce que ce monde est un... tourbillon.

Une étincelle malicieuse s'alluma dans les yeux de Connors. Il n'avait pas si souvent l'occasion de voir sa femme pompette.

— Quelquefois cela me donne le vertige, insista-t-elle d'une voix un peu pâteuse. Mais pas maintenant. Là, tout de suite, cela me plaît. C'est quoi, cette musique ?
— Tu aimes ?
— Oui, je la trouve sexy.
— Elle date du XXe siècle, des années quarante. Le morceau que tu entends s'intitule *Sérénade au clair de lune*.
— Comment tu connais toutes ces antiquités ?
— Je ne suis peut-être pas né à l'époque qui me convenait.

Elle se blottit étroitement contre lui.

— Si tu étais né plus tôt, je ne t'aurais pas rencontré.

La tête nichée au creux de l'épaule de Connors, elle jeta un regard circulaire.

— Nos invités ont l'air contents. Feeney danse avec sa femme. Mavis et Leonardo discutent avec Mira et son mari. McNab s'imbibe de scotch et drague toutes les filles qui passent à sa portée, mais il ne quitte pas Peabody des yeux.

Connors haussa les sourcils.

— Voilà Trina qui lui met le grappin dessus. Seigneur, elle va le dévorer tout cru!

— Il ne me semble pas particulièrement terrorisé. Quelle belle fête...

Le slow s'acheva, et les premiers accords d'une musique endiablée retentirent. Eve écarquilla les yeux.

— Hé! tu as vu Dickhead? Qu'est-ce qu'il fabrique?

— Il danse le rock.

Le chef du labo de la police et Nadine Furst tournoyaient à une vitesse étourdissante.

— Je ne l'ai jamais vu se remuer autant, fit Eve, médusée. Waouh! s'exclama-t-elle, tandis que Dickie faisait passer entre ses jambes une Nadine hilare.

Cette acrobatie fut saluée par des applaudissements enthousiastes. Eve s'appuya contre Connors.

— Ils s'amusent comme des petits fous.

— Tu veux essayer?

— Oh non, surtout pas! répliqua-t-elle en tapant du pied pour marquer la cadence. Je préfère admirer le spectacle.

Mavis les rejoignit, flanquée de Leonardo.

— Ils sont fantastiques, non? Qui aurait cru ça de Nadine? Connors, votre fête est absolument ébouriffante.

— Merci. Vous êtes splendide, Mavis.

— N'est-ce pas?

Mavis tourna sur elle-même. Les pans multicolores de sa longue robe s'écartèrent, découvrant sa peau nue, de la même teinte dorée que ses cheveux qui, rassemblés sur le sommet du crâne, retombaient en cascade jusqu'aux épaules.

— Leonardo a estimé que, pour toi, une tenue plus raffinée conviendrait mieux, expliqua-t-elle à Eve.

— Personne ne porte aussi bien mes créations que Mavis et vous, déclara Leonardo avec un sourire éblouissant. Joyeux Noël, Dallas! ajouta-t-il en se penchant pour embrasser Eve sur la joue. Nous avons quelque chose pour vous deux. Un témoignage d'affection.

Il lui tendit le paquet qu'il cachait derrière son dos.

— C'est le premier Noël que je passe avec Mavis. Or, nous vous devons en partie notre bonheur.

Rose de confusion, Eve défit le papier et extirpa de la boîte un coffret en bois sculpté aux ferrures de cuivre rutilant.

— C'est très joli.

— Ouvre-le! s'écria Mavis, surexcitée. Leonardo, dis-lui ce que cela signifie.

— Le bois symbolise l'amitié, et le métal l'amour. Vous voyez qu'à l'intérieur il y a deux compartiments tapissés de soie. Le premier pour vos souvenirs, le second pour vos souhaits.

— L'idée vient de lui, enchaîna Mavis en pressant la main de Leonardo. Il n'est pas génial?

— Si, répliqua Eve, la gorge nouée. Je...

Devinant l'émotion de sa femme, Connors lui entoura la taille de son bras.

— C'est un très beau cadeau. Merci à vous deux.

— Maintenant, vous pourrez faire un vœu ensemble le soir de Noël.

Les yeux embués, Mavis étreignit son amie de toutes ses forces. Puis elle se tourna vers Leonardo.

— Allons danser, mon amour!

— Si ça continue, je vais sombrer dans la sensiblerie, marmonna Eve lorsque le couple se fut éloigné.

Connors lui prit doucement le menton, plongea son regard dans le sien.

— Je ne t'en aimerai que plus.

Nouant les doigts sur la nuque de son mari, elle l'embrassa tendrement. Quand leurs lèvres se désunirent, elle lui sourit.

— Ce sera le premier souvenir que nous rangerons dans notre coffret.

— Lieutenant?

En entendant la voix du commandant Whitney, elle fit demi-tour et baissa la tête pour dissimuler sa bouche rougie par le baiser de Connors.

— Oui? bredouilla-t-elle.

— Navré de vous déranger. On vient de m'informer que Piper Hoffmann a été agressée.

Eve redressa aussitôt les épaules. La femme amoureuse s'effaçait pour céder la place au flic.

— Où est-elle?

— En route pour le Hayes Memorial Hospital. Pour l'instant, on ne connaît pas la gravité de son état. Où pouvons-nous discuter tranquillement?

— Dans mon bureau.

— J'y conduis le commandant, intervint Connors, pendant que tu rameutes ton équipe.

— Elle a été attaquée dans l'appartement situé au-dessus de l'agence, déclara Whitney à ses subordonnés. On présume qu'elle était seule à ce moment-là. Heureusement pour elle, son frère est arrivé *in extremis*. L'agresseur s'est enfui.

— Rudy a pu l'identifier?

— Pas encore. Il est à l'hôpital avec sa sœur. J'ai ordonné à la brigade d'intervention de boucler l'appartement et de vous attendre.

— J'emmène Feeney, nous irons d'abord à l'hôpital.

Du coin de l'œil, Eve remarqua que son assistante tiquait.

— Je tiens à préserver la couverture de Peabody et de McNab, expliqua-t-elle au commandant. Je préfère qu'ils restent ici jusqu'à ce que je sois sur les lieux de l'agression.

Whitney acquiesça d'un hochement de tête.

— Cette fois, nous avons des témoins, poursuivit Eve. Il doit avoir peur. Si Piper s'en sort, ce sera sa troisième erreur.

Elle se tourna vers ses équipiers.

— Il faut que je me change. Feeney, je te rejoins en bas dans cinq minutes. Peabody, contactez les urgences pour prendre des nouvelles de la victime. McNab, on vous apportera les disquettes de vidéo surveillance. Je veux que vous les ayez analysées avant mon retour.

— Dallas! l'interpella Whitney tandis qu'elle se dirigeait vers l'ascenseur. Coincez-moi ce salaud.

— Je suis maudit, rouspéta Feeney alors qu'ils pénétraient dans l'hôpital. Chaque fois que j'assiste à une réception chez toi, je repars sans ma femme.

— Console-toi, mon vieux. On va peut-être réussir à tirer le fil qui nous permettra enfin de démêler l'écheveau et de régler cette affaire. Après quoi, tu pourras passer un beau Noël avec ta dulcinée.

— Ouais, je l'espère.

Derrière une porte close, un blessé gémissait. Feeney grimaça.

— Celui-là a dû avoir un accident. Rien d'étonnant. Avec le temps qu'il fait, on aura des centaines de morts sur les routes.

— Tu es vraiment d'une gaieté folle. Ah, voilà Rudy! Je me charge de lui. Toi, essaie de trouver le médecin qui s'occupe de Piper.

Feeney lança un coup d'œil à Rudy, effondré sur un siège, le visage enfoui dans ses mains.

— Je t'abandonne avec plaisir, ma grande.

Eve s'approcha, toussota. Rudy releva lentement la tête. Un indicible désespoir ternissait son regard.

— Il l'a violée, balbutia-t-il. Il l'avait ligotée. Elle hurlait, elle suppliait.

Elle s'assit près de lui.

— Qui était-ce?

— Je n'en sais rien. Je ne l'ai pas vu. Je crois que... il a dû m'entendre arriver. Oui, il m'a certainement entendu. Je me suis précipité dans la chambre et je l'ai trouvée là. Ô mon Dieu!

— Calmez-vous, ordonna-t-elle en lui prenant la main. Il faut vous ressaisir si vous voulez aider Piper. Donc, en rentrant, vous avez été alerté par ses cris. D'où veniez-vous?

— J'étais allé lui acheter son cadeau de Noël, répondit-il en essuyant une larme. Une statuette dont elle était tombée amoureuse. Une adorable naïade. Piper en était tellement folle qu'elle avait semé des indices un peu partout dans l'appartement. Un croquis sur la coiffeuse, l'adresse de la galerie sur la table du salon... Mais, avec les événements de ces derniers jours, je n'avais pas eu le temps de m'en occuper. Jamais je n'aurais dû la laisser seule.

Eve se promit de vérifier auprès de la galerie. Par précaution, pour s'assurer que l'agresseur de Piper n'était pas l'homme dont elle tapotait la main. Car une question cruciale la turlupinait: pourquoi la jeune femme, sachant qu'un assassin rôdait dans les parages, s'était-elle montrée si imprudente?

— La porte était-elle verrouillée à votre arrivée?

— Oui, il a fallu que je tape le code. Tout de suite, j'ai entendu Piper sangloter, appeler au secours.

Il ferma les yeux, suffoquant à demi.

— Elle était sur le lit. Nue, les poignets et les chevilles attachés. Je crois... je n'en suis pas sûr, mais il me semble avoir aperçu quelque chose, dans un coin de la pièce. Une ombre. À moins que j'aie simplement capté un mouvement. Puis on m'a frappé, je suis tombé.

Il se massa la tempe.

— Je me suis cogné contre le pied du lit. J'ai dû m'évanouir. Pas longtemps, puisque je l'ai entendu s'enfuir. Je n'ai même pas essayé de le rattraper. Je m'en veux, mais je n'ai pensé qu'à Piper. Elle ne respirait plus, vous comprenez. J'ai eu peur que... qu'elle soit morte.

— Vous avez appelé une ambulance?

— D'abord, je l'ai couverte. Je ne supportais pas qu'on la voie dans cet état... Ensuite, comme je n'arrivais pas à la ranimer, j'ai alerté les secours. Et maintenant, on m'interdit de rester à son chevet.

Il enfouit de nouveau son visage dans ses mains. Apercevant Feeney, Eve se leva et alla à sa rencontre.

— Elle est dans le coma, lui expliqua-t-il. D'après les médecins, il s'agit d'un choc psychologique plutôt que physique. Elle a été violentée comme les autres. On lui a administré un tranquillisant et elle a un tatouage sur la cuisse droite.

— Le pronostic ?

— Je ne maîtrise pas bien le jargon médical mais, en gros, elle s'est déconnectée. Les médecins ne peuvent pas grand-chose. Elle reprendra conscience si elle le veut et quand elle le voudra.

— Bon, inutile de rester ici. On n'a qu'à mettre un policier devant sa porte, et un autre sur le dos du frère.

— Tu le soupçonnes toujours, Dallas ?

Elle jeta un coup d'œil à Rudy, abîmé dans son chagrin, et fut surprise de la pitié qu'elle éprouvait pour lui.

— Non, répondit-elle, je tiens simplement à ce qu'on le protège.

— Il est vraiment anéanti. Je me demande s'il pleure sa sœur ou sa maîtresse.

— Mystère, rétorqua Eve en entrant dans l'ascenseur et en appuyant sur le bouton du rez-de-chaussée. Mais la question essentielle n'est pas là. Comment notre homme savait-il qu'elle était seule ce soir ? Car il en avait la certitude. Sinon, jamais il n'aurait pris un tel risque. Ce n'est pas son style.

— Peut-être qu'elle le connaissait. Ou alors il surveillait l'appartement.

— Je suis persuadée qu'il les connaît tous les deux. Et je ne pense pas qu'elle soit son « seul amour ». Elle n'entre pas dans le schéma habituel. Elle n'est évidemment pas inscrite à l'agence. Il l'a attaquée pour que nous restions accrochés aux basques de Rudy. Voilà comment je vois les choses.

Ils sortirent de l'hôpital, s'engouffrèrent dans la voiture d'Eve.

— Il sait que nous avons interrogé Rudy, que je le considérais comme notre principal suspect, reprit-elle. Il pensait qu'en s'en prenant à Piper, il écarterait le danger. Cette fois, il n'a pas agi par « amour », mais pour couvrir ses arrières. De plus, comme il a manqué son coup avec Cissy et Cheryl, la danseuse de ballet, il était en manque.

Feeney fouilla dans ses poches, en quête de son sempiternel sachet d'amandes, puis se souvint que sa femme le lui avait confisqué avant de partir pour la fête de Connors. Il soupira.

— Donc, je résume : d'après toi, Piper et lui se connaissent.

— Elle n'aurait pas ouvert sa porte à un étranger, et encore moins à un type affublé d'un costume de Père Noël. Il faut impérativement que McNab étudie de près les disquettes de vidéo surveillance.

— Tu veux mon avis, Dallas ? Je crois qu'il n'y aura pas de disquettes.

Feeney ne se trompait pas. Le policier en faction sur le palier des Hoffmann leur annonça que les caméras de surveillance avaient été débranchées depuis le poste central à 21 h 50.

Eve examina les serrures et le scanner digital.

— Aucun signe d'effraction. On a sonné à la porte, Piper a regardé par le judas et vu un visage familier. Elle a ouvert. Je suis sûre que les caméras intérieures ont également été déconnectées.

Elle pénétra dans l'appartement. Un sapin blanc orné de boules et de guirlandes en cristal se dressait devant l'une des fenêtres donnant sur la 5e Avenue. Au lieu de l'étoile ou de l'ange traditionnels, une colombe immaculée couronnait l'arbre au pied duquel étaient disposés des cadeaux enrubannés.

Dans l'entrée, des paquets jonchaient le sol. Rudy les avait lâchés en entendant les cris de sa sœur. D'autres emplettes étaient abandonnées sur la moelleuse moquette blanche du salon. Celui-ci communiquait avec un boudoir tapissé d'écrans muraux, meublé de fauteuils tendus de satin crème et de petites tables en ivoire. Dans des vases de cristal s'épanouissaient des fleurs aux pétales neigeux.

On avait l'impression d'évoluer au cœur d'un nuage. C'était à la fois apaisant et déconcertant.

Du boudoir, on accédait à une salle de gym équipée d'un bassin à remous et de divers appareils.

— Les chambres sont au fond, dit Eve à Feeney. Même en courant, il a fallu plusieurs secondes à Rudy pour traverser cette enfilade de pièces.

Ils pénétrèrent dans la chambre principale. Un écran d'ambiance masquait la fenêtre afin de préserver ses occupants des regards indiscrets.

Contre un mur se trouvait une grande coiffeuse blanche encombrée d'une multitude de flacons, de pots et de tubes. Deux fauteuils capitonnés étaient placés côte à côte devant l'immense miroir composé de trois panneaux.

Piper et Rudy ne faisaient rien l'un sans l'autre, songea Eve. Ils allaient même jusqu'à se maquiller ensemble.

Les liens qui avaient servi à entraver la victime pendaient encore aux montants métalliques blancs, moulés en arabesques, du lit en forme de cœur.

— Il n'a pas remporté ses joujoux, commenta Eve en se penchant pour étudier la boîte argentée qui gisait sur le sol. Cette fois, nous avons quelque chose à nous mettre sous la dent, Feeney. Voilà la seringue, les produits pour le tatouage. Et regarde ça...

Après avoir enduit ses mains de Seal-It, elle prit une mallette et souleva le couvercle. L'intérieur était divisé en trois compartiments où l'on avait soigneusement rangé une gamme complète de fards Idéal Naturel.

— Je ne m'y connais pas beaucoup, mais ça m'a tout l'air d'être du matériel de professionnel.

— Tiens, tiens... marmonna Feeney en saisissant avec une pince un poil de barbe blanc. Finalement, peut-être qu'il était costumé.

— Selon moi, il l'a d'abord maîtrisée, puis il a revêtu sa tenue de Père Noël. Pour respecter le rite.

Elle s'assit sur ses talons.

— Il est entré, lui a administré le tranquillisant, l'a ligotée. Après, il a pris le temps de s'habiller, de la tatouer et de la maquiller. Il a rangé les fards. Surtout pas de désordre, il a horreur de ça. Quand Piper est revenue à elle, qu'elle a été suffisamment consciente pour comprendre ce qui lui arrivait...

Les yeux étrécis, Eve contempla le lit, s'efforçant d'imaginer la scène.

— Elle émerge du brouillard. Elle se débat. Elle sait qui il est. Elle est stupéfaite, terrifiée. Il lui parle en découpant ses vêtements...

— Apparemment, elle portait un peignoir.

— Oui, elle s'était mise à l'aise, elle s'apprêtait à passer une agréable soirée. Elle se doutait que son frère était allé lui acheter son cadeau de Noël, elle était heureuse. Et maintenant elle est là, attachée aux montants du lit, nue et épouvantée, elle regarde ce visage qu'elle connaît. Elle ne parvient pas à croire que cet homme va la violenter. On ne peut pas y croire.

«Et pourtant cela vous arrive, songea-t-elle, luttant pour contrôler le tremblement qui agitait ses mains. Et on est impuissante.»

— Il se déshabille. Je suis certaine qu'il plie méticuleusement son costume. Peut-être enlève-t-il aussi sa barbe. Avec elle, il n'a pas besoin de se cacher.

Eve voyait sa figure grimaçante, son regard brûlant.

— Il est excité. Cela attise son désir qu'elle sache qui il est. Il n'a plus besoin de son déguisement, il n'en a plus envie. À cet instant, sans doute pense-t-il qu'il l'aime vraiment. Elle lui appartient. Elle est sans défense. Il a le pouvoir. Il a d'autant plus de pouvoir qu'elle l'appelle par son nom quand elle le supplie d'arrêter. Mais il ne s'arrête pas. Il continue à la déchirer, à la crucifier.

— Hé! l'interrompit Feeney en lui posant doucement la main sur l'épaule. Allons, ma grande...

Elle ferma les yeux.

— Excuse-moi.

— Ce n'est rien, rétorqua-t-il en lui ébouriffant gauchement les cheveux.

Il était au courant de ce qu'elle avait subi durant son enfance, Connors lui en avait parlé. Se doutait-elle qu'il savait ? Quoi qu'il en soit, il estimait préférable de feindre l'ignorance.

— Quelquefois tu prends les choses trop à cœur, voilà tout, ajouta-t-il.

— Oui, tu as raison.

Par réflexe, elle s'essuya la bouche d'un revers de main. Il lui semblait sentir l'odeur du sperme, de la sueur, et des femmes terrifiées qu'on prend contre leur gré.

— Tu veux un verre d'eau ? proposa Feeney.

— Non, ça va. C'est juste que je... Les crimes sexuels me sont intolérables. Finissons d'emballer tout ça.

Elle se releva.

— Nous aurons peut-être la chance de trouver des empreintes, déclara-t-elle d'un ton plus ferme. On va demander aux gars du labo de passer l'appartement au peigne fin, au cas où il aurait laissé d'autres indices.

Elle s'interrompit brusquement, agrippa le bras de son collègue.

— Attends, Feeney... Il manque quelque chose.

— Quoi donc ?

— Piper est la cinquième... n'est-ce pas ?

Elle se mit à fredonner à voix basse le chant de Noël.

— Où sont les cinq anneaux d'or ? s'exclama-t-elle.

Ils fouillèrent chaque pièce de fond en comble. En vain.

— Il a repris le bijou, dit Eve, atterrée. Cela signifie qu'il compte maintenant s'attaquer à sa cinquième victime. Mais il n'a plus son matériel. Je descends au salon de beauté, pour vérifier s'il s'est introduit dans les locaux. Tu peux terminer ici et appeler le labo ?

— D'accord. Attention à toi, Dallas.

— Il est parti, Feeney. Il est retourné se terrer dans son trou.

Elle fut néanmoins prudente. Parvenue à l'étage de Sublimissime, elle constata que les portes n'avaient pas été forcées. La réception était plongée dans l'obscurité.

Écoutant ce que lui soufflait son instinct, elle dégaina son arme et utilisa son passe pour déverrouiller les serrures.

— Lumière ! ordonna-t-elle.

Le tiroir de la caisse qui contenait l'argent liquide était ouvert et vide.

— Ouais, tu es bien passé par ici, mon coco.

Elle s'approcha des vitrines. Apparemment, on n'avait touché à rien, il ne manquait pas un tube de rouge à lèvres, pas un boîtier de fard.

Obliquant vers la gauche, elle s'engagea dans le couloir qui desservait les salles de soins.

Toutes étaient désertes et impeccablement rangées.

Elle ouvrit la porte donnant accès à l'espace de repos réservé au personnel ainsi qu'au vestiaire. Comme partout ailleurs, un ordre parfait y régnait. Eve sentit les battements de son cœur s'accélérer. Chez Sublimissime, lui semblait-il, on aimait justement un peu trop l'ordre.

Elle vérifia les serrures des placards, regretta que Connors ne fût pas là pour les crocheter. Son passe ne suffisait pas, il lui fallait un mandat pour fouiller dans les affaires des employés.

La pièce voisine servait de réserve. Et là, il y avait un sacré désordre : des cartons éventrés, des flacons et des tubes éparpillés. Il avait tout mis sens dessus dessous, pressé de remplacer les produits que, dans sa panique, il avait abandonnés derrière lui.

Hâtant le pas, Eve ressortit et entreprit d'inspecter les cabines de chaque consultant. Dans l'une d'elles, sur la table d'un blanc étincelant, on avait répandu une sorte de liquide épais qui n'était pas encore complètement figé.

Bien qu'elle sût déjà à qui elle avait affaire, elle chercha la licence du styliste.

— On n'a pas eu le temps de nettoyer, Simon ? murmura-t-elle, les yeux rivés sur la photo. Je te tiens, espèce d'ordure.

Elle regagna l'entrée, brancha son communicateur.

— Dispatching, ici le lieutenant Dallas. Alertez toutes les brigades, lancez un avis de recherche contre Simon Lastrobe. Dernier domicile connu : 63e Rue Ouest, numéro 4530, appartement 35. Attention, l'homme est dangereux, probablement armé, coupable de plusieurs meurtres au premier degré. Je vous transmets immédiatement sa photo.

— Bien reçu, lieutenant Dallas.

Eve referma les portes, y apposa les scellés, puis appela Feeney.

— Rejoins-moi tout de suite. Je demande à Peabody de contacter le labo. Nous, on file d'ici en vitesse.

— Dire que notre tueur est un esthéticien, soupira Feeney, tandis qu'Eve fonçait à toute allure en direction de l'est. Mais dans quel monde vivons-nous, Dallas ? C'est dingue.

— Oui... Il les maquillait, les massait, les coiffait, écoutait leurs confidences. Il en tombait amoureux et, ensuite, il les assassinait.

— Tu crois qu'il s'est personnellement occupé de toutes les victimes ?

— Peut-être. En tout cas, il les a croisées chez Sublimissime. Il les a choisies. Il lui était facile d'obtenir des renseignements, puisque le salon travaille en relation avec Amoureusement Vôtre. Il avait accès aux listes établies par l'agence.

— Ça n'explique pas son fétichisme de Noël.

— On comprendra mieux quand on l'aura épinglé.

Elle enfonça la pédale de freins et, dans un hurlement de pneus, se gara entre deux voitures de patrouille qui barraient la rue. Son insigne à la main, elle bondit hors du véhicule.

— Vous êtes montés ? cria-t-elle à un policier, pour couvrir le mugissement du vent.

— Oui, lieutenant. On a sonné à la porte, personne n'a répondu. Les fenêtres ne sont pas éclairées. Des hommes sont postés à l'entrée et devant la sortie de secours.

— Feeney, on a le mandat de perquisition ?

— Pas encore.

— Tant pis, on entre ! rétorqua-t-elle en se précipitant vers les portes vitrées protégées par des barreaux de fer forgé.

— Au procès, on risque de l'avoir dans l'os pour vice de forme, objecta-t-il.

Il la suivit néanmoins, râlant entre ses dents car, au lieu de prendre l'ascenseur, elle grimpait déjà l'escalier.

— Il se pourrait bien qu'on trouve la porte déverrouillée, suggéra-t-elle en lui lançant un coup d'œil par-dessus son épaule. Ce serait possible, non ?

— Dallas, tu m'emmerdes. On attendra le mandat.

Feeney soufflait comme un phoque, lorsqu'ils atteignirent le troisième étage. D'un geste brusque, il repoussa Eve.

— Patiente un peu, bon sang ! Nous devons respecter la procédure légale.

Consciente qu'il avait raison, elle faillit balancer un coup de pied dans la porte. Elle était tellement tendue qu'il lui semblait que tous ses muscles vibraient.

Elle brûlait d'avoir l'assassin devant elle, de serrer les mains autour de son cou, de sentir sa peur, sa souffrance et son impuissance. Voilà ce qu'elle voulait par-dessus tout. Et ce désir, elle s'en rendait compte, était d'une violence suspecte.

— D'accord, articula-t-elle avec peine. Dès que nous aurons le droit d'entrer, si jamais il est là, tu te chargeras de lui.

— Le gibier t'appartient, ma grande.

— Tu l'embarqueras. Je ne suis pas certaine de réussir à me contrôler.

Il la dévisagea, fut frappé par sa pâleur.

— Entendu.

Le communicateur de Feeney bourdonna.

— Nous avons le mandat. Allons-y! C'est toi qui t'accroupis ou moi?

— Autrefois, tu ne me laissais pas le choix, répliqua-t-elle avec un sourire sans joie.

— Aujourd'hui non plus. J'ai des rhumatismes dans les genoux.

Ils reculèrent et, telle une machine bien huilée, défoncèrent la porte. Eve dégaina son arme et se courba en deux.

Se couvrant mutuellement, ils pénétrèrent dans le vestibule plongé dans la pénombre.

— Tu sens cette odeur d'hôpital? murmura-t-il.

— Son désinfectant préféré. Je prends le côté gauche.

— OK.

— Lumière! ordonna-t-elle, puis elle pivota sur ses talons. Simon? Nous sommes armés. Toutes les issues sont bloquées.

Elle désigna une porte à Feeney qui hocha la tête.

Pointant son laser, elle s'avança, poussa le battant.

— Il est passé par ici, dit-elle, montrant les vêtements disséminés dans la chambre. Il a pris quelques affaires et il s'est tiré.

18

— Je vous résume la situation, déclara Eve à son équipe rassemblée dans le bureau de sa demeure. C'est un maître du travestissement. Nous pouvons communiquer son portrait aux médias, leur demander de le diffuser toutes les heures, personne ne le reconnaîtra. Nous supposons qu'il a suffisamment d'argent liquide et de faux papiers pour voyager. Autrement dit, nos chances de le coincer sont minces.

Elle frotta ses yeux rougis par la fatigue, vida sa tasse de café.

— Je veux l'avis de Mira sur ce point mais, pour ma part, je pense que le fait d'avoir été interrompu, ce soir, l'a mis dans tous ses états. Il doit être sexuellement frustré, nerveux, déstabilisé. C'est un maniaque de l'ordre, pourtant, il a laissé son appartement et son lieu de travail sens dessus dessous, tant il était pressé de récupérer ce dont il avait besoin et de déguerpir.

— Lieutenant, intervint Peabody qui avait momentanément oublié sa colère contre Eve, vous croyez qu'il est encore en ville ?

— D'après les informations dont nous disposons pour l'instant, il est né à New York, il y a grandi. Je doute qu'il ait eu l'idée de se cacher ailleurs. Le capitaine Feeney et McNab vont continuer à fouiller son passé mais, dans l'immédiat, je préfère considérer qu'il est toujours ici.

— Il ne possède pas de véhicule, ajouta Feeney. Il n'a jamais passé le permis. Il doit donc emprunter les transports en commun.

— À cette époque de l'année, ce n'est pas de la tarte, commenta McNab, les yeux rivés sur son ordinateur. S'il n'a pas réservé de billet et qu'il veut quitter la ville, il n'a qu'une solution : se faire pousser des ailes.

— Exactement, approuva Eve. De plus, ses victimes potentielles résident toutes à New York. Bien qu'il ait la police aux trousses, le besoin de tuer sera le plus fort. Il se débrouillera pour mettre ses plans à exécution avant que l'année ne s'achève. Noël l'obsède.

Elle s'approcha de l'écran mural.

— Affichage de la pièce à conviction 1-H, commanda-t-elle. Nous avons trouvé dans son appartement des dizaines de vidéos sur le thème de Noël. Là, vous voyez un vieux film du XXe siècle...

— *La vie est belle*, dit Connors en entrant dans le bureau. Avec James Stewart et Donna Reed. Une merveille.

Comme Eve lui décochait un regard noir, il eut un sourire angélique et, sans se troubler, s'assit sur l'accoudoir du fauteuil de Peabody.

— Je dérange ?

— C'est une réunion de travail, répondit Eve.

Cet homme ne dormait donc jamais ?

— Vous êtes sur le pont depuis des heures. Que diriez-vous d'un petit en-cas ?

— Connors...

— Je mangerais volontiers un morceau ! s'exclama McNab.

— Nous avons plusieurs vidéos du même genre, reprit Eve en se retournant vers l'écran, tandis que Connors se dirigeait vers le coin cuisine. Il les collectionnait. Nous avons aussi découvert une foule de films et de textes pornos sur le même thème. Affichage de la pièce à conviction 68-A. Pour vous donner une idée, ironisa-t-elle.

Connors les rejoignit juste à temps pour voir sur l'écran une femme nue qui portait des bois de renne sur la tête et s'apprêtait à faire une gâterie à un Père Noël en érection. « Je suis ta danseuse », lui susurrait-elle.

— Un chef-d'œuvre du septième art, railla-t-il.

— Il possédait aussi des films beaucoup moins drôles, des classiques du siècle dernier, interdits à la vente, où les acteurs étaient réellement assassinés. Je vais vous montrer maintenant celui qui a la palme. Affichage de la pièce à conviction 72.

Sur l'écran, Marianna Hawley, ligotée, se débattait frénétiquement. Elle sanglotait. Simon, vêtu de sa houppelande rouge et affublé de sa barbe, entrait dans le champ. Il souriait à la caméra, puis à la jeune femme.

— Est-ce que tu as été sage, ma petite fille ?

Sois sage, ma petite. Papa a un cadeau pour toi. La voix obscène résonnait dans l'esprit d'Eve. Elle crispa les poings, s'obligea à garder les yeux rivés sur les images qui défilaient.

— Moi, je crois que tu as été très, très méchante, mais je vais quand même être gentil avec toi.

Il se tournait alors vers la caméra et, tel un strip-teaseur sur une scène, se déshabillait. Puis, sans ôter sa perruque ni sa barbe, il commençait à se caresser.

— C'est le premier jour de l'avent, mon amour. Mon seul amour.

Il la violait. Vite, brutalement. Déchirée par les hurlements de Marianna, Eve saisit sa tasse et but une lampée de café. Il lui parut affreusement amer.

Simon la couchait sur le côté. Elle ne criait plus, elle pleurait sans bruit, comme une enfant.

Il avait le regard vitreux. Haletant, il se penchait pour prendre une gélule dans sa mallette.

— Nous pensons qu'il ingère un produit à base de plantes, afin de rester en érection, déclara Eve d'une voix atone.

Elle ne détournait toujours pas les yeux de l'écran. Par respect à l'égard de la morte et par défi envers elle-même, elle regarderait ce cauchemar jusqu'au bout. Et elle y survivrait.

Il pénétrait une troisième fois Marianna qui ne se débattait plus. Elle était déjà loin, Eve le savait. Repliée au tréfonds d'elle-même, pour ne plus souffrir, seule dans les ténèbres.

Elle ne réagissait pas davantage lorsque Simon, en larmes, se mettait à l'insulter, à la traiter de putain, à entortiller la guirlande scintillante autour de son cou, à la serrer si fort qu'elle se rompait et qu'il devait, pour achever sa besogne, étrangler Marianna de ses mains.

— Seigneur... balbutia McNab, la voix vibrant d'horreur et de pitié. Ça ne suffit pas ?

— Maintenant, il la fait belle, continua Eve, sourde aux protestations du détective. Il la maquille, il la coiffe, il drape la guirlande autour de son corps. Vous noterez que, quand il la soulève, on distingue le tatouage qui était donc déjà peint avant le premier viol. La caméra s'attarde sur elle. Il veut le maximum d'images pour pouvoir se les repasser plus tard, contempler sa victime telle qu'il l'a parée.

L'écran s'obscurcit.

— Le reste ne l'intéresse pas, il ne s'est pas filmé en train de tout nettoyer. Cette vidéo dure exactement trente-trois minutes et douze secondes. C'est le temps qu'il lui faut pour atteindre son but, obtenir ce qu'il désire. Les crimes suivants obéissent au même schéma. Simon est un homme d'ordre, de routine. Je suis persuadée qu'il va se chercher un endroit confortable, un lieu qu'il connaît, pour se cacher et récupérer. Il ne se réfugiera pas dans un bouge quelconque, mais dans un bon hôtel ou un autre appartement.

— Trouver une chambre ou un logement à cette époque de l'année ne sera pas facile, objecta Feeney.

— Non, mais nous suivrons quand même cette piste-là. En commençant par le centre-ville. Demain matin, nous interrogerons ses amis et ses collègues. Ils nous fourniront peut-être une indication. Peabody, vous me rejoindrez à 9 heures chez Sublimissime. En uniforme.

— Bien, lieutenant.

— Dans l'immédiat, nous n'avons plus qu'à attendre et à prendre un peu de repos.

— Dallas, je ne suis pas encore complètement vanné. Si vous m'autorisiez à dormir ici, je pourrais continuer un moment et m'y remettre dès l'aube.

— Entendu, McNab.

— Allez, au lit! dit Feeney en se levant. Peabody, je vous raccompagne.

Avant de descendre avec Connors, Eve lança à McNab :

— N'abîmez pas mes joujoux, sinon gare à vous!

Connors lui entoura les épaules de son bras.

— Je vais te donner un somnifère.

— Toi, ne m'embête pas.

— Je ne tiens pas à ce que tu fasses des cauchemars. Il faut que tu te vides l'esprit. Pour ton bien.

— Fiche-moi la paix.

Sitôt qu'ils furent dans leur chambre, elle se déshabilla en hâte et se précipita sous la douche. Elle éprouvait le besoin impérieux de se laver, de se purifier sous des flots d'eau brûlante. Elle se sentait souillée.

Connors, silencieux, attendit. Il la connaissait si bien, il savait qu'elle était à cran, que l'envie de se disputer avec lui la démangeait. Elle ressemblait à un chat sauvage qui attaque pour mieux se défendre. Son agressivité – cette carapace hérissée de piquants sous laquelle elle s'abritait quand elle était blessée – était l'une des facettes de sa personnalité qui le fascinait.

Il imaginait sans peine – et même il le ressentait dans toutes les fibres de sa chair – ce qu'elle avait enduré en visionnant ce film abominable.

Aussi, lorsqu'elle émergea de la cabine de douche, se borna-t-il à lui ouvrir les bras. Elle se blottit contre lui.

— Mon Dieu! gémit-elle. Je sentais son odeur sur moi, son haleine.

Bouleversé, Connors l'étreignit.

— Il est mort, il ne te touchera plus jamais.

— Ce n'est pas vrai. Il se glisse dans ma tête, il est là, et je ne peux pas le chasser.

— Moi, je le peux.

Il l'entraîna vers le lit, l'assit sur ses genoux.

— Ne pense plus à rien, ma chérie. Accroche-toi à moi.

— Je réussirai à mener cette enquête jusqu'au bout.

— Bien sûr.

« Mais à quel prix ? » songea-t-il en la berçant comme une enfant.

— Je ne veux pas de somnifère. Je ne veux que toi. Tu me suffis.

Il lui embrassa le front.

— Alors, ferme les yeux et dors.

Elle se lova contre lui, poussa un long soupir.

— Ne t'en va pas. J'ai tellement besoin de toi. Trop.

— Ce ne sera jamais trop.

Pendant la fête, elle avait enfermé leur premier souvenir dans le coffret de Leonardo et de Mavis. Lui, à présent, y déposait son premier vœu : qu'elle dorme en paix !

Il continua à la bercer jusqu'à ce qu'elle sombre dans un sommeil de plomb.

Elle se réveilla dans ses bras et s'aperçut qu'il l'avait couchée entre les draps de satin. Elle demeura un instant immobile, à contempler le visage de son mari. Ses traits volontaires, ses longs cils qui dessinaient un croissant d'ombre sur ses pommettes, sa bouche de poète romantique.

Elle déposa un baiser sur ses lèvres, pour lui témoigner sa gratitude, puis, précautionneusement, elle essaya de se dégager. Il resserra son étreinte.

— Reste là, souffla-t-il d'une voix rauque.

Elle arqua les sourcils d'un air narquois.

— Tu es fatigué ?

— Oh, oui !

— À d'autres. Tu n'es jamais fatigué.
— Je te jure que je le suis. Arrête de te trémousser.
Elle pouffa de rire.
— Tu n'es pas obligé de te lever.
— Je l'espère bien.
— Je t'abandonne, répliqua-t-elle en lui ébouriffant les cheveux. Rendors-toi.
— Je pourrais me rendormir si tu ne m'écorchais pas les tympans.
Hilare, elle se redressa.
— Connors?
— Pitié! protesta-t-il en enfouissant sa figure dans l'oreiller. Qu'y a-t-il encore?
— Je t'aime.
Il tourna la tête, un éclair bleuté filtra entre ses paupières mi-closes. Eve sentit un frisson délicieux la parcourir. Cet homme était un sorcier, capable de lui donner une envie folle de faire l'amour, malgré ce qu'elle avait subi jadis.
— Si tu m'aimes, viens là. Je réussirai peut-être à rester éveillé assez longtemps...
— On verra ça plus tard.
— Hmm...
— Quel enthousiasme! Pour un peu, je me vexerais.
Elle s'habilla, boucla son holster puis, une tasse de café à la main, sortit de la chambre pour gagner son bureau. Elle y trouva McNab affalé sur la méridienne. Galahad s'était pelotonné sur sa tête, on aurait cru que le détective était coiffé d'une toque en fourrure. Tous deux ronflaient allégrement.
À l'approche de sa maîtresse, le chat ouvrit un œil et poussa un miaulement réprobateur.
— McNab?
Comme celui-ci ne bronchait pas, Eve lui donna une bourrade.
— Attention à tes ongles, poupée, tu me griffes... bredouilla-t-il d'une voix pâteuse.
— On émerge, mon vieux! claironna Eve en le secouant plus rudement. Pas de rêves érotiques sur mon divan.

— Hein ? C'est vous, Dallas ? Où suis-je ?

Étonné de sentir un poids sur sa tête, il tendit une main molle et la referma sur une queue touffue.

— Mais... qu'est-ce que c'est que ça ?
— À votre avis ?

Il leva le nez, tressaillit.

— Un chat ?
— Je vous signale qu'il habite ici. Bon, vous avez les idées assez claires pour me faire votre rapport ?
— Ouais, pas de problème...

Il se redressa avec difficulté, passa la langue sur ses lèvres sèches.

— Du café, je vous en supplie.

Étant elle-même accro à la caféine, elle eut pitié de lui et se dirigea vers le coin cuisine. Un instant plus tard, elle lui tendait une tasse fumante.

Galahad s'était installé sur les genoux du jeune homme ; il dardait sur lui un regard fixe, comme pour le défier d'ébaucher un mouvement. McNab prit la tasse à deux mains, en vida bruyamment la moitié.

— Ah, ça va mieux ! Je rêvais que j'étais sur une île perdue au fin fond de l'espace intersidéral et que je faisais l'amour avec une mutante couverte de poils.

Il adressa un sourire de connivence à Galahad.

— Maintenant, je comprends tout.
— Épargnez-moi vos fantasmes lubriques. Qu'avez-vous trouvé ?
— J'ai contacté tous les hôtels de luxe. Personne n'y a réservé de chambre hier soir. Ensuite, j'ai appelé les établissements de deuxième catégorie. Même résultat. Je me suis aussi plongé dans la biographie de notre Père Noël. La disquette est sur votre bureau.

Eve s'en saisit et la rangea dans son sac.

— Résumez-moi les événements marquants.
— Il a quarante-sept ans, il est né à New York. Ses parents ont divorcé quand il avait douze ans. Il est resté avec sa mère.

McNab s'interrompit, bâilla à s'en décrocher la mâchoire.

— Pardon... Elle ne s'est jamais remariée. Elle était actrice, mais elle a essentiellement joué dans des navets. Elle souffrait de troubles mentaux. Elle était régulièrement internée dans des cliniques psychiatriques réservées aux riches, pour dépression. On n'a pas réussi à la guérir, puisqu'elle s'est suicidée l'année dernière. Devinez quand ?

— À Noël.

— Gagné. Simon a reçu une excellente éducation, il est titulaire de deux diplômes : études théâtrales et cosmétologie. Il a décroché quelques contrats en tant que maquilleur de cinéma. Il s'occupe du salon de beauté depuis deux ans. Il ne s'est jamais marié, il vivait avec sa maman.

McNab avala une nouvelle lampée de café.

— Il n'est pas pauvre, mais les séjours de sa mère en clinique ont passablement écorné son capital. Il n'a pas de casier judiciaire. Quant à son dossier médical, je n'ai trouvé que des bilans de santé normaux. Il n'a jamais eu affaire à un psychiatre.

— Transmettez tous ces renseignements à Mira, et voyez ce que vous pouvez trouver sur le père. Continuez à contacter les hôtels. Il est forcément quelque part.

— Ce serait possible d'avoir un petit déjeuner ?

— Vous savez où est la cuisine. Bon, je vous laisse. Tenez-moi au courant.

— Entendu. Dites, Dallas... ça va, entre Peabody et vous ?

— Pourquoi cette question ?

— Ben... j'ai eu l'impression qu'il y avait de l'eau dans le gaz.

— Tenez-moi au courant si vous avez du nouveau, se borna-t-elle à répéter, avant de s'éloigner à grands pas.

Peabody avait dû se lever dès potron-minet pour repasser son uniforme. Elle était déjà là, raide comme un piquet, quand Eve arriva. Elles se saluèrent d'un hochement de tête, et entrèrent ensemble dans le hall de Sublimissime. Yvette, derrière le comptoir, préparait le planning de la journée.

— On ne voit plus que vous, dit-elle à Eve. Vous devriez prendre un rendez-vous pour une manucure ou un soin.
— Il y a une cabine de libre ?
— Oui, mais je n'ai pas de consultant disponible avant 14 heures.
— Suivez-moi, Yvette.
— Pardon ?
— Venez avec moi, il faut que je vous parle.
— J'ai du travail.
— Si vous préférez, je vous embarque au Central.
— Seigneur !

Excédée, Yvette descendit du tabouret sur lequel elle était perchée.

— Laissez-moi quand même le temps d'activer le droïde qui me remplace en cas d'urgence. Vous savez, nous n'aimons guère utiliser les droïdes, ils sont trop impersonnels.

Maugréant, elle se dirigea vers l'angle du hall et ouvrit un placard qui renfermait une splendide créature vêtue d'une élégante combinaison dont la couleur pastel mettait admirablement en valeur le teint hâlé et la chevelure flamboyante. Dès qu'Yvette l'eut activée, elle ouvrit de grands yeux bleus frangés de longs cils recourbés et sourit.

— Puis-je vous aider ?
— Remplace-moi à la réception.
— Je suis enchantée de pouvoir vous rendre service. Vous êtes superbe aujourd'hui.
— Tu parles, bougonna Yvette en tournant les talons. Elle dirait la même chose si j'avais la figure couverte de pustules. C'est le problème avec les droïdes. J'espère que vous ne me retiendrez pas longtemps, ajouta-t-elle en se dirigeant vers l'une des cabines. Simon n'aime pas que les employés abandonnent leur poste de travail.

— Il ne vous le reprochera pas.

Elles entrèrent dans la pièce. Eve frissonna. Elle avait l'impression d'être dans une salle d'autopsie.

— Quand avez-vous parlé à Simon pour la dernière fois ?

— Hier.

Profitant de l'aubaine, Yvette saisit un gant de massage électrique qu'elle promena voluptueusement sur sa nuque et ses épaules.

— Il avait une cliente qui voulait augmenter le volume de ses seins. Il a terminé vers 18 heures. Si vous souhaitez le voir, il sera là d'un instant à l'autre. En réalité, il devrait déjà être là. La veille de Noël, nous sommes toujours débordés.

— Si j'étais vous, je ne l'attendrais pas aujourd'hui.

Yvette sursauta.

— Il y a un problème ? Simon a eu un accident ?

— Non, mais il y a effectivement un gros problème. Cette nuit, il a agressé Piper Hoffmann.

— Simon ? s'écria Yvette en riant. Vous déraillez, lieutenant.

— Il a assassiné quatre personnes, après les avoir violées. Piper a failli subir le même sort. Il a pris la fuite. Où peut-il se cacher, selon vous ?

— Vous vous trompez, ce n'est pas possible. Simon est un homme adorable qui ne serait même pas capable d'écraser un moustique.

— Depuis combien de temps le connaissez-vous ?

— Je... Deux ans, depuis qu'il a repris le salon. Non, vous vous trompez...

Yvette pressa ses mains tremblantes sur ses joues.

— Vous dites que Piper a été agressée ? Elle est blessée ? Où est-elle ?

— À l'hôpital, elle est dans le coma. Heureusement pour elle, Simon a été interrompu par l'arrivée de Rudy. Il a réussi à s'enfuir, il est passé à son appartement et il est reparti. Où peut-il être, à votre avis ?

— Je n'en sais rien. Je suis... abasourdie. Vous êtes sûre de ce que vous dites ?

— Certaine, répondit froidement Eve.

— Mais il adorait Piper. C'est toujours lui qui s'occupait d'elle et de Rudy. Il les surnommait «les jumeaux célestes».

— De qui était-il proche? À qui parlait-il de sa vie privée? De sa mère?

— Sa mère est décédée l'an dernier. Il était anéanti. Elle est morte dans un accident.

— Il vous a raconté qu'elle avait eu un accident?

— Oui, si je me souviens bien, elle a eu un malaise alors qu'elle était dans son bain. Elle s'est noyée. Une vraie tragédie… Ils étaient tellement proches, tous les deux.

— Donc, il vous parlait d'elle?

— Nous travaillons ensemble, nous passons toutes nos journées ici. Nous sommes amis.

Les yeux d'Yvette s'embuèrent.

— Ce n'est pas un assassin, je me refuse à le croire.

— Vous feriez mieux de vous en persuader, pour votre propre sécurité. Où est-il, Yvette? Il est menacé, il ne peut pas rentrer chez lui. Où se cache-t-il?

— Je n'en ai pas la moindre idée. Le salon, surtout depuis qu'il a perdu sa mère, représente pour lui son deuxième foyer. Je ne pense pas qu'il ait de la famille. Son père est mort quand il était enfant. Je vous jure, lieutenant, que j'ignore où il est.

— S'il vous appelle, prévenez-moi immédiatement. Méfiez-vous de lui. S'il vous demande de le rejoindre, n'y allez pas seule. S'il sonne à votre porte, n'ouvrez pas. Maintenant, j'aimerais fouiller son vestiaire et interroger les autres employés.

— D'accord… Vous savez, je n'ai jamais rien remarqué de bizarre chez lui.

Yvette essuya une larme.

— Il adore Noël, il était tout excité. C'est un sentimental, un tendre. L'an dernier, le décès de sa mère lui a gâché les fêtes.

— Eh bien, cette année, il se rattrape.

Elles sortirent de la cabine pour gagner la salle de repos réservée au personnel. Un consultant bâti comme une armoire à glace sirotait une boisson vitaminée vert pistache.

Yvette passa dans la pièce voisine et s'approcha du vestiaire de Simon. Elle tripota la serrure, fronça les sourcils.

— Il a modifié le code.
— Qui est responsable en son absence ?
— Moi, soupira Yvette.

Eve dégaina son arme.

— Je vais ouvrir ce placard, mais vous devez au préalable me donner votre assentiment.

Les épaules d'Yvette se voûtèrent.

— Vous l'avez.
— Vous êtes témoin, Peabody ?
— Oui, lieutenant.

Eve visa la serrure et appuya sur la détente de son arme. Un éclair éblouissant jaillit, accompagné d'un bruit sourd. Le verrou vola en éclats.

Alarmé, le consultant accourut.

— Mais qu'est-ce qui se passe ?

Yvette le chassa d'un geste impatient de la main.

— Ce sont des policiers, Stevie. Tu as un lifting prévu à 9 h 30. Dépêche-toi d'aller préparer la cabine.
— Simon sera furieux, déclara-t-il d'un air outré.

S'écartant sur le côté pour que Peabody puisse filmer la fouille, Eve voulut tirer le battant.

— Merde, le métal est brûlant.

Peabody extirpa de sa poche un mouchoir blanc plié avec soin. Leurs regards se croisèrent brièvement.

— Tenez, lieutenant.
— Merci.

Eve enroula le mouchoir autour de ses doigts et ouvrit le placard.

— Le Père Noël était pressé, murmura-t-elle.

Sur la houppelande rouge, roulée en boule, gisaient de hautes bottes d'un noir luisant.

— Passez-moi le Seal-It, ordonna-t-elle à son assistante. Voyons ce que nous avons là-dedans.

Elle trouva deux petits bidons de désinfectant, du savon aux plantes, plusieurs tubes de crème protectrice, ainsi que le gadget à la mode qui détruisait prétendument les germes grâce à des ondes électromagnétiques. Il y avait aussi, dans une boîte, des modèles de tatouages effaçables aux motifs tarabiscotés. Tous agrémentés de la même inscription en lettres stylisées :

Mon Seul Amour

— Emballez ces pièces à conviction, Peabody, et demandez qu'on vienne les chercher. Je veux qu'elles soient au labo dans une heure. Pendant ce temps, j'interrogerai le personnel.

Elle n'apprit rien de plus. Simon était apprécié de ses employés qui le considéraient comme un homme agréable, généreux et plein de compassion à l'égard de ses semblables.

Eve, en les écoutant faire l'éloge de leur patron, se remémorait le visage de Marianna Hawley, déformé par la terreur et la souffrance.

Flanquée de Peabody, elle quitta le salon de beauté pour se rendre à l'hôpital. Elles firent le trajet en silence. Malgré la chaleur bienfaisante qui régnait dans la voiture –, le chauffage de ce carrosse flambant neuf fonctionnait à merveille – l'ambiance était glaciale.

Tant pis, se dit Eve avec cette mauvaise foi qui la caractérisait parfois. Si Peabody voulait faire la tête et continuer à se draper dans sa dignité, c'était son problème. Du moment que cela n'affectait pas son travail.

Elles se garèrent devant le service des urgences et descendirent du véhicule.

— Appelez McNab pour savoir s'il a progressé. Ensuite, vérifiez si Mira a reçu le dossier de Simon.

— Bien, lieutenant.

— Répondez-moi encore une fois sur ce ton pincé, et je vous flanque une baffe.

Là-dessus, Eve se dirigea vers l'ascenseur qui l'emporta à l'étage où se trouvait la chambre de Piper. Au bureau des infirmières, elle exhiba son badge.

— Je voudrais des nouvelles de Mlle Hoffmann.

— On vient de lui administrer un calmant.
— Comment ça ? Elle est sortie du coma ?

L'infirmière, qui portait une tunique à fleurs de couleur vive, lâcha un soupir irrité.

— Elle a repris conscience il y a une vingtaine de minutes.
— Pourquoi ne m'en a-t-on pas avertie ? J'avais instamment demandé qu'on me tienne informée de l'évolution de son état.
— Je sais, lieutenant, mais nous avons dû la mettre sous sédatif, avec l'accord du médecin et de son frère.
— Où est-il, celui-là ?
— À son chevet. Il y est resté toute la nuit.
— Contactez le médecin. Qu'il rapplique dare-dare.

Eve tourna les talons et longea le couloir menant à la chambre de Piper.

La jeune femme ressemblait à la Belle au bois dormant : blonde et pâle, les yeux clos. Près du lit, les moniteurs bourdonnaient discrètement. Hormis ces machines, on se serait cru dans la chambre d'un palace. Les malades fortunés avaient les moyens de se soigner dans un cadre luxueux et raffiné.

Eve, pour sa part, gardait un souvenir cauchemardesque de son premier séjour à l'hôpital. Jamais elle n'oublierait la longue salle commune aux murs gris, aux fenêtres masquées par des rideaux noirs, les rangées de lits étroits sur lesquels les femmes et les fillettes se tordaient de douleur. L'air empestait l'urine et la misère.

Elle avait huit ans, elle était seule et brisée. Elle ne se rappelait même pas son nom.

Piper ne subirait pas le même sort. Son frère lui tenait la main, délicatement, comme s'il craignait de la casser. Des fleurs artistiquement disposées dans des corbeilles et de grands vases en cristal embaumaient l'atmosphère. Les enceintes diffusaient en sourdine une douce mélodie.

— Elle s'est réveillée en criant, murmura-t-il sans quitter des yeux le visage de sa sœur. Elle m'appelait au secours. Elle poussait des cris affreux de bête blessée.

Il se pencha pour appuyer sa joue sur les doigts fuselés de Piper.

— Elle ne m'a pas reconnu. Elle se débattait, elle essayait de me frapper. Elle ne savait plus qui j'étais, où elle était. Elle pensait que... qu'il était encore là.

— A-t-elle dit quelque chose, Rudy? A-t-elle prononcé son nom?

— Elle l'a hurlé.

Quand il releva la tête, son visage était cireux, émacié, comme si la chair avait fondu.

— Elle a crié plusieurs fois: «Pitié, Simon, non!»

Eve sentit son cœur se serrer.

— Rudy, il faut que je lui parle.

— Elle a besoin de dormir, d'oublier. Quand elle ira mieux, ajouta-t-il en caressant les cheveux de Piper, quand elle sera rétablie, je l'emmènerai loin d'ici. Quelque part au soleil, dans une île où il fera chaud, où les fleurs seront belles. Là-bas, elle guérira. Je sais ce que vous pensez de moi, de nous, mais je m'en moque.

— Mon opinion n'a aucune importance. C'est Piper qui compte.

Elle s'approcha de lui.

— Pour qu'elle guérisse, ne vaudrait-il pas mieux que l'homme qui lui a infligé cette torture soit derrière les barreaux? Il faut que je lui parle, répéta-t-elle.

— Vous n'avez pas le droit de l'y obliger, c'est inhumain. Vous ne comprenez pas ce qu'elle ressent, ce qu'elle a subi.

— Je sais ce qu'elle éprouve, croyez-moi, répliqua-t-elle avec une conviction qui le fit tiquer. Je veux arrêter cet homme, Rudy, avant qu'il ne recommence avec une autre.

— J'exige d'être présent, soupira-t-il après un long silence. Elle aura besoin de moi... et de son médecin. Il restera à son chevet, lui aussi. Si elle est trop bouleversée, il lui administrera un calmant.

— D'accord, mais je vous demande de me laisser faire mon travail.

Il acquiesça, reporta son attention sur le visage de Piper.

— Est-ce que... Combien de temps... Si vous savez ce qu'elle endure, combien de temps lui faudra-t-il pour oublier ?

— Elle n'oubliera jamais, murmura Eve. Elle apprendra simplement à vivre avec ce souvenir.

19

— Elle va se réveiller peu à peu.
Le docteur était jeune, son regard brun reflétait la compassion que lui inspiraient ses patients et l'amour qu'il vouait à son art. Au lieu de confier cette tâche subalterne à une infirmière ou à un étudiant, il avait tenu à préparer lui-même la perfusion.
— Je ne force pas la dose, ajouta-t-il, afin que le réveil ne soit pas trop brutal.
— Je veux qu'elle soit cohérente.
— Je le sais, lieutenant. Normalement, vu l'état de Mlle Hoffmann, je n'aurais pas accédé à votre requête. Mais je comprends votre situation. De votre côté, comprenez qu'elle a besoin de repos.
Il tourna les yeux vers les moniteurs.
— La tension est stable. Se remettre d'un traumatisme pareil, physiquement et émotionnellement, n'est pas chose facile.
— Vous avez visité le service réservé aux victimes de viols, à Alphabet City ?
— Il n'y a pas de service de ce genre dans ce secteur.
— Il y en avait un, on l'a restructuré voici cinq ans. Il accueillait principalement de jeunes prostitués qui faisaient le trottoir. Des garçons et des filles fraîchement débarqués de la campagne et qui, pour leur malheur, étaient tombés sur un ou plusieurs clients défoncés au Zeus ou à l'Exotica. J'ai travaillé avec eux pendant six mois. C'était l'enfer. Croyez-moi, je connais le problème.

Le médecin hocha la tête. Il prit le pouls de Piper, lui souleva une paupière.

— Elle reprend conscience. Rudy, mettez-vous là, qu'elle vous voie. Rassurez-la, parlez-lui d'une voix douce et calme.

Plaquant un pathétique sourire sur ses lèvres, Rudy se pencha.

— Piper… C'est moi, ma chérie. Tu ne risques rien, tu es avec moi. Tu m'entends ?

— Rudy ? bredouilla-t-elle. Qu'est-ce qui s'est passé ? Où étais-tu ?

— Je suis là, répondit-il, les yeux pleins de larmes. Je ne te quitterai plus.

— Simon… il me fait mal. Je ne peux pas bouger…

— Il est parti. Tu es en sécurité.

— Piper, intervint Eve, vous vous souvenez de moi ?

Une lueur de panique flamba dans les prunelles de la jeune femme.

— La police, le lieutenant… vous vouliez que je vous dise du mal de Rudy.

— Non, je veux juste que vous me disiez la vérité. Rudy est près de vous. Il va rester là. Racontez-moi ce qui vous est arrivé avec Simon.

— Simon… où est-il ?

Piper leva la main, comme pour parer un coup. Eve la lui prit et la pressa entre les siennes.

— Il n'est pas là, il ne vous fera plus de mal. Je l'en empêcherai, mais vous devez m'aider. Il faut m'expliquer ce qui s'est passé.

Piper ferma les yeux.

— Il a sonné à la porte. J'étais contente de le voir. J'avais son cadeau de Noël, et lui… il tenait une grande boîte argentée. J'ai cru que c'était pour nous, pour Rudy et moi. Je l'ai prévenu que Rudy n'était pas encore rentré. Il le savait. Il souriait, puis il… il a posé la main sur mon bras.

Elle s'humecta les lèvres.

— Je me suis sentie tout étourdie, j'avais la tête qui tournait. Je ne tenais plus debout, j'ai dû m'allonger.

Je l'entendais qui me parlait, mais je ne comprenais pas bien. Je ne pouvais plus bouger.

— Vous rappelez-vous ce qu'il vous a dit ? Un mot, une phrase ?

— Tu es belle. Je vais te rendre encore plus belle. J'ai senti quelque chose de froid sur ma cuisse, qui me tirait la peau. Il m'a dit : « Je n'aime que toi, je veux que tu sois mon seul amour, les autres ne comptent pas, il n'y a que toi. Les autres sont morts, parce qu'ils n'étaient pas sincères. Ils n'étaient pas purs, innocents. » Oh non ! gémit-elle en dégageant sa main d'un mouvement brusque.

— Tout va bien, vous êtes en sûreté. Je vous comprends, Piper. Je sais combien vous avez souffert, combien vous avez eu peur, mais vous n'avez plus rien à craindre. Regardez-moi, ordonna Eve d'un ton doux mais ferme. Je vous jure qu'il ne vous touchera plus.

Les larmes ruisselaient à présent sur les joues de la jeune femme.

— Il m'a attachée au lit. Il m'a enlevé mes vêtements. Je l'ai supplié. Il était mon ami. Il a revêtu cet horrible costume. Il avait une caméra, il prenait des poses, il souriait... « Tu as été une méchante petite fille. » Il avait le regard d'un fou. J'ai hurlé, mais personne ne m'a entendue. Rudy !

— Je suis là, balbutia-t-il en lui baisant la tempe. Je suis là, ma chérie.

— Il... il m'a violée. C'était atroce, murmura-t-elle en fermant les yeux. Il m'a traitée de putain. Il a dit que les femmes mentaient, qu'elles jouaient la comédie, qu'elles prétendaient avoir des sentiments mais qu'elles n'étaient que des putains. Alors, les hommes se servaient d'elles et les abandonnaient. Moi aussi je n'étais qu'une traînée, il pouvait me faire ce qu'il voulait. Rudy... je t'ai appelé au secours !

— Rudy vous a sauvée, Piper.

— C'est vrai ?

— Oui. Il vous a entendue, il est accouru et il a pris soin de vous.

— Il me semble que Simon s'est mis à sangloter. Il pleurait à cause de sa mère. Après... je ne sais plus.

— Très bien. Je vous remercie, Piper.

Celle-ci attrapa la main d'Eve et la serra avec force.

— Vous l'empêcherez de revenir ?

— Je vous le promets.

— Il m'a aspergée avec une sorte de liquide. Partout. Son corps à lui est épilé à la cire. Entièrement. Il a un tatouage sur la hanche.

Eve en fut étonnée. Sur les vidéos qu'elle avait visionnées, on ne distinguait pas de tatouage.

— Vous vous souvenez du motif ?

— Une phrase : « Mon seul amour. » Il me l'a montré, il voulait que je l'admire. Il m'a expliqué que c'était tout nouveau et que celui-là ne s'effacerait pas. Parce qu'il en avait assez d'être rejeté et abandonné par tous ceux qu'il aimait. Moi, je le suppliais, je lui disais que je ne lui avais jamais fait de mal. Il a fondu en larmes, il m'a répondu qu'il était désolé, qu'il ne pouvait pas agir autrement.

— Vous rappelez-vous autre chose ?

— Il a dit que je l'aimerais pour l'éternité, parce qu'il serait mon dernier amant. Et qu'il ne m'oublierait jamais, parce que j'avais été son amie.

Le voile qui troublait le regard de Piper s'était dissipé, cédant la place à un indicible désespoir.

— Il allait me tuer. Il n'était plus lui-même, lieutenant. L'homme qui m'a infligé toutes ces horreurs n'était pas le Simon que je connaissais. Il ne s'appartenait plus. Et je crois que cela l'effrayait autant que moi.

— À présent, vous n'avez plus rien à craindre.

Eve lança un coup d'œil à Rudy.

— Sortons un instant, pendant que le docteur examine votre sœur.

— Je reviens, murmura-t-il en pressant tendrement la main de Piper.

Il suivit Eve dans le couloir, referma la porte de la chambre.

— Je ne veux pas m'éloigner d'elle.

— Elle aura besoin de se confier à quelqu'un.
— Elle a suffisamment parlé. Bon sang! elle vous a tout dit et...
— Il lui faudra une thérapie, coupa Eve. L'emmener sur une île paradisiaque ne suffira pas à la guérir. Il y a quelques jours, je lui ai donné ma carte de visite. Au dos, j'ai noté les coordonnées du Dr Mira. Contactez-la, Rudy. Elle aidera votre sœur.

Il ébaucha un geste de protestation puis laissa retomber son bras.

— Vous avez été très gentille avec elle, lieutenant, très douce. En l'écoutant raconter ce qu'elle a subi, j'ai compris pourquoi vous avez été si dure à mon égard, quand vous pensiez que j'étais coupable de ces... atrocités. Je vous suis reconnaissant.
— Vous pourrez l'être lorsque j'aurai arrêté ce monstre. Vous le connaissez bien, n'est-ce pas?
— Je le croyais.
— Où se cache-t-il, à votre avis? A-t-il des intimes?
— Il me semble que Piper et moi étions ses plus proches amis. Nous passions beaucoup de temps ensemble, pour des raisons professionnelles et aussi pour le plaisir.

Il soupira.

— Voilà pourquoi il avait accès à notre banque de données. Personne ne se méfiait de lui. Si je ne vous avais pas mis des bâtons dans les roues pour tenter de protéger ma réputation et ma société, cette tragédie aurait pu être évitée.
— Il est encore temps de m'aider. Parlez-moi de lui, de sa mère.
— Elle s'est suicidée. Je pense être le seul à le savoir. Un soir, il a craqué et il m'a tout avoué. C'était une femme perturbée, déséquilibrée. Simon considérait que son père était responsable des troubles mentaux de sa mère. Elle ne s'était jamais remise de son divorce. Elle s'obstinait à espérer que son mari lui reviendrait un jour.
— Il était donc son seul amour?

— Mon Dieu ! balbutia-t-il, atterré. Oui, vous avez raison. Elle était actrice, elle n'avait pas beaucoup de succès, mais Simon la jugeait merveilleuse, extraordinaire. Il la vénérait. Pourtant, son comportement le désespérait souvent. Quand elle sombrait dans la dépression, elle collectionnait les amants. Les hommes lui servaient d'euphorisant. Simon était extrêmement tolérant, néanmoins, dans ce domaine, il avait l'esprit étroit. Il ne supportait pas que sa mère eût des aventures. Nous n'en avons discuté qu'une fois, peu de temps après le suicide, alors qu'il était assommé par le chagrin. Elle s'est pendue. Il l'a trouvée morte le matin de Noël.

— Ça explique tout, dit Peabody en se cramponnant à son siège, car Eve zigzaguait à toute allure dans les embouteillages. Il n'a pas réglé son Œdipe et chaque fois qu'il s'en prend à une femme, c'est sa mère qu'il aime et qu'il punit. Les deux victimes masculines représentent son père ou ses tendances sexuelles dominantes.
— Merci pour le diagnostic, railla Eve.
Elle donna un brusque coup de volant pour éviter un véhicule.
— Quel foutoir ! Pas étonnant qu'au mois de décembre les hôpitaux et les cliniques psychiatriques ne désemplissent pas !
— C'est la veille de Noël.
— Je sais très bien quel jour nous sommes !
Exaspérée, Eve enfonça la manette ascensionnelle, obliqua brutalement sur la gauche et fila comme l'éclair au-dessus des automobiles bloquées dans les bouchons.
— Attention à l'aérobus, souffla Peabody.
— Je ne suis pas aveugle, riposta Eve qui évita le bus d'un cheveu.
— Ce taxi va nous...
Peabody ferma les yeux. Eve fit une embardée et tamponna le taxi qui n'avait pas ralenti. Elle lâcha un

juron, brancha la sirène qui se mit à ululer sinistrement, et se gara à la va-comme-je-te-pousse, à moitié sur la chaussée et à moitié sur le trottoir, indifférente à l'indignation des piétons.

— À nous deux, crétin !

Elle claqua la portière, marcha à grands pas vers le taxi. Le chauffeur, qui était manifestement dans le même état d'esprit qu'elle, jaillit hors de sa voiture et s'avança, tel un ours écumant de rage.

S'il voulait en découdre avec un flic, songea Peabody, apitoyée, il n'avait pas choisi le bon.

Elle descendit de la voiture et, jouant des coudes pour écarter les badauds, s'approcha des deux belligérants. Au fond, elle se félicitait qu'Eve ait l'occasion de passer ses nerfs sur quelqu'un. Elle serait peut-être de meilleure humeur ensuite.

— Moi aussi j'ai une manette ascensionnelle, et j'ai le droit de l'utiliser comme vous ! vociférait le chauffeur. Vous n'aviez pas mis votre clignotant ni branché votre sirène ! Les flics ne sont pas propriétaires de la route. C'est la municipalité qui va me rembourser mon pare-chocs ? Parce que ce n'est pas moi qui paierai les réparations, ma petite !

— Ma petite ?

La voix d'Eve était tellement glaciale que Peabody frissonna.

— Écoute-moi bien, *mon grand*. Tu recules ou je te fais arrêter pour outrage à agent de la force publique.

— Hé ! Je ne vous ai même pas touchée...

— Tu recules, et vite !

— Tout ça pour de la tôle froissée, franchement...

— Tu refuses d'obtempérer ?

— Non, marmonna-t-il. C'est la veille de Noël, on passe l'éponge. Qu'est-ce que vous en dites ?

— J'en dis que tu aurais intérêt à respecter un peu la police.

— Figurez-vous, ma petite dame, que j'ai un cousin dans la police. Et il est gradé.

Grinçant des dents, Eve lui fourra son insigne sous le nez.

— Tu sais lire ? Tu vois ce qui est écrit là ? Lieutenant. Pas « ma petite » ni « ma petite dame ». Comment il s'appelle, ton cousin gradé ?

— Brinkleman, bredouilla-t-il. Il est sergent.

— Tu demanderas à ton sergent Brinkleman de contacter le lieutenant Dallas, au Central, brigade des homicides. J'attends qu'il m'explique pourquoi son cousin chauffeur de taxi est un abruti. Si je juge sa démonstration satisfaisante, je ne te retirerai pas ta licence et je ne te ferai pas condamner pour avoir percuté un véhicule officiel. Pigé ?

— Ouais, lieutenant, j'ai compris.

— Maintenant, dépêche-toi de ficher le camp.

Vaincu, le chauffeur remonta dans sa voiture et attendit patiemment qu'une brèche s'ouvre dans les embouteillages et lui permette de redémarrer.

Eve, qui n'était pas encore calmée, fit demi-tour. Elle décocha un regard noir à Peabody.

— Quant à vous, si vous voulez rester avec moi, je vous conseille d'enlever au plus vite le parapluie que vous avez dans le postérieur.

— Sauf votre respect, lieutenant, j'ignorais avoir un objet étranger dans cette partie de mon anatomie.

— Épargnez-moi vos fines plaisanteries, agent Peabody. Si vous n'êtes pas satisfaite de votre statut d'assistante, vous pouvez demander votre mutation.

Peabody sentit son cœur s'emballer. Elle eut l'impression qu'il cognait dans sa gorge.

— Je ne veux pas être mutée, lieutenant. Je ne suis pas mécontente de ma situation.

Furieuse, Eve restait plantée sur le trottoir, indifférente aux passants qui la bousculaient.

— Continuez à me parler sur ce ton solennel, et nous allons en venir aux mains !

— Vous menacez de me virer.

— Absolument pas. Je vous offre la possibilité d'occuper un autre poste.

Peabody, qui commençait à trembler, se crispa.

— J'ai eu le sentiment, et je l'ai toujours, que vous aviez dépassé les bornes, hier soir, en ce qui concerne ma relation avec Charles Monroe.

— Je ne l'ignore pas, vous avez été très claire sur ce point.

— J'ai estimé que mon supérieur hiérarchique n'avait pas à se mêler de questions personnelles et de...

— Ça oui, c'était effectivement personnel !

Le regard d'Eve s'était assombri. Peabody fut stupéfaite d'y lire non pas de la colère mais du chagrin.

— Hier, ce n'était pas un supérieur hiérarchique qui s'adressait à son subalterne. Je croyais parler à une amie.

La honte submergea Peabody.

— Dallas...

— Une amie, répéta Eve avec véhémence, qui faisait les yeux doux à un prostitué impliqué dans une affaire de meurtres en série.

— Mais Charles ne...

— Il figurait sur la liste des suspects ! Il a rencontré l'une des victimes et il a fréquenté une femme qui a failli être assassinée.

— Vous n'avez jamais pensé que Charles pouvait être le tueur.

— Non, je croyais que Rudy l'était, et j'avais tort. J'aurais également pu me tromper à propos de Charles Monroe.

Une idée qui, même à présent, donnait à Eve la chair de poule.

— Ramenez la voiture au Central, enchaîna-t-elle. Communiquez les informations que nous avons récoltées au capitaine Feeney et au commandant Whitney. Prévenez-les que je reste sur le terrain.

— Mais...

— Retournez au Central ! l'interrompit Eve. C'est votre supérieur hiérarchique qui vous l'ordonne !

Sur ces mots, elle s'éloigna et s'enfonça dans la foule, tel le soc d'une charrue labourant la terre.

— Bonté divine... balbutia Peabody.
Les jambes en coton, la jeune femme s'appuya contre la voiture. Les klaxons, les flots de musique que déversaient les magasins l'assourdissaient.

«Peabody, tu n'es qu'une cruche», s'insulta-t-elle mentalement.

Elle renifla, chercha son mouchoir, puis se souvint qu'Eve ne le lui avait pas rendu. S'essuyant le nez d'un revers de main, elle se mit au volant et s'apprêta à exécuter les ordres du lieutenant.

Quand Eve atteignit l'angle de la 41e Rue, sa colère retomba d'un coup. Elle réalisa alors qu'il lui faudrait un temps fou pour rejoindre Dickie au labo.

Elle jeta un coup d'œil aux trottoirs aériens où circulait une foule compacte. Inutile d'espérer aller plus vite par ce chemin-là.

Une vague de piétons déferla soudain sur elle. Entraînée par le mouvement, elle parcourut une centaine de mètres avant de réussir à se dégager. Désorientée, elle manqua de percuter l'étal d'un vendeur de hot-dogs au soja. Suffoquée par l'âcre fumée, les yeux pleins de larmes, elle extirpa son insigne de sa poche.

Au péril de sa vie, elle s'avança sur la chaussée, brandit son insigne pour arrêter un taxi et s'y engouffra.

Elle poussait un soupir de soulagement, lorsqu'elle croisa dans le rétroviseur le regard accablé du chauffeur. Il s'agissait du malheureux cousin du sergent Brinkleman.

— Quelle coïncidence! s'esclaffa-t-elle.
— Il y a des journées comme ça, marmonna-t-il, où on ferait mieux de rester au lit.
— Je déteste Noël.
— Moi aussi, aujourd'hui, ça me tape sur les nerfs.
— Emmenez-moi dans la 18e Rue.
— Vous iriez plus vite à pied.

— J'en ai marre de me traîner sur les trottoirs. Démarrez et appuyez sur le champignon. Si vous écopez d'une contredanse, je vous la ferai sauter.

— C'est vous le patron, lieutenant.

Tandis qu'il filait comme le vent, Eve ferma les paupières. Une épouvantable migraine lui taraudait le crâne. Elle ne couperait pas à un antalgique, elle qui avait horreur des médicaments.

— À propos de votre pare-chocs... commença-t-elle. Vous risquez d'avoir des ennuis ?

— Bof, pas vraiment, répliqua-t-il en se garant à l'angle de la 18ᵉ Rue. Ce soir, je ne serai pas le seul chauffeur qui rentrera au garage avec une carrosserie en miettes. Je regrette de vous avoir manqué de respect, lieutenant. À force de se coltiner ces fichus embouteillages, on devient méchant.

— C'est vrai.

Elle glissa sa carte de crédit dans la fente de l'appareil fixé au siège.

— Considérez que nous sommes quittes, ajouta-t-elle.

— Je vous remercie. Joyeux Noël quand même !

— À vous aussi.

Les passants étaient rares dans ce quartier où étaient rassemblés les laboratoires de la police et les morgues de la ville. Ce n'était pas le secteur idéal pour faire du lèche-vitrines.

Eve pénétra dans le bâtiment, une hideuse construction en acier conçue par un amateur débile d'architecture high-tech. Elle traversa le hall désert et s'approcha du portique de sécurité.

Le droïde de service la salua poliment quand elle pressa sa paume sur le scanner digital et déclina son identité. Elle poursuivit son chemin, emprunta le tapis roulant pour descendre au sous-sol. Il n'y avait pas âme qui vive dans les couloirs et les bureaux. On était pourtant au milieu de l'après-midi, un jour de semaine.

Les sourcils froncés, elle poussa la porte du labo... et s'arrêta net.

La fête battait son plein, au son d'une musique tonitruante. Une fille, la tête renversée, buvait un breuvage d'un vert douteux qui lui dégoulinait sur le menton. Une autre, les yeux cachés derrière des verres grossissants et qui ne portait visiblement rien sous sa blouse blanche, tournoyait comme une toupie.

— Où est Dickie ? lui demanda Eve en l'agrippant par la manche.

— Oh! par là.

Eve jeta un regard circulaire et finit par apercevoir Dickie qui, perché sur une paillasse, pelotait une technicienne.

Celle-ci devait être complètement soûle, pensa Eve. Sinon, jamais elle n'aurait laissé le chef du labo poser sur elle ses mains baladeuses.

— Salut, Dallas! lui cria-t-il. Notre petite sauterie n'est pas aussi chic que la vôtre, mais on s'amuse quand même bien!

— Où sont mes rapports ? Qu'est-ce que vous fabriquez, nom d'une pipe ?

— Hé, c'est la veille de Noël! Ça s'arrose.

Elle l'empoigna par le col, le secoua.

— J'ai quatre cadavres sur les bras et une femme à l'hôpital. Grouillez-vous, espèce de limace, j'attends vos conclusions!

— La veille de Noël, rétorqua-t-il en essayant vainement de se libérer, le labo ferme à 14 heures. C'est le règlement. Or, il est plus de 15 heures.

— Il se planque quelque part dans cette ville. Vous avez vu ce qu'il a infligé à ses victimes ? Vous voulez que je vous montre les films qu'il a tournés pendant qu'il les violait et les tuait ? Vous avez envie de vous réveiller demain matin et d'apprendre qu'il a recommencé parce que vous n'avez pas fait votre boulot ? Si cela se produisait, vous auriez peut-être du mal à mastiquer votre dinde de Noël, non ?

— Vous êtes un fléau, Dallas. Je n'ai rien de nouveau, ou quasiment. Lâchez-moi, s'il vous plaît.

Avec une dignité surprenante, il rajusta son col.

— Suivez-moi dans le labo d'à côté. Inutile de gâcher la fête.

Il se dirigea vers une porte, la déverrouilla.

— Feinstein, rugit-il, vous ne comptez pas la sauter ici, j'espère ? Allez faire ça dans la réserve, comme tout le monde.

Eve détourna la tête pour ne pas voir le couple enlacé qui sursautait et s'empressait de ramasser les vêtements éparpillés sur le sol. Noël rendait les gens complètement mabouls, songea-t-elle, tandis que l'homme et la femme déguerpissaient en gloussant comme des idiots.

— On a mitonné un cocktail du feu de Dieu, déclara Dickie en guise de justification. Uniquement des substances légales, je vous rassure, mais ça décoiffe.

Il se laissa tomber sur un siège, alluma l'ordinateur.

— Cette fois, vous ne l'ignorez pas, on a ses empreintes. Il a utilisé le même désinfectant. Les fards qu'il a abandonnés sur place correspondent à ceux dont il s'est servi précédemment. Les fibres de tissu que nous avions récupérées proviennent bien du costume que vous avez découvert dans son vestiaire. Vous le tenez, Dallas. Il est cuit.

— C'est tout ce que vous avez ? Il me faut autre chose pour le retrouver.

— Les gars ont tout passé au peigne fin. La moisson a été maigre. Ce type est un maniaque de la propreté. Chez lui, tout est nettoyé, récuré à fond. On n'a récolté que quelques poils de barbe, identiques à ceux qu'il a laissés chez les Hoffmann. Quand vous l'aurez épinglé, j'ai largement de quoi le faire coffrer pour le restant de ses jours. Mais je n'ai rien de plus à vous donner.

— D'accord. Transférez ces informations sur mon ordinateur du Central et communiquez une copie à Feeney.

Dickie se borna à hausser les épaules, conscient qu'il avait failli à son devoir.

— Désolé de vous avoir arraché à votre nouba, ajouta-t-elle, perfide.

— Dans une heure ou deux, cette ville se mettra en roue libre. C'est la trêve des confiseurs, Dallas. Les gens ont le droit de se distraire.

— Je connais une femme qui va passer Noël à l'hôpital. Il ne me semble pas qu'elle ait mérité ça.

Elle le planta là, et quitta le bâtiment à grandes enjambées. La migraine lui vrillait toujours le crâne, et elle regretta de ne pas avoir demandé à Dickie l'un de ses remèdes miracles.

Elle leva les yeux vers le ciel. Le soleil avait déjà disparu. Elle détestait l'hiver, ces longs mois durant lesquels le jour se levait trop tard et la nuit tombait trop tôt.

Elle prit son communicateur et appela la ligne privée de Connors. Le visage de son mari apparut sur l'écran ; derrière lui, le fax laser crachait du papier.

— Tu travailles ? demanda-t-elle.

— Je n'ai pas tout à fait terminé.

— Ce n'est pas grave, je ne rentrerai pas à la maison avant deux bonnes heures.

— Où vas-tu ?

— À l'appartement de Simon. Je compte le fouiller de fond en comble. En principe, je laisse cette tâche aux gars du labo, mais il est possible que quelque chose leur ait échappé. Je veux vérifier, tu comprends ?

— Bien sûr.

— C'est Peabody qui a ma voiture. Comme le logement de Simon n'est pas très loin de la maison, tu pourrais m'envoyer une voiture ?

— Naturellement.

— Merci. Je te rappellerai quand j'aurai fini.

— D'ici là, prends un antalgique pour calmer ta migraine. Tu as les yeux vitreux.

Eve esquissa un sourire.

— Je n'en ai pas sur moi. Débouche plutôt une bouteille de bon vin, ça me fera le même effet. Et quand je serai ivre, nous ferons l'amour comme des bêtes. D'accord ?

— J'avais prévu une soirée tranquille et une partie d'échecs, mais si tu préfères des plaisirs moins avouables, je suis partant.

Elle rit de bon cœur, et interrompit la communication. Ce fut d'un pas presque guilleret qu'elle se remit en route.

En arrivant au pied de l'immeuble de Simon, elle ne fut pas réellement surprise de voir, le long du trottoir, la voiture qu'elle avait demandée... et Connors.

— Tu aurais dû charger un droïde de cette corvée.

— Tu me croyais capable de me défiler ?

— Non, répondit-elle en repoussant une mèche qui lui tombait sur le front. Et j'imagine que tu refuseras de m'attendre ici.

— Nous nous connaissons si bien, cela m'émerveille.

Il plongea la main dans la poche de son élégant manteau, en sortit une petite boîte en émail où il pêcha une pilule bleue.

— Ouvre le bec.

Comme elle pinçait les lèvres, il fronça les sourcils d'un air réprobateur.

— Ce cachet soulagera ta migraine. Ensuite, tu auras les idées plus claires.

— C'est quoi, ce machin ?

— Rassure-toi, je n'ai pas l'intention de te droguer. Sois mignonne, avale ça.

— Je te hais.

— Je sais, ma chérie. Au fait, je t'ai apporté ton kit de terrain.

— Merci. Heureusement que, toi, tu n'as pas la tête à l'envers.

Ils pénétrèrent dans le bâtiment.

— J'ai désormais tous les éléments nécessaires pour faire condamner Simon, expliqua-t-elle. Les preuves tangibles, un témoin, le mobile...

— Tu peux ajouter à ta liste une autre pièce à conviction. La mallette de cosmétiques qu'il a abandonnée chez Piper Hoffmann est un modèle unique. Il l'a commandée à Renaissance – qui, comme tu le sais, m'appartient. La société ne vend ce genre de modèles qu'aux esthéticiens diplômés.

— Parfait. Maintenant, il ne me reste plus qu'à le débusquer.

— Il n'est pas dans un hôtel. McNab n'a pas chômé. Il a contacté tous les établissements de la ville et les agences de location – du moins celles qui n'étaient pas fermées pour cause de vacances.

— Aujourd'hui, tout le monde se roule les pouces, grommela Eve. Figure-toi qu'au labo, je suis tombée sur une véritable orgie.

— Et nous n'étions pas invités ? Quelle humiliation !

— Moi, je m'en félicite. Voir Dickie se balader en tenue d'Adam, c'est un cadeau de Noël dont je me passerai volontiers.

Parvenue devant l'appartement 35, Eve ôta les scellés.

— Si tu tiens à entrer, il faut que tu mettes ça, dit-elle en lui tendant l'aérosol de Seal-It.

Connors fronça le nez.

— La police ne pourrait pas utiliser un produit moins malodorant ?

Il se protégea néanmoins les mains et les chaussures. Eve l'imita, puis alluma son enregistreur.

— 24 décembre, 16 h 12. Lieutenant Eve Dallas, assistée de Connors, civil mandaté pour la perquisition du domicile personnel de Simon Lastrobe.

Elle s'immobilisa sur le seuil du salon. La pièce, naguère si bien rangée, offrait à présent un piteux spectacle. Les techniciens du labo avaient relevé les empreintes, tout était recouvert d'une fine poussière. On avait déplacé les meubles, retourné les coussins du canapé, décroché les tableaux.

— Jette un coup d'œil, dit-elle à Connors. Si tu remarques quoi que ce soit, appelle-moi. Je m'occupe de la chambre.

Elle commençait à fouiller la penderie, lorsque Connors la rejoignit. Il tenait une disquette entre le pouce et l'index.

— J'ai remarqué cette petite chose, lieutenant.

— Où l'as-tu dénichée? Logiquement, toutes les disquettes ont été emballées comme pièces à conviction.

— À cette époque de l'année, les gens sont distraits. Elle était dissimulée dans le cadre d'un hologramme – le portrait de sa mère, je présume. Il m'a semblé que, pour quelqu'un qui aimait trop sa maman, cette cachette s'imposait.

— Et je n'ai rien pour la lire! Ils ont emporté le matériel électronique. Il faut que je...

Elle s'interrompit. Connors, le sourire aux lèvres, venait de sortir de sa poche un mince boîtier noir dont il souleva le couvercle, révélant un écran miniature.

— Un nouveau gadget, expliqua-t-il. Il n'est pas tout à fait au point, nous n'avons pas pu le lancer sur le marché pour Noël.

— Tu es sûr que cela ne risque pas d'endommager la disquette?

— Celui-ci, je l'ai contrôlé personnellement. C'est un petit bijou.

Il inséra la disquette dans le lecteur.

— On y va?

— Oui, voyons ce que nous avons là.

20

Il s'agissait d'un journal intime décousu et pathétique. Un an dans la vie d'un homme dont l'univers avait volé en éclats et qui glissait inexorablement vers l'abîme.

Le Dr Mira aurait sans doute qualifié ce document d'appel au secours.

Simon y faisait constamment référence à sa mère. Son seul amour, celle qu'il portait aux nues un jour pour la traîner dans la boue le lendemain.

Une sainte. Une putain.

À l'évidence, elle avait été pour lui un terrible fardeau dont il n'avait pu se libérer. Il n'avait même jamais compris à quel point elle l'asservissait.

Chaque année, à Noël, elle refaisait le paquet cadeau contenant la gourmette en or achetée pour son époux et sur laquelle était gravée l'inscription « Mon seul amour ». Elle le plaçait au pied du sapin, pour l'homme qui les avait jadis abandonnés, Simon et elle. Et elle promettait à son fils que son père serait là le matin de Noël.

Longtemps, il l'avait crue.

Puis il l'avait laissé croire que son époux reviendrait.

Enfin, l'année précédente, la veille de Noël, à bout de patience, révolté car elle collectionnait les aventures d'une nuit, il avait piétiné le paquet cadeau, détruit la gourmette et, du même coup, les illusions de sa mère.

Elle s'était pendue avec la guirlande que son fils avait drapée sur les branches du sapin.

— Comme conte de Noël, ce n'est pas très gai, murmura Connors. Pauvre diable !

— Une enfance malheureuse ne justifie pas qu'on viole et qu'on tue, déclara Eve sèchement.

— Non, mais cela explique qu'on puisse commettre de tels actes. On n'est pas forcément maître de son destin, Eve.

— On est responsable de ses choix, rétorqua-t-elle, butée.

Elle glissa la disquette dans un sachet transparent réservé aux pièces à conviction, puis alluma son communicateur pour appeler McNab.

— Je n'ai toujours pas découvert sa planque, Dallas. Par contre, j'ai retrouvé le père. Il s'est installé sur Nexus il y a environ trente ans. Il s'est remarié, il a des petits-enfants. J'ai ses coordonnées, si vous voulez le contacter.

— À quoi bon ? Pour ma part, j'ai déniché chez Simon un journal vidéo qui avait échappé à l'attention des gars du labo. Je le transmets à la DDE. Vous le classerez, ensuite vous pourrez partir. Prévenez Peabody qu'elle aussi est en vacances. Mais je vous demande à tous les deux de rester en liaison avec moi tant que notre homme ne sera pas sous les verrous.

— Entendu. Il finira bien par sortir de sa tanière, Dallas.

— Hmm... Allez mettre vos chaussons devant la cheminée, McNab, et joyeux Noël ! Espérons que nos vœux se réaliseront. Terminé, conclut-elle en rempochant son communicateur.

Connors l'observait, la tête inclinée sur le côté.

— Tu t'inquiètes trop, Eve.

— Je suis certaine qu'il recommencera cette nuit. C'est plus fort que lui. Or, il est le seul à savoir à qui il s'attaquera.

Elle soupira et se tourna vers la penderie.

— Regarde-moi ça... Tous ces vêtements méticuleusement rangés par couleur, matière. Dans ce domaine, il est encore plus obsessionnel que toi.

— Je ne vois pas en quoi une armoire en ordre relève de l'obsession.

— Eh bien, pour moi, c'est limpide. Surtout quand, comme toi, on possède une bonne centaine de chemises en soie noire. Il ne faudrait surtout pas se tromper, en choisir une qui n'aille pas. Ce serait une impardonnable faute de goût, n'est-ce pas ?

— J'en conclus que tu ne m'as pas acheté de chemise en soie noire, rétorqua-t-il avec un sourire moqueur.

Elle grimaça.

— Question cadeaux, je me suis un peu plantée. Feeney m'a expliqué trop tard qu'on était censé offrir une foultitude de choses à son conjoint. D'après lui, c'est la quantité qui compte. Toi, malheureusement, tu n'auras droit qu'à un seul présent.

— Tu me donnes un indice ?

— Ah non ! Au jeu des devinettes, tu es beaucoup trop fort.

Un pli soucieux entre les sourcils, elle se replongea dans l'examen de la penderie.

— À propos de devinettes, essaie de résoudre celle-ci. Tu vois ces vêtements ? Ça va du blanc au crème, puis au... comment s'appelle cette teinte ?

— Taupe, ma chérie.

— Admettons. Ensuite, on passe au bleu, au vert, puis au brun, au gris et au noir. Quelle couleur manque, à ton avis ?

— Le rouge.

— Exact. Il ne portait peut-être du rouge que pour des occasions très spéciales. Il avait au moins un costume de rechange qu'il a emporté avec lui. Et le gage d'amour pour sa prochaine victime ? Cinq oies sauvages, si je me souviens bien de cette maudite ritournelle. Les techniciens du labo n'ont pas trouvé le bijou. Donc, il l'a pris. Il est prêt pour le spectacle. Mais où a-t-il rangé tout son matériel ?

Eve se mit à arpenter la pièce.

— Il ne peut pas revenir dans cet appartement, il le sait. Il a pris le risque de repasser chez lui parce qu'il avait besoin de ses accessoires pour continuer à exécuter son plan. Cependant, il est trop intelligent, trop bien organisé, trop méthodique pour n'avoir pas prévu un refuge.

— Sa vie était ici, dans ce lieu imprégné du souvenir de sa mère. Ici, et au salon de beauté.

— Mais oui, bien sûr ! s'exclama-t-elle. Il est retourné là-bas.

— Alors dépêchons-nous.

Les conditions de circulation étaient toujours aussi mauvaises, d'autant qu'une fine pellicule de verglas recouvrait à présent les rues de New York. Sur les trottoirs, les gens se hâtaient, pressés de rejoindre leurs parents et leurs amis. Ceux qui cherchaient un cadeau de dernière minute se bousculaient dans les rares magasins encore ouverts.

Les réverbères s'allumaient un à un. Sur un gigantesque panneau publicitaire, un Père Noël dans son traîneau souhaitait à tous de joyeuses fêtes.

Une pluie glacée tombait.

Connors se gara au pied du building. Eve et lui descendirent précipitamment de la voiture. Elle déverrouilla les portes à l'aide de son passe, hésita, puis se pencha pour extirper l'arme du fourreau attaché à sa cheville par une fine lanière.

— Prends ça, au cas où.

Ils pénétrèrent dans le hall.

— Toute la journée, dit-elle, le salon de beauté et les boutiques n'ont pas désempli. Lui avait besoin de tranquillité. Il y a probablement quelques bureaux inoccupés, nous pourrions y jeter un œil, mais j'ai l'intuition qu'il s'est réfugié dans l'appartement des Hoffmann. Il sait que Piper est à l'hôpital et que Rudy ne la quittera pas un instant. Il a dû penser que, chez eux, il serait en sécurité, que la police ne viendrait pas le chercher là.

Elle appuya sur le bouton de l'ascenseur, en vain.
— Merde, jura-t-elle, il est bloqué !
— Veux-tu que je t'arrange ça, lieutenant ?
— Ne fais pas le malin.
— La réponse est donc : oui, mon chéri.

Il pêcha dans la poche intérieure de son manteau une minuscule trousse à outils.
— J'en ai pour une minute.

Il dévissa la plaque qui protégeait les circuits électroniques, pianota de ses doigts agiles sur les touches du tableau. Un bourdonnement se fit entendre, puis le voyant lumineux s'alluma.

— Tu aurais fait un bon travailleur manuel, ironisa-t-elle.
— Merci du compliment, rétorqua-t-il en la suivant dans la cabine. Appartement des Hoffmann, commanda-t-il.

On ne pouvait accéder à l'étage qu'avec un code chiffré ou une carte magnétique officielle.

Irritée, Eve s'apprêtait à utiliser son passe, mais Connors ne lui en laissa pas le temps. En un clin d'œil, il débloqua le mécanisme.

— Ça va beaucoup plus vite, commenta-t-il, tandis que l'ascenseur s'élevait en silence.

Sitôt qu'il commença à ralentir, Eve s'interposa entre les portes et Connors. Celui-ci ne broncha pas. Il attendit que la cabine s'arrêtât pour écarter sa femme d'une bourrade et bondir sur le palier, l'arme au poing.

— Ne me refais jamais ça, protesta-t-elle d'une voix sifflante.
— Et toi, ne t'avise plus jamais de me servir de bouclier. Bon, il n'y a personne. On y va ?

Eve ravala sa colère. Elle réglerait ses comptes plus tard. Prestement, elle déverrouilla la porte.
— Je m'accroupis, dit-elle. Je préfère.
— D'accord. À trois, on fonce. Un, deux...

Ils poussèrent violemment le battant.

Ils furent éblouis par la lumière, assourdis par la stéréo qui braillait des chants de Noël. Devant la fenêtre masquée par un écran d'ambiance, le sapin étincelait.

D'un geste, Eve montra à Connors la direction de la chambre. Elle nota qu'il ne restait plus la moindre trace du passage de l'équipe du labo. Tout avait été récuré. Une odeur de fleur et de désinfectant flottait dans l'air.

Il y avait de la buée sur le miroir de la salle de gym. L'eau du bassin à remous était encore chaude.

La chambre était impeccablement rangée, le lit refait.

Eve repoussa la courtepointe, lâcha un juron.

— Il a mis des draps propres. Ce salaud a dormi dans le lit où il l'a violée.

Outrée, elle ouvrit brutalement la penderie. Plusieurs chemises et pantalons étaient soigneusement rangés parmi les vêtements excentriques qu'affectionnaient Rudy et Piper.

— Il s'est installé ici comme chez lui.

Elle saisit la valise posée au fond de l'armoire.

— Et voilà ses accessoires, dit-elle, le cœur au bord des lèvres. Les bijoux sont là... y compris celui réservé à la douzième victime : cette broche ornée de douze jeunes tambours. Ils y sont tous, hormis le cinquième.

Elle se redressa.

— Il a pris un bain relaxant, revêtu son costume, préparé ses accessoires, puis il est parti. Et il a l'intention de revenir ici.

— Il ne nous reste donc plus qu'à l'attendre.

La proposition de Connors était plus que tentante. Car, par-dessus tout, Eve désirait être celle qui arrêterait ce monstre. Elle voulait pouvoir le regarder dans les yeux, lorsqu'elle lui passerait les menottes aux poignets, se dire qu'elle l'avait vaincu, qu'elle avait aussi triomphé de l'enfant martyrisée qui hantait ses cauchemars.

— Je contacte le Central. Nous avons quelques malchanceux qui sont de service cette nuit. Il faut que j'organise la surveillance de l'immeuble, ça prendra une heure ou deux. Ensuite, nous rentrerons à la maison.

— Tu n'en as aucune envie, Eve.

— Non, c'est vrai, mais c'est mieux ainsi. Je...

Elle s'interrompit, se remémorant les paroles de Mira.

— J'ai le droit de profiter de la vie que j'ai commencé à me construire. Avec toi.

Ému, il lui effleura la joue.

— Dans ce cas, appelle les renforts et rentrons chez nous.

Peabody poussa un soupir à fendre l'âme. Elle se lamentait sur son triste sort, quand elle avisa McNab dans l'encadrement de la porte.

— Qu'est-ce que vous faites là ?

— Je passais. Et vous, vous êtes encore au travail ? Je vous ai dit que Dallas vous donnait quartier libre.

— J'avais des rapports à terminer.

— Qu'est-ce que vous avez prévu pour ce soir ? Vous avez rendez-vous avec votre bellâtre ?

— Vous êtes complètement ignare, McNab. On ne passe pas Noël en compagnie d'un garçon avec qui on n'est sorti qu'une fois.

D'ailleurs, pensa-t-elle, Charles avait déjà sa soirée prise.

— Vous n'avez pas de famille à New York, n'est-ce pas ?

— Non.

Agacée, pressée de se débarrasser de lui, elle se leva et s'affaira à ranger ses affaires.

— Vous n'avez pas pu aller chez vous pour les fêtes ?

— Non.

— Moi non plus. Cette affaire m'a bouffé tout mon temps. Je n'ai même pas de projets pour ce soir.

Il enfonça les mains dans ses poches.

— Dites, Peabody... si on s'accordait une trêve ?

— Je ne suis pas en guerre contre vous.

Elle se retourna, saisit sa veste d'uniforme accrochée à la patère.

— Vous ne paraissez pas avoir un moral d'acier, reprit-il.

— La journée a été longue, je suis fatiguée.

— Puisque vous n'avez pas de rancard avec le bellâtre, vous accepteriez peut-être de sortir avec un collègue ? Se retrouver seul le soir de Noël, ce n'est pas folichon. Je vous invite à dîner.

Peabody boutonna sa veste. La tête baissée, elle réfléchissait. La solitude ou McNab, la peste ou le choléra. Elle releva le nez.

— Vous ne m'invitez pas, je paie ma part.

— Si vous y tenez, je n'insiste pas.

Elle n'aurait jamais cru apprécier la compagnie de McNab mais, après deux cocktails, elle décida que, tout compte fait, elle passait une soirée relativement agréable.

Tout en grignotant une succulente aile de poulet – au diable son régime ! –, elle lorgnait avec envie l'énorme pizza que McNab dévorait à belles dents.

— Comment pouvez-vous manger autant sans devenir un tas de lard ?

— C'est une question de métabolisme, répondit-il, la bouche pleine. Je brûle les calories. Vous en voulez un morceau ?

Elle hésita – combattre la graisse qui se collait sournoisement sur ses hanches était chez elle un souci permanent –, puis finit par accepter une demi-part. Un vrai délice.

— Vous vous êtes réconciliée avec Dallas ?

Peabody tressaillit, darda sur lui un regard suspicieux.

— Elle vous en a parlé ?

— Hé, vous oubliez que je suis inspecteur ! Quand il y a un os quelque part, je le déterre.

— Elle est vraiment fâchée contre moi, avoua-t-elle, car l'alcool commençait à lui délier la langue.

— Vous avez fait une boulette ?

— Oui, et elle aussi. Mais la mienne est plus grosse que la sienne. Je me demande si j'arriverai à arranger les choses.

— Lorsqu'on se brouille avec quelqu'un qui se jetterait dans les flammes pour vous, on trouve une solution. Dans ma famille, par exemple, quand on s'engueule, on boude un moment, et après on s'excuse.

— Il ne s'agit pas d'une histoire de famille.

Il éclata de rire.

— C'est tout comme ! Vous ne finissez pas vos ailes de poulet ?

Peabody eut soudain la sensation que l'étau qui lui comprimait le cœur se desserrait. McNab était peut-être insupportable, cependant, il n'avait pas toujours tort.

— Je vous échange six ailes de poulet contre une autre part de pizza.

Eve avait résolu de ne plus penser à rien. L'immeuble des Hoffmann était surveillé par des policiers expérimentés, on avait installé des radars dans tout le quartier. À l'instant où Simon pénétrerait dans le périmètre, il serait arrêté.

Il ne fallait plus s'interroger, se demander où il était, ce qu'il faisait. Si quelqu'un devait mourir cette nuit, elle n'avait hélas pas les moyens de l'empêcher.

Avant le lever du jour, Simon serait en prison. Il n'en sortirait jamais, Eve avait de quoi convaincre les juges de le condamner à perpétuité.

— Je crois me souvenir que tu avais demandé du bon vin, dit Connors en lui tendant un verre.

— En effet, répondit-elle, étonnée qu'il fût si simple de sourire.

— Tu souhaitais aussi que nous fassions l'amour comme des bêtes.

— Je me rappelle avoir émis cette suggestion.

Elle reposa son verre et, les yeux brillants, étreignit sauvagement son mari.

Peabody rentra chez elle beaucoup plus tard que prévu. Elle s'était bien amusée. Les cocktails y étaient certainement pour beaucoup.

Cela dit, songea-t-elle en gravissant l'escalier menant à son appartement, McNab s'était révélé moins horripilant qu'à l'accoutumée.

Maintenant qu'elle était repue et délicieusement imbibée d'alcool, elle allait enfiler son vieux peignoir, allumer les guirlandes de son sapin et se pelotonner sous sa couette pour regarder un film sentimental. À minuit, elle appellerait ses parents et verserait quelques larmes.

Finalement, sa soirée de Noël n'aurait pas été trop lamentable.

Fredonnant, elle atteignit le haut des marches, s'avança sur le palier.

À cet instant, le Père Noël surgit de l'ombre. Il tenait sa grande boîte argentée, une lueur démente flamboyait dans ses yeux.

— Voilà enfin ma petite fille ! Tu es en retard. Je craignais de ne pas pouvoir te donner ton cadeau.

Mon Dieu !

Elle avait une fraction de seconde pour choisir. Fuir ou affronter l'assassin. Son arme paralysante était sous son manteau, lequel était boutonné. En revanche, son communicateur se trouvait dans sa poche, à portée de main.

Elle décida de rester. Plaquant un sourire sur ses lèvres, elle glissa les doigts dans sa poche et alluma l'appareil.

— Ça alors, le Père Noël ! s'exclama-t-elle. Je ne m'attendais pas à vous trouver devant ma porte. En principe, vous passez par la cheminée.

Il rejeta la tête en arrière et éclata d'un rire tonitruant.

Eve poussa un soupir et s'étira. Ils avaient fait l'amour par terre, elle se sentait meurtrie et divinement bien.

— Pour un début, ce n'était pas mal, commenta-t-elle.

Amusé, Connors effleura les seins de sa femme, emperlés de sueur.

— Je partage ton opinion. Maintenant, je veux mon cadeau de Noël.

— Je viens de te l'offrir, le taquina-t-elle. L'année prochaine, peut-être...

Elle s'interrompit brusquement en reconnaissant la voix de Peabody qui semblait sortir des vêtements éparpillés sur le sol.

« Ça alors, le Père Noël! Je ne m'attendais pas à vous trouver devant ma porte... »

— Oh, non! hurla Eve en se ruant sur son pantalon. Non!

Connors s'habillait déjà.

— Vite, allons-y, dit-il. Tu appelleras les renforts en chemin.

— Je t'attendais, déclara Simon. J'ai un beau cadeau pour toi.

Gagne du temps, ma vieille. Il le faut.

— Vous me donnez un indice?

— C'est quelque chose de très spécial, choisi pour toi par quelqu'un qui t'aime.

Il s'approcha. Toujours souriante, Peabody déboutonnait fébrilement – et aussi discrètement que possible – son manteau.

— Ah oui? Mais qui peut bien m'aimer?

— Le Père Noël t'adore, Delia. Ma belle Delia.

Il tendit le bras; elle vit la seringue luire dans le creux de sa paume. Elle pivota, lui assena un violent coup de coude et réussit enfin à écarter les pans de son épais manteau en lainage.

— Garce! siffla-t-il en la plaquant contre le mur.

Elle riposta par un nouveau coup qui, hélas, ne rencontra que la boîte. Maintenant, elle avait la main droite coincée, elle ne parvenait pas à saisir son arme.

— Lâche-moi, espèce d'ordure!

Mue par l'énergie du désespoir, elle se retourna d'un bond, lui décocha un coup de pied dans la cheville. Si seulement elle n'avait pas bu tous ces cocktails...

À cet instant, elle sentit une piqûre sur le côté de son cou.

— Oh, non! souffla-t-elle.

Elle chancela et s'affaissa lourdement.

— Regarde ce que tu as fait, méchante petite fille, gronda-t-il se penchant pour prendre dans le sac de Peabody sa clé électronique. Ma jolie boîte est tout abîmée, si jamais tu as cassé quelque chose, je vais être très en colère. À présent, sois sage.

Il la traîna jusqu'à la porte qu'il déverrouilla, puis la laissa tomber dans le vestibule, tel un vulgaire paquet.

Elle ressentit la brutalité du choc, mais n'en éprouva qu'une douleur vague, comme si son corps était enveloppé de mousse. Son cerveau commandait à ses membres de bouger, il hurlait si fort ce message que Peabody se voyait en train de se relever. Pourtant, ses jambes demeuraient inertes.

Du fond de son brouillard, elle l'entendit revenir et refermer la porte.

— Et maintenant, au dodo. Nous avons du pain sur la planche, minuit sonnera bientôt, ce sera Noël. Laisse-toi faire, mon amour, murmura-t-il en la soulevant dans ses bras.

— Je me fiche éperdument de vos problèmes de personnel, pauvre crétin! vociféra Eve dans le communicateur de Connors. L'agent Peabody est en danger. Vous saisissez, bougre d'âne? Elle est en danger!

— De tels écarts de langage ne sont pas tolérables, lieutenant Dallas. Cela sera noté. Les renforts seront sur place dans douze minutes.

— Elle n'a pas douze minutes devant elle! Si elle est blessée, espèce de débile, je me chargerai personnellement de démolir tous vos circuits électroniques!

Elle interrompit la communication.

— Des droïdes ! fulmina-t-elle. Ils ont mis des droïdes au dispatching sous prétexte que c'est Noël ! Bon Dieu, Connors, tu ne peux pas aller plus vite ?

Il roulait déjà à près de deux cents, malgré la pluie glacée qui rendait la chaussée glissante, cependant il accéléra.

— On y est presque, Eve. On arrivera à temps.

Écouter la voix de Simon dans son propre communicateur – qu'elle tenait serré entre ses doigts – était pour elle une indicible torture. Elle imaginait la scène.

Il ligotait Peabody, il découpait ses vêtements.

Il l'aspergeait de désinfectant, pour qu'elle soit bien propre, parfaite.

Eve bondit hors de la voiture avant même que celle-ci ne s'immobilisât, dérapa sur le trottoir et se rua vers la porte d'entrée de l'immeuble. Ses mains tremblaient tellement qu'elle dut s'y reprendre à deux fois avant de réussir à déverrouiller la serrure électronique.

Lorsqu'elle s'élança dans l'escalier, Connors était à son côté.

Elle perçut avec soulagement, au loin, le mugissement des sirènes.

À l'aide de son passe, elle débloqua la porte de Peabody et poussa le battant d'un coup de pied.

— Police !

L'arme au poing, elle fonça vers la chambre.

Peabody était nue, attachée aux montants du lit. Elle claquait des dents, frigorifiée. La fenêtre était ouverte.

— Il est parti par l'échelle d'incendie, articula-t-elle avec difficulté. Je vais bien.

Eve n'hésita qu'une fraction de seconde. Elle enjamba le rebord de la fenêtre.

— Reste avec elle ! ordonna-t-elle à Connors.

— Non, non ! protesta Peabody en tirant frénétiquement sur ses liens. Elle le tuera, Connors. Elle veut le tuer. Empêchez-la de faire ça.

— Tenez bon.

Il jeta une couverture sur la jeune femme, puis suivit le chemin qu'avait emprunté son épouse.

Eve atteignit le dernier barreau de l'échelle qu'un bon mètre séparait du sol et sauta. Sa cheville se déroba, elle tomba rudement sur les genoux, se releva tant bien que mal. Elle le voyait qui courait en direction de l'est, sa houppelande rouge pareille à un feu de détresse dans la nuit.

— Police ! Restez où vous êtes !

Tout en hurlant cet ordre, elle se lança à sa poursuite.

Il lui semblait qu'un essaim d'abeilles vrombissait dans sa tête, sous sa peau. Au fond de son ventre palpitait une boule de haine si dure, si cuisante que sa brûlure irradiait dans toute sa chair. Elle glissa son arme dans la ceinture de son pantalon. Elle voulait se battre à mains nues.

Elle se jeta sur lui comme un fauve bondit sur sa proie, le déséquilibra. Il tomba à plat ventre.

Elle l'enfourcha, le laboura de ses ongles, le frappa à coups redoublés. Il ne se débattait pas, ne criait pas.

Elle le fit rouler sur le dos, sortit son arme et en appuya le canon sur la gorge de Simon.

— Eve, dit calmement Connors, immobile à cinquante centimètres d'elle.

— Je t'avais demandé de rester avec elle. Ne te mêle pas de ça.

Elle gardait les yeux rivés sur le visage de Simon, inondé de larmes. C'était son propre père qu'elle voyait.

Son doigt se crispa sur la détente de l'arme.

— Tu as gagné, tu l'as arrêté.

Bouleversé par la souffrance qu'il devinait chez sa femme, Connors s'accroupit près d'elle.

— Tuer ne te ressemble pas, Eve.

Elle tremblait. Les fines aiguilles de glace mêlées à la pluie lui martelaient douloureusement la figure.

— Je l'ai déjà fait, pourtant.

— C'est du passé, murmura-t-il en lui caressant les cheveux. Tu n'es plus la même.

— Je ne suis plus la même, répéta-t-elle d'une voix blanche. C'est vrai.

Elle se redressa, contempla l'homme recroquevillé sur le pavé. Il appelait sa mère. Les larmes barbouillaient son visage grimé.

Il était pitoyable.

« Définitivement vaincu, songea Eve, anéanti. »

— Surveille-le pendant que je demande qu'on vienne le chercher. Je n'ai pas de menottes sur moi.

— Moi, j'en ai ! lança Feeney qui approchait. J'avais laissé mon communicateur branché. McNab et moi, nous sommes arrivés ici juste après toi.

Il s'interrompit, la scruta.

— Beau travail, Dallas. Je me charge de lui, retourne auprès de Peabody.

— Oui...

Elle s'essuya la joue d'un revers de main, vit du sang sur ses doigts. Le sien, peut-être, ou celui de Simon.

— Merci, Feeney.

Connors la serra contre lui. Dans leur hâte, ils n'avaient même pas pris le temps d'enfiler une veste. Ils étaient trempés, et Eve commençait à grelotter.

— Je remonte par là, dit-elle en désignant l'échelle métallique. Ça ira plus vite.

Ils s'en approchèrent ensemble.

— Fais-moi la courte échelle.

Il s'exécuta, lui tendit ses mains en coupe pour qu'elle y posât le pied, et la hissa. Puis il la regarda grimper agilement.

— Je te laisse un moment seule avec elle.

— D'accord.

Elle se retourna. Son nez coulait, à cause du froid et de la tempête émotionnelle qui bouillait encore en elle.

— Je n'aurais pas pu le tuer, Connors. Je me demandais si j'en étais capable. J'avais peur de l'être. Mais, au bout du compte, je n'aurais pas pu.

— Je le sais, Eve.

Il lui sourit tendrement.

— Dépêche-toi de te mettre à l'abri, tu es gelée. Je t'attends dans la voiture.

L'escalade s'avéra infiniment plus pénible que la descente. Eve était moulue lorsqu'elle enjamba à nouveau le rebord de la fenêtre.

Peabody, emmitouflée dans la couverture, était blottie contre un McNab qui la frictionnait énergiquement.

— Elle n'a rien, marmonna-t-il. Il ne l'a pas...

Il s'interrompit, livide.

— Elle a seulement eu la peur de sa vie. J'ai demandé aux collègues de rester sur le palier.

— Excellente initiative, McNab. Rentrez chez vous, à présent.

Il dévisagea Peabody.

— Je... je peux dormir sur le canapé du salon, si vous voulez.

— Non, ce n'est pas la peine. Merci.

Gauchement, il se leva, se dandina d'un pied sur l'autre.

— Il faudrait peut-être que je rédige le rapport ?

— Ça attendra après-demain, rétorqua Eve. Profitez de votre journée de congé, vous l'avez bien méritée.

Il esquissa un sourire.

— On l'a tous méritée. Bon... on se revoit après Noël.

Quand il eut quitté la pièce, Peabody poussa un long soupir.

— Il a été vraiment gentil. Il a empêché les autres d'entrer, pour qu'ils ne me voient pas dans cet état. Il m'a réchauffée. J'avais tellement froid. Mon Dieu... balbutia-t-elle en baissant la tête.

— Je préférerais vous emmener à l'hôpital.

— Non, ça ira. Je suis juste encore un peu étourdie par le sédatif. Ça, plus les cocktails que j'avais ingurgités dans la soirée... Oh, quelle histoire ! Vous l'avez eu, n'est-ce pas ?

— Oui.

Peabody dévisagea Eve.

— Il est vivant ?
— Oui.
— Tant mieux. Je craignais...
— Moi aussi. Je me suis contrôlée.

Soudain, un sanglot échappa à Peabody. Ses yeux s'emplirent de larmes.

— Et merde ! pesta-t-elle. Voilà que je pleure.
— Laissez-vous aller, murmura Eve en s'asseyant à côté d'elle et en l'étreignant.
— J'étais tellement terrifiée. Je ne m'attendais pas qu'il ait autant de force. Je n'ai même pas pu sortir mon arme.
— Vous auriez dû vous enfuir.
— Vous l'auriez fait, vous ?

Toutes deux connaissaient la réponse à cette question.

— Je savais que vous viendriez à mon secours, balbutia Peabody. Mais quand j'ai repris conscience, que je me suis vue attachée sur le lit... j'ai eu peur que vous n'arriviez trop tard.
— Vous avez eu la présence d'esprit de gagner du temps.

Eve se redressa, contempla Peabody assise au bord du lit. Cette jeune femme était admirable, un roc inébranlable auquel on avait envie de s'accrocher.

— Je vais renvoyer la brigade au Central. Vous désirez que quelqu'un reste auprès de vous ?
— Non.

Le fossé recommençait à se creuser, songea Peabody. Eve était à nouveau distante.

— Dallas, pour l'autre soir... je vous demande pardon.
— Ce n'est pas le moment d'en discuter.

Peabody prit une inspiration pour se donner du courage. Résolument, elle écarta la couverture, montrant son corps nu.

— Vous constaterez que je n'ai pas mon uniforme, ce n'est donc pas l'assistante qui parle à son supérieur hiérarchique. Cela signifie que je peux dire ce qui me chante. Je n'ai pas apprécié vos remarques. Sur ce point, je persiste et je signe. Mais j'ai compris que vous teniez suffisamment à moi pour me passer un savon. Je ne regrette pas de vous avoir envoyée sur les roses. Je suis simplement désolée de n'avoir pas saisi que vous étiez inquiète comme peut l'être une amie.

Eve garda un instant le silence.

— D'accord. On tourne la page. Mais si jamais vous vous payez dix prostitués pour une orgie du tonnerre de Dieu, j'exige que vous me racontiez tout par le menu.

Peabody renifla, grimaça un pauvre sourire.

— C'est malheureusement un fantasme que je n'ai pas les moyens de m'offrir. En revanche, ce soir, j'en ai réalisé un autre. Figurez-vous que Connors m'a vue en tenue d'Eve.

— Peabody, espèce de midinette !

Pleurant et riant à la fois, Eve l'entoura de ses bras. Cette fois, elle l'étreignit de toutes ses forces.

— Je vous retrouve enfin, murmura-t-elle.

Elle paraissait si solide, pensa Connors, en la regardant sortir de l'immeuble. Si maîtresse d'elle-même, tandis qu'elle donnait ses ordres aux policiers.

Pourtant, elle était si frêle dans sa chemise mouillée que le vent glacial collait à sa peau. Elle avait encore du sang sur les mains. Sans doute n'en était-elle même pas consciente.

Une vague d'amour le submergea, lorsqu'il la vit s'avancer d'un pas déterminé vers la voiture. Il lui ouvrit la portière.

— Tu veux rester avec elle ?

Eve se pelotonna sur son siège.

— Une nuit de repos, et elle sera sur pied. C'est un bon flic.

— Toi aussi.

Il lui prit doucement le menton, déposa sur ses lèvres un tendre baiser.

Elle glissa ses doigts tachés de sang dans les cheveux de son mari.
— Quelle heure est-il ?
— Presque minuit.
Elle l'embrassa, soupira.
— Un souvenir de plus à ranger dans notre coffret. Désormais, ce sera notre rite secret. Joyeux Noël, Connors !

Rendez-vous au mois d'octobre
avec deux nouveaux romans de la collection

Amour et Destin

Le 1ᵉʳ octobre 2001

À contre-emploi

de Kate Thompson (n° 5991)

Deirdre O'Dare obtient le rôle principal dans une pièce de Shakespeare. La jeune actrice irlandaise ne pouvait rêver mieux. Enfin, presque. Elle est célibataire et aimerait vivre une grande histoire d'amour. Un brin cœur d'artichaut, pour l'heure, elle a jeté son dévolu sur son metteur en scène, David Lawless. Elle sait qu'il a une épouse mais le pense mal marié. Succombera-t-il au charme de la jeune femme?

Le 23 octobre 2001

Amants d'un soir

de Sandra Brown (n° 5992)

Un soir de Noël, Ria, jeune et charmante architecte, tombe dans les bras de Taylor MacKensie, séduisant conseiller municipal et futur maire de la ville. Elle n'imagine pas que cette relation puisse avoir un lendemain ; aussi, lorsqu'elle apprend qu'elle est enceinte, elle propose à Taylor un mariage de raison. Simplement pour que son enfant soit légitime. Taylor accepte. Mais ce mariage de convenance – platonique et provisoire – le restera-t-il vraiment ?

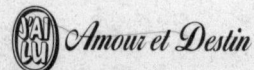

Quand l'amour donne aux femmes le choix de leur destin

Ce mois-ci, découvrez également
trois nouveaux romans de la collection

Aventures et Passions

Le 3 septembre 2001
Tout feu, tout flamme
de Brenda Joyce (n° 5982)

Storm est une jeune Texane sauvageonne, un peu garçon manqué. À dix-sept ans, ses parents décident d'en faire une jeune fille de bonne famille et l'envoient chez des cousins à San Francisco. Elle y rencontre Brett, charmant et charmeur homme d'affaires à succès. Ils sont aussitôt subjugués l'un par l'autre, et entament une liaison passionnée. Mais leurs comportements, jugés trop libres, font scandale...

Le 10 septembre 2001
La belle effrontée
de Connie Mason (n° 5983)

Le père de la belle Irlandaise Casey O'Cain est accusé d'avoir fomenté une révolte contre la Couronne et est condamné à la pendaison. Casey tente de convaincre le juge de l'innocence de son père, mais le rustre ne veut rien entendre et tente de la violer. Elle le repousse brutalement et tue involontairement l'odieux personnage. Casey est immédiatement exilée en Australie, où elle est confiée comme cuisinière aux Penrod. Dare, le fils aîné, n'est pas insensible au charme de la jeune femme...

Le 24 septembre 2001
Une femme mise à prix
de Michele Jaffe (n° 5984)

Angleterre, XVIe siècle. Crispin, comte de Sandal, est un espion au service de la reine Elizabeth. De retour de mission à l'étranger, il apprend qu'il est accusé de haute trahison et qu'il sera jugé deux semaines plus tard. C'est donc le temps qui lui reste pour prouver son innocence. Il rencontre Sophie, liée malgré elle à cette affaire et également recherchée par les autorités. Tous deux décident de s'allier pour démêler cette sombre histoire...

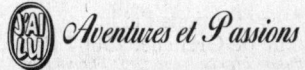

Quand l'amour s'aventure très loin, il devient passion

5981

Composition Interligne B-Liège
Achevé d'imprimer en Europe (France)
par Maury-Eurolivres – 45300 Manchecourt
le 24 août 2001.
Dépôt légal août 2001. ISBN 2-290-31242-8

Éditions J'ai lu
84, rue de Grenelle, 75007 Paris
Diffusion France et étranger : Flammarion